KB121559

밤의 그늘

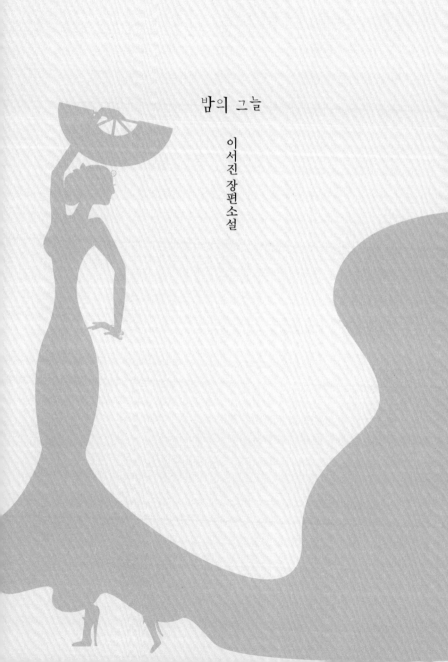

밤의 그늘

이서진 장편소설

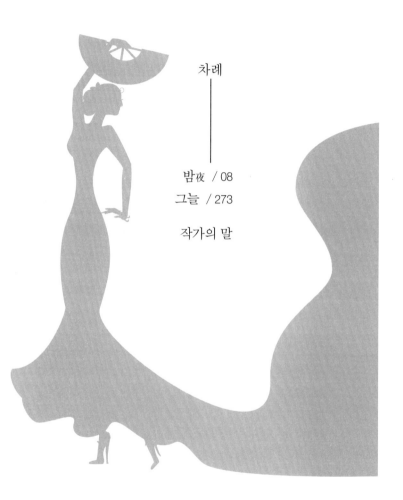

차례

밤夜 / 08
그늘 / 273

작가의 말

밤의 그늘

밤夜

11월도 중순을 넘었다.

도가니처럼 들끓던 더위가 주춤해진 게 엊그제 같은데 어느새 낮과 밤의 기온차가 커져 아침저녁으로 많이 쌀쌀했다. 밤에는 보일러를 가동하는데도 온도를 낮게 설정해서인지 방안이 썰렁했다. 선영은 어깨까지 이불자락을 끌어당겨 덮었다.

새벽 1시가 넘을 때까지 뒤척거리다 겨우 들었던 잠깐의 잠은 조금 전에 들렸던 어떤 기척과 뭔가에 눌리는 압박감에 그만 깨고 말았다. 가수 상태에서 들은 듯 미약했던 기척은 문이 닫히는 소리였던 거 같았다. 선영은 답답한 가슴을 손으로 누르며 다른 손을 뻗어 머리맡에 둔 휴대폰을 집어 들었다. 버튼을 누르자 어둠함 속에 액정이 파랗게 빛을 냈다. AM 2시 47분. 한밤중이다.

모든 사위는 깊게 잠겨들어 고요했다. 전화기를 다시 놓고 눈을 감지만 한 번 깬 잠을 이어자기 쉽지 않다. 선영은 몇 번 자세를 바꾸며 뒤척이다 할 수없이 굼뜨게 이불을 걷으며 일어났다. 기준이 누워있어야 할 옆 자리는 비어있다. 기준은 다음날 강의가 없으면 새벽 두세 시는 되어야 잠자리에 들었다. 서재에 있으려니 여기고 싶다.

거실로 나왔다. 서재 문틈으로 불빛이 가느다란 줄기처럼 새어나왔다. 가만히 문을 밀었다. 안에는 아무도 없이 책상 위의 스탠드 불빛만 묽게 퍼지고 있었다. 화장실 문도 열어보지만 검은 어둠만이 웅크리고 있다. 선영은 문을 닫으며 중얼거렸다.

이 시간에 어디를 간 걸까.

소파로 와서 앉으며 베란다 너머 어두운 밖을 보았다. 아파트 단지 내의 가등이 흐릿하게 불을 밝히고 있다. 어둠과 흐린 불빛으로 밤 속에 있는 사물과 풍경들이 옅은 안개자락에 잠긴 것 같다. 조도 낮은 실내등 빛이 거실 창에 반사되어 앉아있는 선영의 모습이 서너 개의 겹진 실루엣으로 불분명히 비쳤다. 그 형태는 톡, 건드리면 파장을 짓는 물결처럼 한 순간에 형체 없이 퍼져 버릴 듯했다.

선영이 살고 있는 아파트는 복도식에다 비상계단 공간이 건물 중앙에 위치해서 돌출되어있다. 선영의 집은 11층으로 집 위치가 끝이다. 거실 창으로 그 공간이 대각선으로 보이는데 십 여 층이 넘는 비상계단 각 층 천장마다엔 불이 환히 켜져 있다. 매번 느끼는 거지만 불빛들은 길게 연결되어 공중에서 흔들리는 곡예단 줄처럼 위태로워 보였다.

선영의 눈길이 하릴없는 사람처럼 아래부터 한 층 한 층 세며 계단의 불빛을 따라 오르다 12층에서 붙박였다. 창가에 한 사람이 있었다. 그의 모습은 아주 익숙했다. 1108호에 사는 남자였다.

선영은 지난 6월부터 잠을 잘 못 이루었다. 겨우 들었던 잠마저도 뜬금없이 깰 때가 많았다. 그럴 때면 다시 잠들기 힘들어 불도 켜지 않은 거실에 자주 나와 있게 됐다. 그 무렵부터 비상계단 창가에 있는 남자를 보게 됐다. 남자는 밤 시간이 아니어도 늘상 가까이서 볼 수밖에 없었다.

그는 여느 직장인처럼 매일 정해진 시간에 맞춰 일터로 나가진 않았다. 일주일에 두 번만 고정적인 요일과 시간에 집을 나섰다. 승용차를 직접 운행하기도 하지만 대중교통을 이용할 때가 더 많았다. 옷차림은 검소하고 어깨에는 늘 검은 가방을 맸다. 그 외의 날에 외출할 때면 외박을 하기도 했다. 외출하지 않고 집에 있으면 낮 동안에도 자주 비상계단에 나와서 통화를 하거나 담배를 피웠다. 그리고 날씨가 나쁘지만 않으면 오후 네 다섯 시 경쯤, 운동을 하기 위해 배드민턴 라켓을 매고 근처에 있는 학교 운동장으로 가는 걸 알고 있다.

비상계단에 있는 남자는 창을 열더니 담배를 꺼내 물었다. 반짝, 라이터 불빛이 마치 껄끄러운 징후처럼 켜졌다. 남자는 담배를 한 모금 빨더니 평소 습관처럼 카악! 가래를 돋워 올려 계단 창밖으로 뱉어냈다. 선영은 어둠 속인데도 선명히 느껴질 누런 점액질이 자신의 머리로 떨어지는 것 같아 진저리를 치며 머리를 쓸어내렸다. 동시에 입에서 나오는 말이 칼날처럼 날카롭다.

더러워!

남자는 오늘도 전화기를 꺼내 누군가에게 전화를 했다. 늘 같은 수순이다. 창을 열고 담배를 피워 물고, 창밖으로 가래 섞인 침을 뱉고, 자신이 살고 있는 집을 의식해서 연신 아래층 계단을 흘낏거리며 통화를 했다. 싸늘한 새벽 기온 때문인지 평소에도 약간 구부정한 어깨는 더욱 움츠러 있고 초조하게 담배를 입으로 가져가는 손길도 잦다. 그 모습은 실루엣만 잡히는 검은 그림자 같다.

언제부터 남자는 저 공간에 있었을까. 오래전부터였을까.

그런 생각이 들던 선영은 남자에게서 그만 눈길을 거두었다. 갑자기 가슴이 뻐근해지며 잔기침이 치밀어 올라서다. 반복해서 침을 삼키고 들숨과 날숨을 천천히 쉬며 숨 조절을 하고 나서야 기침은 좀 가라앉았다.

고개 들어 다시 비상계단을 보았다. 남자는 그 사이 통화를 끝냈는지 등을 보이며 막 아래층 계단으로 움직이고 있었다. 남자의 모습은 곧 시야에서 사라지고 비상계단의 천장 불빛만 몽환처럼 매달려 있다. 남자가 없어지고 나자 선영은 가슴이 조이듯 또 답답하다. 큰소리로 마구 떠들고 싶다. 깊은 한밤중 사람들의 눈을 피해 비밀 통화를 하는 남자에 대해. 하지만 그럴 수 없다.

잠시 후에 조심스레 복도를 걸어오는 발자국 소리가 점점 가까워졌다. 선영은 현관문으로 왔다. 수동의 보조 잠금쇠는 이미 해제되어 있었다. 그걸 바라보는 선영은 탄식 같은 한숨을 내쉬곤 서둘러 방으로 들어갔다.

사위를 덮고 있는 어둠이 깊다.

1

딱!

바둑판의 배꼽점에 놓이는 바둑알 소리가 고요한 적막을 깨트렸다. 오래된 바둑판의 화점은 선명했던 제 색을 잃고 흐릿했다. 기준은 퇴색된 화점을 따라 바둑알을 늘어만 놓고 어떤 포석도 깔지 못 했다. 반고班固의 혁지에는 모든 세상사의 방도가 바둑의 이치에 있다는데 도무지 모르겠다.

기준이 잠에서 깨어 일어났을 땐 정오가 가까워진 시각이었다. 식구들도 다 나가고 없는 집안은 조용했다. 새벽 늦게까지 서재에 있다가 늦잠에서 일어나면 식구들을 보지 못 하는 경우가 대부분이었다. 학교 강의가 없는 날 기준의 오전 일상이어서 선영도 굳이 깨우지 않고 제 볼 일을 보러 밖으로 나갔다.

오늘도 혼자 남은 집에서 하릴없이 집안을 기웃거리는데 뒤쪽

베란다 구석에 퇴물처럼 처박혀 있는 바둑판이 눈에 띠었다. 할아버지가 쓰던 걸 고향집에서 갖고 왔는데 덮개를 씌웠어도 오래도록 사용하지 않아 먼지가 부옇게 얹혀 있었다. 기준이 어렸던 시절 할아버지는 어떤 일에 대한 판단과 결정을 할 때면 혼자 바둑을 두곤 했다. 그럴 때면 골똘히 고심하느라 미간에는 항상 세로로 주름이 깊게 패졌다. 가끔 기준을 바둑판 앞에 마주 앉혀 놓고, 살아가는 일상에서도 사기死棋가 아닌 활기活棋를 두어야 한다고 뇌리에 박아 넣듯 말하기도 했다.

그 기억이 떠올라 바둑판을 꺼내 돌을 잡았으나 머리와 손이 따로 놀면서 위안이 되지 않았다. 지금 처한 상황에선 묘수가 필요한데 딱히 대안이 없다. 그만 바둑 두기를 접고 느릿느릿, 바둑알을 색깔대로 구분해서 통에 담았다. 바둑판을 한 쪽으로 밀어놓고 주방으로 왔다. 식탁에는 선영이 차려 놓은 밥이 있지만 생각이 없어 물만 한 잔 마시고 다시 거실로 나왔다.

요즘 기준의 일상은 어두운 동굴에 갇힌 것처럼 불안했다. 세찬 바람을 맞고 있듯 가슴이 시리고 대책 없이 퍼져버린 신경 가닥들을 모아 쥐기 힘들었다. 어디서부터 이렇게 꼬인 걸까, 짚어보지만 답답할 뿐이다. 거실 창으로 비쳐드는 햇살 속에 미세한 먼지 입자들이 고물거렸다. 그것들은 기준의 답답한 속내처럼 무게감 없이 제 자리를 흐르고만 있다.

기준은 한숨을 내쉬며 바닥에 벌렁 누웠다. 햇살에 눈이 시어질끈 감자 망막에 수많은 기포들이 섬광처럼 터졌다. 혼란스럽다. 뒷머리에 깍지 껴 받친 양손을 풀고 옆으로 돌아누웠다. 다리를 구부려 태아처럼 몸을 둥글게 말아보는데, 그렇게라도 됐으면 좋겠다는 서글픈 바람이 뭉클 인다.

*

기준에게서 뭔가 엉키기 시작한 전조가 나타난 건 작년 가을이었다. 그날은 강의가 없는 월요일 오전이었다. 잠자리에서 늦게 일어나 거실로 나오던 참이었다. 집전화가 울렸다. 아직 외출하지 않은 선영이 주방에 있다가 직접 전화를 받더니 기준에게 전화기를 건네며 말했다.

'당신 제자라는데? 요즘도 집으로 전화를 하는 학생이 다 있네.'

받아든 전화기 속의 목소리는 젊은 남자였다. 선영의 말처럼 기준도 당연히 제자 중 누구이겠거니 했다. 그런데 남자는 누구라고 밝히지도 않고 대뜸 정운진이라는 이름을 대더니 쌍욕을 해댔다. 기준은 당혹스러웠다. 전화 속 남자에게 왜 그러는 거냐고 맞받아 항의하는 것보다 눈길이 반사적으로 선영의 기척부터 먼저 살폈다. 다행히 선영은 주방에서 뭘 하느라 거실 쪽에는 신경 쓰지 않고 있었다.

기준은 전화 속 남자에 관해 전혀 모르는 상태였다. 그런 사람에게서 영문도 모른 채 댓바람에 욕설을 들어야 하고 정운진이라는 대상이 들먹여지는 게 불길했다. 당장이라도 전화 속을 뚫고 나와 멱살잡이를 할 듯 과격한 남자의 언사가 두려웠다. 그 폭언을 선영과 함께 있는 공간이어서 대꾸 한 번 못하고 당해야만 했는데 정운진이라는 이름 때문이었다. 선영은 전화기를 들고서도 내내 기척을 내지 않는 기준을 왜 그러지? 하는 표정으로 잠깐 쳐다보았다.

기준은 남자와의 통화가 끝나고서야 정운진에게서 두어 번 얘기로만 들었던 그 남자가 아닐까, 하는 생각이 퍼뜩 들었다. 선영이 외출한 후에 어찌된 일인지 알아보려고 정운진에게 전화를 걸었으나 받지 않았다. 선영이 돌아오는 저녁까지 몇 번이나 통화를 시도해 봐도 마찬가지였다.

하루 종일 속이 끓었다. 오전의 느닷없던 상황에 대해 이리저리 꿰맞추어 봐도 도대체 짐작할 수 없었다. 확실한 건, 모르는 남자가 연구실이나 휴대전화가 아닌 집으로 전화를 했다는 사실이 단순한 문제는 아니었다. 어쩌면 한번으로 끝날 것 같지 않다는 막연한 불안감이 엄습했다.

다음 날 기준은 정운진에게 다시 전화를 걸었으나 하루 사이에 이미 없는 번호가 되어있었다. 난감했다. 근래 정운진의 생활상을 알만한 주변 사람들을 떠올렸다. 하지만 지금까지 정운진과 가까이 지내는 사람이 거의 없었던 것에 생각이 미쳤다. 설사 있다 하더라도 섣불리 연락할 처지가 아니었다. 정운진을 직접 만난다면 모를까 기준이 취할 수 있는 건 아무 것도 없었다. 남자가 또 집으로 전화하는 일만 없기를 바랄 뿐이었다.

그 일이 있은 후 계절이 바뀌어 겨울로 접어들었을 때였다. 남자에게서 두 번째 전화가 집으로 또 걸려왔다. 이번에는 기준 혼자 있는 오후 시간대였다. 지난번 상황으로 잔뜩 긴장한 기준과 달리 남자의 어투는 전혀 다른 사람인 듯 정중했다. 그 태도에 기준은 도대체 뭐 하는 놈이야? 싶어지며 어이없었지만 그게 문제는 아니다 싶어 누구냐고 다급히 물었다. 남자는 여전히 자신이 누구라는 걸 밝히지 않고 기준의 물음을 피했다. 그리고 이번엔 당연히 받아야 하는 걸 요구하듯, 기준이 가지고 있는 정운진에 관한 것들을 돌려 달라는 말을 덧붙였다.

기준은 정운진과 자신만 알아야 하는 것까지 남자가 알고 있는 것에 또 당황스러웠다. 남자는 돌려받으려는 걸 가지고 나오라며 만날 장소와 시간을 일방적으로 정하고 전화를 끊어버렸다. 그러나 기준은 남자가 정한 약속을 묵살할 수밖에 없었다. 남자가 정한 그 날은 이미 해산시에서 약속이 잡혀 있었기에 그곳으로 가고 있었기 때문이었다. 그게 아니더라도 당시 기준의 심정으로선 남자를 만나고 싶지 않았다.

기준은 지금에서야 그때의 처신에 후회가 됐다. 남자의 요구대로 순순히 만났더라면 참담한 꼴은 당하지 않았을지, 어쩌면 상대방의 단순한 제의를 경솔히 확대해석했던 건 아니었는지, 꼬리를 물고 많은 생각이 들었다. 그럴수록 머릿속은 복잡했다. 해결할 수도 없으면서 한심한 처지만 자꾸 환기됐다.

*

기준은 심난한 마음을 겨우 누르고 강의 준비나 하자 싶어 서재로 들어왔다. 책상 한쪽에 놓인 가방을 열었다. 이것저것 집어넣었던 가방 안은 잡동사니로 뒤죽박죽이었다. 정리를 하려고 안에 있는 걸 죄다 꺼내는데 전단지 같은 사진인쇄물이 딸려 나왔다. 거기엔 가면을 쓰고 고개를 옆으로 돌린 무희가 있었다.

이틀 전이었다. 승용차 뒷좌석 바닥에 떨어져 있던 그걸 우연히 발견했다. 사진 같은데 직접 현상한 건 아니고 A4 용지에 인쇄되어 있었다. 의자 밑으로 거의 밀려들어가서 귀퉁이만 조금 비어져 나와 있었는데 얼핏 보고 어느 유흥업소 홍보용 전단지인 줄만 알았다. 그래서 누가 이따위 걸 차 안에 두었나, 하면서 성가셔했다. 버리려고 주변을 둘러보니 마땅한 곳이 없었다. 할 수 없이 집에 가서 버려야지 하고선 들고 다니던 가방에 무심히 넣었다. 하지만 집에 와선 가방을 서재 책상에 올려놓고는 잊고 있었다.

기준은 사진인쇄물을 잠시 들여다보곤 다른 필요치 않은 것들과 같이 휴지통에 툭 던져 넣었다. 정리된 가방을 한 쪽에 두고 의자를 당겨 앉는데 휴지통이 다리에 걸렸다. 휴지통을 책상 안쪽으로 밀어 넣으려고 하는데 밖으로 비죽 나와 있는 그것이 또 눈길에 잡혔다. 문득 왜 저게 차 바닥에 떨어져 있었을까 궁금해져 다시 꺼냈다.

기준의 집에는 두 대의 승용차가 있다. 한 대는 선영이 사용하는 전용이다. 그 차는 선영의 개인적인 일 외에도 집안 대부분의 기동력을 전담했다. 다른 한 대는 연식이 좀 있는데 기준의 출퇴근용으로만 사용했다. 출퇴근용이라지만 운행하는 건 가끔일 뿐이고 술 마실 일이 잦아서 대중교통을 이용할 때가 많았다. 집을 나서면 바로 강남터미널이라 근무지인 학교 앞까지 한 시간 거리를 굳이 운전할 필요가 없었다. 그러니 누구를 태워주고 할 것도 없지만 기억을 더듬었다. 근래 누가 차에 탔었던가, 달리 짚이는 사람은 없었다.

어쨌든 뜻하지 않게 접한 사진인쇄물은 기준의 기억에 미처 없는 누군가 차에 타서 부주의하게 흘린 것으로 여겨질 수밖에 없었다. 그러면서도 한편으론 그게 다는 아닐 것 같은 생각도 들었다. 인쇄된 사진의 쪽 번호는 1, 2 식의 일련이 아니라 한 장은 1이고 한 장은 5로 표기되어 있었는데 사이에 연결된 무언가 또 있을 것으로 짐작됐다.

사진인쇄물은 상태를 보니 오래전에 찍은 것 같은데 언제 적 사진이며 사진 속 가면을 쓴 무희는 누구일까, 라는 가벼운 호기심이 잠깐 일었다. 기준은 사진인쇄물을 눈앞까지 들어올렸다. 무희가 쓰고 있는 가면 테두리의 화려한 장식들은 창으로 들어오는 햇살에 실제처럼 반짝반짝 빛을 발할 것만 같다. 귀 부분에서 어깨까지 늘어진 구슬 줄도 차르랑! 소리를 낼 것 같다. 그러나 가면의 표정은 어쩐지 먼 곳의 바람처럼 무심해 보였다.

책상에는 대학 교재를 다루는 출판사나 이곳저곳에서 보내온 책들이 무질서하게 놓여 있었다. 보낸 사람과 제목을 확인한 후 휘릭, 넘겨보고 그대로 둔 것들이다. 그 중 적지 않은 책들이 기준에게 그다지 소용되지 않거나 크게 필요한 내용을 담고 있지 않았다. 그러지 않아도 책장이 차있어 둘 데가 마땅치 않아 늘어놓고만 있던 중이었다. 그런 책들은 따로 골라서 누군가에게 주든가 처분해야겠다는 생각이 들었다. 생각난 김에 손닿는 곳에 있는 책들 중에서 우선 몇 권을 대강 추렸다.

기준은 그것들 중 한 권을 무심히 집어 들었다. 그 책갈피에 보고 있던 사진인쇄물을 대강 접어 끼워 넣었다. 그리고 다용도실의 잡화를 넣어 놓는 통에서 노끈을 꺼내와, 재활용으로 버릴 책들과 함께 꾸러미로 묶어 한쪽으로 밀어두었다.

*

    낮 동안 외출했던 선영은 저녁 무렵에 집으로 돌아왔다. 기준은 거실에서 텔레비전을 틀어놓고 축구 경기를 보고 있었다. 그런데 눈길은 화면에 있는데 뭔지 모르게 집중하지 않고 건성인 게 느껴졌다.

"점심 먹었어?"

선영이 심드렁히 묻자 기준은 시큰둥하니 대답했다.

"아니. 우유랑 빵으로 대강 때웠어."

"왜? 입맛이 없어?"

"그런가 봐."

    선영은 물어놓곤 기준의 말을 듣는 둥 마는 둥 하며 옷을 갈아입은 후 서재부터 먼저 들어왔다. 지난번 미술전시회에 갔다가 구입한 도록을 챙기기 위해서였다. 그때 함께 가기로 했다가 사정이 생겨 가지 못했던 지인에게 주려고 같은 도록을 따로 사두었었다. 집에 들어오는데 그 사람에게서 전화가 왔다. 내일 만나기로 했는데 잊지 말라고 했던 게 생각나서 미리 챙겨놓으려는 거였다.

    책장에서 도록을 꺼내는데 책상 한편에 쌓아둔 책들이 눈길에 잡혔다. 이론서들인지 하나 같이 두꺼웠다. 끈으로 묶여진 걸 보니 아마 기준에게 별로 필요하지 않은 것들이어서 처분하려는 거 같았다. 기준은 책장을 비우느라 가끔 그런 책들을 추려서 누군가에게 주거나 재활용으로 내놓았다.

그 중 한 권에 종이가 끼워져 있었는데 대강 접어 넣었는지 밖으로 삐죽 나와 있었다. 선영은 별 생각 없이 그걸 빼서 펼쳤다. 거기에는 한 무희가 있었다. 처음엔 그림으로 여겼는데 자세히 보니 사진이라고 하는 것이 더 정확했다. 그것은 두 장인데 현상하기 전 빛이 새어들어 약간 탈색된 것처럼 바탕이 흐린 빛을 띠었고 갈색 반점들이 점점이 있었다. 그 때문인지 노인의 얼굴에 피고 있는 검버섯처럼 오랜 세월의 낡음이 느껴졌다. 하지만 그 속의 무희는 금방이라도 춤사위를 펼칠 듯 역동적이었다. 카메라 앵글에 잡혀 찰나의 순간 멈췄던 몸짓이 다시 그대로 드러날 것 같았다. 정지되었음에도 바로 눈앞에서 춤을 추고 있다는 실재감을 아주 강하게 풍겨냈다. 손가락 마디마디, 근육의 미세한 움직임, 들이쉬고 내뿜는 미세한 호흡마저 느껴질 것처럼 생생하게 와 닿았다.

무희의 얼굴은 보이지 않았다. 옆으로 돌리고 있는데다 뭔가에 가려있었고 고개는 왼쪽 밑을 향해 약간 숙인 상태였다. 두 팔을 날갯짓하는 새처럼 활짝 벌려서 양손은 엄지와 검지를 맞붙이고 나머지 손가락은 부챗살처럼 펴고 있었다. 오른쪽 다리는 옆으로 구부려서 발바닥을 왼쪽 무릎 안쪽에 댄 자세로 서 있었다. 입고 있는 무복舞服인 흰 옷자락의 하늘거릴 질감 때문인지, 조명을 받은 실루엣은 몸의 곡선을 세세히 드러내며 아주 감각적이었다.

다른 한 장은 같은 사람으로 여겨지는 무희의 정면 모습이었다.

앞서의 사진에서 얼굴이 뭔가에 가려있던 건 무희가 쓰고 있는 가면 때문이었다. 가면은 이마에 연결된 테두리가 있는데 머리를 거의 가릴 만큼 컸고 타오르는 불꽃 모양에 많은 보석으로 치장되어 왕관처럼 화려했다. 그와 달리 가면의 형상은 전통 탈처럼 토속적이었다. 분 바른 듯 뽀얀 바탕에 낮은 코와 작은 입과 볼이 굴곡 없이 평평하고, 반달 같은 눈썹에 화등잔만한 눈은 꼬리로 갈수록 밑으로 처져 해학적이기까지 했다. 그런 얼굴 형상과 이국적이고 화려한 테두리의 조합은 생경했다.

이상했다. 그걸 가만히 들여다보는 선영의 가슴으로 어떤 알 수 없는 감정이 들어앉았다. 그저 어느 때 우연히 접하고 흘려버릴 수 없을 무게였다. 뭔지 몰라도 허술히 아무데나 처박듯 버려질 게 아니라는 막연한 생각도 들었다.

선영은 책장에서 다른 도록 한 권을 꺼냈다. 도록을 펼치자 재질이 두꺼운 투명한 비닐로 날개 면의 반 가량을 덧씌어 놓았다. 안쪽에 손가락 한마디도 안 될 작은 USB가 있었다. 그곳에 허투루 접혔던 사진인쇄물을 펴서 반듯하게 접어 집어넣고 다시 책장에 꽂았다.

2

"병원 가라니까!"

선영이 기준을 향해 퉁명스럽게 말했다.

"병원 가는 게 싫으니까 그러지."

"그렇다고 계속 이러고 있을 거야?"

"어~우…… 살살 해. 하아, 쓰라려!"

"추접스럽게……."

선영은 투덜대며 바지를 내린 기준의 엉덩이에 일회용 비닐장갑을 낀 손으로 연고 약을 처덕처덕 발랐다. 회음부와 항문 골까지 땀띠로 벌겋다. 보기만 해도 가려움과 통증이 심할 거 같다.

기준은 올해 들어 학교 강의를 나가는 것 말고도 여기저기 나다니느라 일상이 분주했다. 자연 승용차나 대중교통을 이용할 일이 잦았다. 여름이 시작되면서는 차량에 에어컨이 가동되어도 계속 앉아있었더니 엉덩이에 땀띠가 나기 시작했다. 살성이 물러 해마다 여름이면 가볍게 겪던 증상이었기에 처음에는 약간의 가려움이 동반됐어도 크게 신경 쓰이지 않았다. 그러다가도 더위가 꺾이기 시작하는 가을로 들어서면 곧 나아졌으므로 대수롭지 않게 여겼다.

방학이 끝날 무렵인 늦여름에 학과 교수들과 함께 2주간 실크로드 쪽으로 여행을 떠나게 됐었다. 그때만 해도 약국에서 구입한 연고만 발라도 괜찮았다. 하지만 여행지에선 상황이 달랐다. 한국에서처럼 곳곳에 에어컨 시설이 되어 있지 않았다. 어딜 가나 불볕더위를 그대로 겪어야 하는 열악한 환경이었고, 하루 종일 장시간 비행기와 버스를 타면서 오래 앉아 있느라 땀띠 난 부위가 심하게 덧나고 말았다. 의료시설도 열악해 병원을 찾을 수도 없었지만 설사 있다 하더라도 버젓이 드나들 처지가 아니었다. 함께 간 일행들에게 나 이런 상태요, 라며 광고하듯 떠벌리고 싶지 않아 누가 알까 내색할 수 없었다.

환부는 한국에서 가져간 약을 바르면 조금 나아지는 것 같다가도 다시 장시간 차를 타고 나면 증상이 더했다. 덧난 부위를 건드리지 않으면 견딜 만한데 움직이다보면 자극이 될 수밖에 없었다. 특히 가려움이 고역이었는데 그럴 경우 사람들이 있는 곳에선 곤혹스러웠다. 도저히 가려움을 참을 수 없을 땐 힐끗힐끗 눈치를 봐가며 긁적거리거나 구석진 곳으로 숨어들어 긁어야 했다. 그런데도 한국으로 와서도 여전히 병원 가는 걸 자꾸 미뤘다.

*

선영은 약을 발라준 후 부리나케 비닐장갑을 벗어 휴지에 싸서 버렸다. 물티슈를 꺼내 손가락 사이사이까지 긁어 파듯 꼼꼼히 닦아냈다. 그런 후 소파에 앉아 텔레비전 채널을 고르느라 이리 저리 리모컨을 눌렀다.

"뉴스 나올 시간 안 됐어?"

기준이 바지를 추스르며 묻자 선영이 뚱하게 채널을 한 정책방송에 고정시켰다.

오늘의 북한 동정이라는 표제가 화면을 장식했다. 유려한 말투의 여자 아나운서가 북한의 이모저모를 소개하자 익숙하나 이질적인 풍경의 다른 화면이 나타났다. 조선중앙인민방송이다. 머리카락 한 올 흐트러짐 없는 북한 측 여성 아나운서의 카메라 앞에 선 자세가 사뭇 경직되었고 각진 음절로 단호히 끊는 말투가 카랑했다. 그 뒤로 천천히 달리는 전차와 제복을 입고 절도 있게 수신호를 보내는 북한 여자 교통관의 모습이 물처럼 흘렀다. 한낮인데도 몇 사람만이 오가는 평양의 거리는 적막했다.

장면이 바뀌었다. 현재 국내에서 발생한 어떤 사안에 관련된 예전 자료화면이 나왔다. 지난 정부의 한 대통령이 기자 회견을 하고 있는 모습이다. 당시 집권 체제에서의 야당이 인신공격을 하는 것에 대응하는 태도가 강경했다.

"어처구니가 없어서. 기업이며 돈 있는 사람들을 있는 대로 주리를 틀어 놓고는 뭘 잘했다고 저래. 서민을 위한? 사람 사는 세상? 어느 꿈속에서 놀았던 거야, 뭐야? 그런 게 가능할 것 같았으면 지금까지 그렇게 피 터지게 치고 박고 했겠어. 그리고 한 나라의 수장이라는 위인이 조금만 건드리면 한 번 해보자고 달려들고 말이야. 품위가 있어야지, 품위가!"

기준은 땀띠가 난 엉덩이 때문에 소파에 엉거주춤 앉으며 투덜거렸다. 대학을 안 나왔으니 별 수 있겠어, 라는 그 다음 말은 삼켰다. 선영을 의식해서인데 무람없는 부부 사이라도 속물처럼 보일 수 있다는 걸 염두에 두어서다. 겉으로야 지난 정권의 정책에 대한 불만인양 드러내고 있지만 속내는 고졸 출신 대통령을 함부로 깔아뭉개고 싶은 무시와 폄훼다. 기준에게서 대외적 포장이라는 가치는 중요한 덕목이다. 세상을 살아가는데 있어 지배적인 힘을 실으며 작용한다고 여겼다. 때문에 자신을 둘러싼 대상들의 모든 가치 척도를 그에서 발현시켰다.

텔레비전은 다시 화면이 바뀌며 다른 장면이 나타났다. 검찰청 앞에 카메라를 든 수 십 명의 기자들이 밀리며 플래시가 연신 터졌다. 성 스캔들과 관련한 비리 혐의로 방송과 언론 매체에 요란스레 오르내리는 한 사학재단 이사인 중년 남자가 차에서 내렸다. 노타이 차림의 셔츠 단추 몇 개가 열려 있고 안경 너머 보이는 눈이 퀭해서 초췌하기 이를 데 없다. 약간 벗겨진 이마 위에 머리카락 몇 가닥 흘러내린 모습이 초라함을 더 했다.

뒤이어 또 다른 차에서 내리는 한 젊은 여자의 모습도 비쳤다. 대학교수가 되었으나 학력위조 의혹에다 자질이 부합되지 않음에도, 규모가 큰 국제행사를 총괄한다는 것에서부터 불거진 한창 떠들썩한 사건의 핵심 인물이었다. 여자는 통통 튀던 평소의 모습과 달리 머리칼이 제대로 손질되지 않아 헝클어져 있다. 카메라 세례를 받느라 역시 초췌한 모습으로 고개를 푹 숙이고 있다.

두 사람은 얼마 전까지 여자의 학력 위조설은 모함이며 둘 사이는 공식적 업무 관계였을 뿐 연인 관계가 아니라고 강력히 주장했다. 관련 행사 건과 공금 횡령은 전혀 상관없으며 사실무근이라고도 했다. 그렇게 몰고 가는 사람들을 무고와 명예훼손으로 고발하겠다며 서슬이 퍼렇던 모습은 찾아볼 수 없다. 화면 밑으로 그들에게 구속영장이 발부됐다는 자막이 나타났다.

"결국은…… 그나저나 가족들은 무슨 죄야. 남편이나 아비 잘못 둔 죄로 앞으로 사회생활이나 제대로 하겠어? 쯧쯧!"

선영은 앞에 놓인 사과를 껍질도 깎지 않고 통째로 베어 물었다. 우그적! 단호한 그 소리에 옆에 있던 기준은 어딘가 틈이 있어 겨울날 매서운 바람이 썰렁 들어오는 것 같으면서 괜히 움찔했다.

사타구니가 또 스멀스멀 가렵다. 바지 속으로 손을 넣어 긁적거리며 정말 병원을 가야 하나, 생각하지만 아무래도 내키지 않는다. 병원을 찾게 되면 차트에 신상이 기록될 테고 의사 앞에 발가벗은 아랫도리를 벌려야 한다. 벌겋게 부어오른 회음부와 항문을 남 앞에 까발리는 게 싫다. 죽을병이 든 것도 아니니 날이 본격적으로 추워지면 가라앉겠지, 하는 위안을 애써 갖는다.

기준이 앉은 자세를 바꾸려고 몸을 옆으로 트는데 환부가 삐끗 쓸리며 통증이 일었다. 아아…… 옅은 신음이 나오며 얼굴이 절로 찡그려졌다. 선영은 그런 기준을 보지도 않고 건성으로 물었다.

"어머니 몇 시 차 타신대?

"으응…… 오후 늦게 출발한다고 하셨어. 차표 끊는 대로 다시 전화하신대…… 아후…….."

선영은 엉덩이를 들고 어기적인 모양새로 앉아 있는 기준이 한심했다. 그러지 않아도 크지 않은 체구는 달랑 들어 올려도 될 만큼 왜소했다. 원체도 약간 구부정한 등은 더욱 휘었고 안경을 쓴 양미간에는 세로 주름이 졌다. 머리 자를 시간도 없이 뭐가 그리 바쁜지 새치가 듬성한 머리털이 부스스하게 귀를 덮을 판이다.

기준은 지난 몇 년 동안 의아하리만큼 분주했다. 많은 학술 답사나 학회와 세미나라며 잦은 출장을 다녔고 자주 외박을 했다. 그런 일상은 앞으로도 결정적인 제동이 없는 한 지속될 것 같다. 결혼해서 지금까지 기준의 바깥 일정과 행동에 촉을 세우지 않았

지만 내심 신경이 쓰였다. 선영은 그런 심정이면서도 겉으로 드러
내진 않는다.

*

선영은 친구의 주선으로 처음 기준을 만났다. 소개하는 자리에
나가긴 했으나 썩 내키지는 않았다. 당시 기준은 서울대 출신이라
고는 하나 안정된 수입도 없이, 박사학위 취득 논문을 준비하며 몇
몇 수험생 과외와 보따리 시간 강사를 하던 중이었다.

기준은 집안 형편이 여유롭지 않았다. 한 때 넉넉했었다지만 가
세가 기울어 살림이나 겨우 꾸려가는 정도였다. 외형도 백 칠십이
될까 한 키였고 몸집도 크지 않아 어쩐지 허해 보였다. 다소 냉소
적인 말투와 표정 때문인지 전반적으로 예리함을 드러내긴 했으
나 달리 보면 인텔리적인 분위기를 풍겨서 나쁘진 않았다. 그러나
꺼려지는 게 또 있었다. 상대를 자주 힐끗거리며 보는 눈매에서 풍
기던 기운이었다. 단순히 자리가 어색해서의 쭈뼛함이 아니었다.
일종의 탐색 같은 거였는데 그 눈길을 받는 상대방으로선 편치 않
았다. 아무튼 그때 선영은 뭐라고 딱 꼬집을 수 없이 개운치 않아
기준에게 관심을 두지 않았다.

그랬음에도 소개한 친구는 선영에게 좀 더 만나보라고 계속 부

추기며 우연을 가장한 자리를 만들기도 했다. 그렇게 몇 번 만나다 보니 어느 결엔가 생각이 달라지기 시작했다. 기준에게선 의외로 상대를 끌어당기는 뭔가가 있었고 어떤 상황에서의 처세는 듬직한 힘까지 실린다고 여겨졌다.

기대치에 미치지 않던 것들은 그런 감정에 슬그머니 상쇄되었다. 집안 형편이 넉넉지 않다는 것도 그저 그런 외형도 그다지 중요할 것 같지는 않았다. 스치듯 닿았던 개운치 않은 감정에 비중을 실을 필요도 없다고 여겨졌다. 시간이 좀 흐른 후 사회적 위치는 보장될 거라는 친구의 말에 혹하진 않았어도 그의 아내라는 자리라면 괜찮은 조건일 거라는 생각도 들었다.

선영은 밥은 먹고 살만한 아버지 덕에 지금까지 삶의 고단함을 겪지 않고 지냈다. 대학을 졸업하고 아버지의 재정 지원으로 고향 인근의 한 사립중학교 교사가 됐다. 교사라는 직업에 큰 관심이 없었어도 아버지가 정해 놓은 틀 안에 거부 없이 흡수되었다. 스스로도 진취적인 전문성과 치열하게 두각을 나타낼 능력이나 열정도 없다고 여겼기에 그 울타리가 나쁠 건 없었다.

아버지는 평소에 지니고 있던 생각을 선영에게 강요하다시피 합리화했다.

'에미나이 직업으로 선생처럼 좋은 게 어디 있슴메. 시집 갈 때 내세우기 좀 좋갔니. 에미나이가 백날 잘나면 뭘 하갔어. 능력 있고 똑똑한 신랑 만나면 되는 거 아이겠니. 여자 팔자 그만하면 된

다. 시집가선 직장 같은 건 생각도 말라이. 서방 그늘에서 사랑 받고 편하게 살면 되지!'

아버지의 말대로 선영에게도 교사라는 직업은 결혼에서 갖추어야 할 상위요건 중 하나였으며, 배우자 선택에서 내걸어야 하는 상품 가치일 뿐이었다. 그럼으로써 배우자의 튼실한 배경의 질을 보장받으면 되었다.

기준을 만날 당시에는 애착 없던 삼 년 남짓한 교사 생활이 지루할 때였다. 정년까지가 아니라면 사회생활 경험으로 그만하면 충분하다고 여겼다. 그 무렵 이 년째 사귀던 남자도 있었다. 그는 같은 학교에 있던 평교사였다. 지방대학을 나왔고 집안이나 실력도, 학벌이나 인맥 등 딱히 내세울 게 없는 평범한 환경이었다. 조직 내에서 무탈하니 교감, 교장으로 수동적 상승 이동을 하면서 정년을 맞으면 성공한 셈이었다. 그는 결혼 의사도 내비쳤지만 선영은 망설여졌다. 사회에서 큰 영향력도 없이 코흘리개 아이들을 상대하는 사람의 아내로 평생 살고 싶지는 않았다. 그렇듯 선영은 사귀던 남자와 기준을 무게 달듯 가늠하면서 결국 기준 쪽으로 기울었고 남자와는 헤어졌다. 기준과의 결혼을 염두에 둔 후에는 교사 생활도 미련 없이 그만두었다.

기준은 선영과 결혼하면서 시간 강사를 벗어났다. 수도권 주변에 위치한 경천시의 한 사립대학에서 조교수와 부교수를 거쳐 빠르게 정교수가 되었다. 선영의 친구들이나 전 직장동료 교사들의 배우자는 대부분 평교사거나 평사원일 때였다. 그들은 맞벌이와 육아를 병행해가며 사회 계층 구조의 중심에 진입하려고 아등바등했다. 선영은 그들에 비해 여유롭고 우아했다. 지방대학이긴 해도 교수 아내라는 더 높은 위치에 있다고 자부했다.

그러나 시간이 지나면서 주변사람들은 빠르게 중심부라는 배경을 지니게 됐다. 그에 반해 지방에 살고 있는 자신은 점점 밀려난다는 열패감이 들었다. 특히 강남 쪽에 터를 잡은 이들에게 그 감정은 더 했다. 선영과 기준의 가치잣대로 볼 때 그들은 삶의 양질이라는 표상의 중심에 있었다. 선영은 그들이 부러웠다. 삶의 척도가 상층으로 분류되는 그곳에 뿌리 내릴 염원을 가졌다. 기준 또한 마찬가지였다. 대외적으로 성공한 사람들과 교류하며 동등한 인맥을 형성하고 싶어 했다. 그 바람은 몇 년 후에 주거지만이긴 해도 일부 이루어졌다.

선영은 드디어 바라던 강남으로 입성했다. 그곳에서 같은 눈높이 선상에 있는 사람들과 돈독한 친목 도모는 필수였다. 그들과 함께 골프를 치고 고급 취향을 공유하며 잦은 국내외 여행을 했다. 필요에 의한 종교생활과 미술 창작이라는 취미생활로 활동 교류를 활발히 했다. 그러면서도 학자의 아내로 적당히 검소하고 건전한 생활을 한다는 걸로 보이기 위해 신경 쓰며 생활했다.

*

선영의 결혼생활은 단순하면서 평온했다. 성가시고 복잡한 일은 언제나 기준의 몫이었다. 자식들의 학업, 과외, 진로와 관련해서도 기준이 시키는 대로 따라가면 됐다. 아들은 기준과 같은 서울대학을 졸업했고 군 생활도 카추샤로 복무한 후 지금은 대기업에 근무하고 있다. 딸도 올해 서울 사대문 안의 대학을 졸업하고 방송국에 취직했다. 취업을 하지 못 하는 자식을 둔 부모의 걱정 같은 건 가질 이유가 없었다.

기준은 전업주부인 선영의 영역일 수 있는 가사나 일상의 시시콜콜한 것에 대해선 무관심해 주었다. 다양한 취미 활동을 하라며 부추기거나 밖에서의 행동반경도 간섭하지 않았고 그 연배가 지니고 있을 가장의 권위의식도 드러내지 않았다. 옷이나 신발도 선영이 사다 주는 대로 군말 없이 입거나 신을 정도로 까탈을 부리지 않았다. 선영에 대한 애정표현도 살가웠고 자식들에게도 자상했다. 어떤 경우에는 단순하다 싶을 정도로 감정을 그대로 드러내거나 자잘한 실수를 해서 인간적인 헐렁함도 내보였다.

선영으로선 기준의 그런 행위들이 보여주기의 작위라고 여겨질 때도 있지만 상관없었다. 그건 결혼생활에서 각자의 필요에 의해서라는 걸 알기 때문이다. 선영은 부부는 일심동체라는 말을 신뢰하지 않는다. 어디까지나 이심이체다. 다만 신실한 신자임을 증명하기 위해 교리를 확신할 의무감을 가지듯, 제도와 관습의 결혼 가치관에 동승할 뿐이다. 결혼생활에 한 해, 한 해 더께가 앉을수록 그 믿음은 견고하다.

경제적인 면에서도 나름대로의 수준으로 살아가는 데 어려움은 없다. 결혼하면서 친정에서 받은 물질의 도움이 컸다. 결혼 초기에 아버지는 기준이 근무하는 학교가 있는 경천시에 신혼집으로 브랜드 있는 30평대의 신축아파트를 사주었다. 서울보다 집값이 쌌어도 적은 금액은 아니었다. 기준이 정교수가 되는데 필요한 금액도 제공 받았다.

몇 년 후에는 목돈을 또 받았다. 아버지가 오래전에 헐값에 사 들였던 도시 외곽의 넓은 땅이 있었다. 적지 않은 부지를 놀리기 뭐했던 아버지는 소작을 주며 콩 농사를 지었다. 그 땅은 도시가 급격히 확장되면서 중요 개발구역에 포함되었고 시청의 신청사가 들어서게 됐다. 땅이 생각지도 않게 큰 값에 팔리자 아버지는 결혼한 자식들 기반을 마련하는데 보탬이 되라고 미리 나눠주었다.

치재에 밝은 기준은 그걸 바탕으로 실속 있는 재테크를 꾸준히 했다. 그렇게 해서 모인 돈은 선영 부부의 알찬 재산 증식이 됐다. 서울의 중심가는 아니지만 유동인구가 적당한 지역에 4층짜리 상가건물 한 채를 장만했다. 지금까지 공실이 없을 만큼 상권이 알찼다. 시가와 친정 지역에도 땅을 마련해서 일단 농지로 대여해주고 있다. 나중에 그 땅들도 실한 무게를 실을 거라는 기대를 갖고 있다. 그처럼 납부하는 종부세액이 만만하지 않을 만치 부동산에서 나오는 수입이 쏠쏠해서, 선영은 기준의 교수 월급에 가정경제를 기대지 않는다.

기준은 평소에 교수라는 직업 특성을 인식해서 검소하게 생활한다는 걸 드러내 보이려 했다. 집안의 가구들도 생활에 꼭 필요한 것들만 구비해 놓고 있어 집에 와 본 사람들은 의외라는 내색을 했다. 그것도 결혼할 때 장만한 거라 거저 준다고 해도 가져가지 않을 만큼 낡아서 선영이 몇 번이나 바꾸자고 해도 만류했다. 연식이 있어 바꿔도 충분한 승용차를 그대로 탈만치 기준은 소시민적 삶을 사는 걸로 무장했다. 아울러 냉철한 논리적 이성과 교양, 학자로서의 강직한 윤리의식을 갖추었음도 시사하고자 애썼다.

그간 선영이 보고 겪은 기준은 실생활에서 자신의 입지를 세우기 위해 항상 뭔가를 구상하고 기획했다. 그런 걸 보면 책상물림인 학자보다 정치나 사업 쪽이 적성에 맞을 것 같은데 그 기획력이 제대로 실행되는지 어쩐지는 모르겠다. 그간의 깜냥으로 본다면 대체로 실효성이나 실용성을 끌어올리는 것 같긴 한데 지지부진한 상황도 있지 않았나 싶다. 얼핏 겉은 그럴싸한데 막상 들어가 보면 시원치 않거나 어떤 경우에는 어설프게 제 발등 찍는 경우도 있을지는 알 수 없다.

어쨌거나 선영에게 기준이라는 울타리 안은 무풍지대고 배우자로 선택한 건 만족할 만했다. 선영의 삶은 누가 봐도 온실 속처럼 따뜻해서 평온하게 살아왔고 또 그렇게 살아갈 것이다. 휘몰아치는 변수가 없는 한.

*

저녁 무렵 기준의 고향인 동진에서 선영의 시어머니 강경분이 왔다. 식사를 하는 동안 식구들은 거의 말이 없다. 식사를 마치고 거실에 나와 과일을 먹을 때도 선영의 가족들만 있을 때와 달리 모두 멀뚱했다. 마지못해 앉아 있던 아들과 딸은 과일 한 조각을 먹고 나더니 해야 할 게 있다고 각자 제 방으로 들어가 버렸다. 틀어놓은 텔레비전 소리만 집안을 흘러 다녔다. 시어머니가 오면 늘 그런 풍경이었다.

가라앉은 분위기를 의식한 기준이 시어머니에게 지나는 말처럼 물었다.

"삼촌은 요즘 어떻게 지내세요?"

"낸들 아니!"

시어머니의 말에 필요 이상의 까칠함이 담겼다. 그런 반응이 하루 이틀 일은 아니다.

"저번에는 목…… 장…… 뭐라더라? 하여간 나무 잘 깎는다고 고성군에서 상 받았다더라."

"그래요? 잘 됐네요."

"그까짓 거, 그래봤자 목수질이지. 그 짓거리 한다고 너희 아버지가 얼마나 못마땅해 했누? 집안 우세스럽다고."

시어머니가 툴툴거리며 삼촌 진표를 의도적으로 깎아 내리자 선영이 조심스럽게 말을 받았다.

"어머니, 요즘은 그런 사람들은 예술가나 장인이라고 해서 대접 받아요."

"쳇, 예술가 다 얼어 죽었다!"

시어머니는 진표를 추어주는 선영의 말에 심사가 상했는지 버럭 역정을 내며 눈 꼬리가 샐쭉했다.

"아, 글쎄 그 위인은 혼자된 늙은 형수가 지척에 살아도 일 년 가야 고작 서너 번 코빼기나 삐죽 비추고 말지. 그래서 머리 검은 짐승은 거두지 말란 옛말이 하나도 그른 게 아니다. 제깟 게 언감생심 감히 이 집안에……."

시어머니는 말을 하다 말고 힐끗 선영을 쳐다보았다. 며느리 앞에서 쉬쉬해야 할 집안 사정을 떠벌렸나싶어 눈치를 보는 것이다. 하지만 선영은 관심 없다는 듯 텔레비전에만 눈길을 두었다. 기준이 화제를 돌렸다.

"병원 예약했으니 내일 검진 받으세요. 이번에는 위내시경 검사도 하는 거니까 아홉시 넘어선 아무 것도 드시지 마시구요."

"알았다. 에구, 에구…… 온 몸 어디 성한 데가 있어야 말이지.

누가 옆에 있어 챙겨주지도 않고 자식도 떨어져 사니…….”

시어머니는 조금 전 카랑한 서슬과는 달리 무릎을 콩콩 두드리며 엄살을 했다. 그러면서 곁눈질로 또 슬쩍 선영을 쳐다봤다. 들어보라는 소리였지만 선영은 들은 척도 안 했다.

시어머니는 선영에게 엄살이 먹히지 않자 시무룩이 텔레비전에 눈길을 건넸다. 선영은 그런 시어머니를 물끄러미 바라보았다. 여든이 되었는데도 그리 보이지 않을 만큼 혈색이 좋았다. 얼굴은 검버섯이나 잡티도 없이 뽀얗고 주름도 많지 않았다. 정기적으로 피부과에서 보톡스나 마늘주사 백옥주사를 맞으며 관리하고 있다는 걸 안다. 철철이 보약을 달고 지내는데다 몸이 조금만 시원치 않아도 종합병원에서 검진을 받겠다고 득달같이 아들네로 직행하니 아플 새도 없다.

그러나 살집 투실한 흰 손 등에 옅게 피는 검버섯과 늘어지는 목살에서는 어쩔 수 없는 노추의 기미가 퍼졌다. 그에 비해 장신구의 보석 알은 터무니없이 크고 화려했다. 불빛을 받은 보석들은 격 없이 요란스러운 광채만 내뿜었다. 손톱에 칠해진 검자주색 에나멜과 입고 있는 옷은 노인의 치장으로는 민망하게 화려했다. 그럼에도 왠지 추레했다. 눈빛은 움켜쥐지 못한 안타까움과 짜증이 가득했는데 쥐어짜는 안달 때문이었다.

선영은 결혼 후 지금까지 시가와 원만했고 불만도 거의 표내지 않았다. 시어머니의 터무니없는 억지에 언짢음이 들기도 하지만 혹 불어 날리는 가벼운 정도다. 누구보다 시어머니의 성정을 잘 알기 때문이다. 시어머니는 삼년 전에 선영의 집에서 함께 살았으나 사 개월을 넘기지 못하고 동진으로 다시 가고 말았다. 시어머니 말에 의하면 동진에서 자신의 입지는 아직까지도 극장 집, 목재소집 사모님으로 불리고 사람들은 예를 갖춰 공손하다고 했다. 그런데 서울에선 같이 어울리는 사람들이 도대체 본 데 없이, 땅 값 올라 졸부가 된 덕분에 큰 소리만 뻥뻥 친다고 했다. 그래서 어울리는 게 편치 않다는 걸 강조했지만 그건 군색한 변명이었다.

그들이야말로 수준급이었다. 학력, 재력, 배경이며 사회에서 내로라하며 살아왔고 그런 자식들을 둔 삶 자체가 교양화와 고급화였다. 시어머니는 그들보다 자신이 지닌 배경이 여러모로 수준 낮다는 걸 알았다. 그러자니 자존심은 상하고 잘 어울리지 못했다. 지나온 삶처럼 중심이 되고 떠받들려야 하는데 그러지 못 하니 괜한 억지를 부렸다.

선영은 그런 시어머니를 이해 못할 바는 아니다. 시골이긴 했어도 그 영역에서 오래도록 가진 자의 우월을 훈장처럼 달고 많은 것의 중심이라는 정서와 환경에서 부족함 없던 삶이었다. 그런 삶에 어느 날 날벼락처럼 강타한 직격탄은 치명적이었다. 시어머니에게 그건 떨쳐낼 수 없는 흉물스러운 환부가 되어버렸다.

잠시 조용하던 시어머니가 갑자기 기준에게 바짝 무릎을 붙이며 말을 건넸다.

"그나저나 얼마 후면 아버지 기일인데 올해가 삼년 째로 진짜 탈상 아니냐. 정성을 좀 들였으면 싶은데."

시어머니의 말에 기준이 선영을 흘깃 보면서 난감해했다. 시어머니의 정성을 들이자는 말이 뭘 뜻하는지 알기 때문이다. 단순한 탈상 의식이 아니라 적지 않은 돈을 들여 또 굿을 하자는 것일 터였다. 선영은 두 사람을 신경 쓰지 않으려 일부러 시선을 다른 곳으로 돌렸다.

"어머니! 일 년 탈상도 치렀잖아요. 요즘 세상에 누가 그런 거일일이 챙긴다고 굳이 또⋯⋯."

기준의 말이 채 끝나기도 전에 시어머니의 표정이 단박에 일그러지며 대판 싸울 듯 언성이 높아졌다.

"뭐라고? 하이고, 자식이 번듯한 대학교수면 뭘 해! 아버지 마지막 가는 길 성의 좀 들이자는데. 그게 그렇게 잘못된 일이냐? 오냐, 알겠다. 네가 안하면 나라도 하면 되지. 자식 다 필요 없다!"

시어머니는 금방 눈물바람이다. 당장이라도 주저앉아 바닥을 치며 통곡이라도 할 태세다. 선영은 슬그머니 일어나 주방으로 왔다. 어린 아이 심통 같은 푸념과 그걸 쩔쩔매며 받아야 하는 모자의 소용가치 없는 대화에 괜히 휩쓸리고 싶지 않았다.

싱크대 수전 손잡이를 당겨 물을 트는데 시어머니에 대한 경멸과 무시가 노골적으로 치올랐다. 별 일도 아닌데 돌발적이고 어이없는 행동은 그동안 식구들에게 낯설지 않았다. 원하는 게 먹히지 않으면 떼쓰는 어린 아이처럼 억지를 부렸다. 조곤이 얘기를 나눌 수 있는데도 제대로 들어보지도 않고 불 같이 화를 내며 언성을 높이거나 트집부터 잡았다. 특히 삼년 가까운 동안 그 정도가 심해졌다.

"아이고, 영감. 자식이라는 놈 말하는 뽄새 좀 보소. 즈이 아버지가 어떻게 돌아가셨는데 저 따위로 말해야겠수. 그 기막힌 일을……."

시어머니는 금방이라도 바닥을 치며 꺼이꺼이 울 듯했다. 그 앞에서 기준은 곤혹스러워 했다. 주방에서 그런 두 사람을 한심한 눈길로 보는 선영의 표정에 도대체 왜 저러는 거야? 짜증 섞인 딱한 기색이 역력했다.

3

선영의 이른 아침나절은 부산했다.

기준과 시어머니가 함께 동진으로 가는 차비를 챙겨야 했다. 시어머니가 며칠 와 있는 동안 병원에 다니는 수발에다 한 공간에서 지내느라 불편했다. 입맛이 까다로워 음식도 신경 써야 했고 혹시 기분을 언짢게 할까 말이나 행동도 조심하느라 애썼다. 무엇보다 매일 나다니던 외출을 못하니 답답했다.

선영은 주차장에서 두 사람을 배웅하고 돌아서면서 해방감에 후련했지만 그 기분도 잠시였다. 현관을 들어서자 치워야 할 일상의 잔해들이 어수선했다. 오늘은 가사도우미도 오지 않는 날이고 점심 무렵에는 친정에도 가야 했다. 바삐 움직여야 시간을 맞추련만 일단 소파에 벌렁 눕기부터 했다. 이렇게 해보는 게 며칠 만인가, 팔과 다리를 쭉 뻗으며 늘어지게 기지개를 켰다. 이리저리 자세를 바꿔가며 한참을 소파에서 뒹굴었다.

그러다 문득 집안 기류가 짙어졌다. 물속처럼 적요했다. 소음이 완벽히 차단된 공간에서 부유하는 느낌이었다. 그 속에서 어느 순간 자신의 존재는 중심을 벗어나 언저리를 막막히 겉도는 것 같다는 생각이 들며, 어느 한 곳이 뭉텅 잘리는 허탈감이 엄습했다.

요즘은 뭔가에 대한 감정을 폭발하듯 쏟아내야 하는데 그러지 못 해서 오는 울분으로 맥이 빠질 때가 많았다. 머리는 차갑게 이성을 유도하지만 가슴은 들끓는 감정에서 허우적대기도 했다. 그 때문에 일상이 너저분하게 늘어진다는 사실이 각성으로 다가들면서, 간결한 정리를 하지 못 한다는 것에 지끈거리는 두통으로 자주 띵했다. 그런 것들을 생각하자 기분이 아주 더럽고 엿 같다. 빠지지 않을 수 있는데 누군가 기습적으로 미는 바람에 질퍽거리는 오물에 발이 빠져 이러지도 저러지도 못 하는 낭패감과 억울함이었다.

선영은 그 기분을 떨치려 소파에서 몸을 일으켰다. 바닥에 발을 딛는데 갑자기 뭐라도 집어 던져 박살내고 싶은 충동이 훅 일었다. 독한 열기가 온 몸에 후끈 퍼지며 호흡이 가빠졌고 화가 치밀어 가슴까지 뻐근했다. 다시 소파에 털썩 앉으며 소파 등에 머리를 기댔다. 가슴을 꾹꾹 누르며 천천히 호흡을 가다듬고 거실 창밖을 보았다. 썰렁한 바깥 풍경이 담겼다. 모든 것들이 점점 텅 비어가고 있었다.

대기는 꾸무럭했다. 이른 눈이라도 내릴 것 같다. 그러고 보니 일기예보에서 눈이 내린다고 했던가. 눈이 온다면 급한 일도 아닌데 굳이 오늘 친정에 갈 이유가 없다. 휴대전화를 열어 날씨 상황을 검색했다. 다행히 흐리기만 할 뿐 눈이 내린다는 예보는 없다.

띵동! 띵동!

적요함속에 초인종 소리가 파고들었다. 홈 패드 화면에 여동생의 얼굴이 비쳤다.

현관에 들어선 여동생은 신발도 채 벗지 못하면서 묻기부터 했다.

"사돈어른 가셨어?"

"아침에 형부랑 같이 가셨어. 병실에는 제부가 있니?"

"응."

"사돈어른 수술 경과가 괜찮다니 다행이야. 문병은 며칠 후부터 가능하다니 그때나 가봐야겠다."

"그렇게 해."

"밥 먹어야지?"

"먼저 좀 씻을게. 아우, 꿉꿉해. 샤워는 고사하고 겨우 고양이 세수만 한다니까. 머리 감은 지도 이틀이야."

동생은 어지간히 급했던지 욕실에 들어가기도 전에 홀렁 홀렁 겉옷을 벗었다.

동생의 시어머니가 선영의 집 근처에 있는 대학병원에서 어제 수술을 받았다. 완쾌될 때까지 지방에 살고 있는 동생 부부는 교대로 오가며 간호를 할 수밖에 없었다. 동생은 내일 아이 문제로 학교에 가봐야 해서 제부에게 병실을 맡기고 오늘 집으로 가려던 참이었다.

선영은 친정에 가면서 부모와 같은 지역에 살고 있는 동생도 데려다 줄 겸 같이 가자고 했다. 동생은 처음에는 기준 때문에 불편해서 집에 오지 않고 병원 정문에서 기다리겠다고 했다. 그 속내가 짐작돼서 기준이 없다고 하자 그제야 선영의 집으로 온 것이다.

동생 부부와 기준은 평소에도 사이가 썩 좋지 않았다. 집안 행사가 있을 때면 어쩔 수 없이 봐도 일부러 시간을 만들어서까지 서로 어울리지는 않았다. 기준은 동생이 결혼할 때부터 제부를 탐탁하지 않아 한데다, 제부가 하는 일에 건건이 노골적인 한심함을 내비쳤다. 그렇다 보니 동생 부부로선 기준에게 서운함이 쌓였다. 세 사람 모두 하나 뿐인 형부와 처제, 동서 간임에도 데면했다. 그러니 중간에 있는 선영의 처신이 불편할 때가 많았다.

선영은 뱀 허물처럼 벗어 놓은 동생의 옷가지들을 개켜서 한쪽에 놓았다. 욕실에서 들리는 물줄기 소리가 조용한 집안을 휘저었다. 동생이 나올 동안 밥상을 차리면 될 것 같아 찌개를 데우려고 가스레인지 스위치를 눌렀다. 새파란 불꽃이 단숨에 솟구쳐 올랐다. 화락거리는 불길을 멍한 시선으로 한참을 바라보았다. 아주 깊고 낮은 곳으로 한없이 빨려들 듯 정신이 멍해졌다. 그러다 뭔가에 텅 부딪친 것처럼 화들짝 놀랐다. 선영은 정말 요즘 내가 왜 이런가 싶어 체머리를 흔들며 불길에서 그만 눈길을 거뒀다.

서둘러 거실 바닥에 널려 있는 잔해들을 정리하고 청소기를 가동했다. 투명한 먼지 거름망 안으로 식구들이 떨군 먼지와 머리카락이 요동치며 빨려들었다. 그것들은 좁고 투명한 통 안에서 작은 잿빛 뭉치로 하찮게 도르르 말렸다. 선영은 자신 안에 그 무엇도 저리 되고 있는 건 아닌지 씁쓸해진다.

*

욕실에서 나온 동생은 차려준 밥을 달게 먹었다. 선영은 그 모습에 딱한 생각이 든다. 여러 환자와 보호자로 북적대는 6인실에서 하루 종일 간호하며 지내는 일이 여간한 일이 아닐 거였다. 삼일 째 그러고 있으니 잠자리나 씻고 먹는 게 영 부실했을 터다. 그 마음의 반영이 반찬 그릇들을 동생 앞으로 더 밀어놓았다.

"언니, 엄마하고 통화했어?"

"응."

"이번에 시어머니 편찮으신 걸 보면서 우리 엄마 아버지가 새삼 고마웠어. 부모가 건강한 것도 복이라는 생각이 들더라. 요즘 우리 집은 난리야. 병원비도 그렇고 식구가 죄다 매달려야 하잖

아. 아이 거두는 거랑 살림 엉망인 건 말 할 것도 없고 내 일은 엄두도 못 내."

"그러게 말이다."

"그러고 보니 엄마 아버지 오늘 큰 딸 보게 돼서 좋아하시겠네. 자고 올 거야?"

"응, 그러려고."

친정은 차로 한 시간이면 갈 수 있는 곳이다. 지난 추석에 들러 봤으니 두 달이 다 되었다. 마음만 먹으면 아무 때나 다녀올 수 있건만 그간 소홀했다. 지난번에 어머니와 통화를 했는데 한번 다녀 가길 바라는 내색을 비쳤다. 마침 시어머니도 동진으로 돌아간다기에 어제 친정나들이를 결정했다. 아들과 딸도 밤늦어서야 돌아올 테니 하룻밤 자고 온대도 크게 신경 쓸 건 없었다.

선영은 집안 단속을 해 놓고 화장까지 마친 후 거실로 나왔다. 동생은 식탁에 앉아 갖고 온 파일 철을 열어 그 안의 것들을 부산하게 뒤적거리고 있었다. 정리가 제대로 안 됐는지 손길이 산만했다.

"뭐니?"

"이거? 대학원 연구과제 발표 자료야."

자료 양이 두툼했다. 펼쳐 놓은 걸 보니 대부분 인쇄물이었다.

동생은 늦은 나이에 다시 공부를 시작했다. 전공은 북한학인데 뭐 의외일 건 아니다. 선영은 제부가 하는 일과도 관계가 있을 거라 그러려니 했다. 하지만 어머니는 필시 이북에 미쳐 있는 사위가 딸을 들썩거려서 그런 거라 단정 지었고 이젠 안식구까지 끌어들인다며 대놓고 혀를 찼다. 아버지는 이렇다 저렇다 말없이 학비를 지원해 준다고 했다.

선영은 그런 아버지에 대해 처음에는 의아했다. 예전 선영에게 늘 하던 말이 있었기 때문이다. 여자란 남편 그늘에서 사랑 받고 살면 좋은 팔자라고 하던 것과는 달라서였다. 아버지 식이라면, 여자로서 학부까지 마친 딸이 그것도 가정을 꾸려야 하는 주부가, 늦은 나이에 현실에서 별 효용성도 없는 공부를 한다는 건 당치 않았다. 그런데 반대는커녕 학비까지 지원한다니 별 일이었다.

아버지는 전쟁 통에 혈혈단신 피난 내려와 갖은 고생을 하며 자수성가를 했다. 그러노라니 당시로서는 적령기를 지난 늦은 결혼을 했다. 자식은 사남매를 두었는데 여동생은 마흔이 넘어 낳은 막내딸이어서 무척 귀애했다. 그런 딸이 당신의 평생 한이 된 실향의 아픔과 무관하지 않은 공부를 한다는 자체가 의미 이상이었을까. 이것저것 재 볼 이유 없이 마음이 가는 거라 여겨졌다.

선영의 제부는 요가학원을 운영했었다. 학원을 시작할 무렵에는 요가 붐이 일던 때여서 제법 수강생들이 몰려들었지만 여세가 한풀 꺾이자 한산해졌다. 선영은 가끔 어머니를 통해서 학원 운영이 어렵다는 말을 들으면 신경이 쓰였다. 그 심정을 동생네가 기분 상하지 않는 선에서 자잘한 경제적 도움을 주는 걸로 대신했다.

그런데 제부가 뜬금없는 북한주민돕기 일을 한다면서 북한을 드나들기 시작했다. 대외적으로는 남, 북측 관계자들이 남·북 공동 겨레품앗이를 모토로 함께 하는 일로, 주 활동지는 휴전선에 근접한 북측 동부 지역이었는데 시가가 있는 동진과도 가까웠다.

북한은 아직도 나무가 주 땔감인 곳이 많아서 주민들이 산에 있는 나무를 죄 베다보니 산림이 초토화 될 지경으로 심각했다. 제부가 참여하는 일은 그런 문제점들을 해결하겠다는 취지의 사업이었다. 거기에는 단순한 봉사 단체 말고도 영리를 목적으로 하는 개인 사업자들도 포함되었다.

선영의 제부가 처음 그 일을 시작했을 때는 친북 무드가 고조되면서 '햇볕정책'이 확대됐다. 그 기류를 타고 관변, 민간단체들이 우후죽순 생겨났고 제부도 그에 편승했다. 제부의 공식 직함은 한 민간 봉사단체의 자원봉사단장이었다. '분단을 치유하는 봉사활동'이라는 기치를 내 걸고 한동안 활발히 활동했다.

그 단체가 하는 일은 봉사단 교육이나 행사진행, 방북해서의 사업 진행 등이었고 남한의 각 계층 인사들을 찾아다니면서 홍보와 기부금 후원을 받는 거였다. 사실 홍보니 후원이니 하지만 그건 대외적 명분이었다. 정확히는 사업자들에게 봉사 취지에 대한 설명과 함께 사업에 투자했을 시 영리를 보장할 수 있다는 설득력을 지녀야 했다. 그러기 위해 사회에서 인지도가 있는 사람들을 끌어들였는데 그들도 함께 한다는 공신력을 심어줄 필요가 있기 때문이었다.

　동생네 집에 가보면 제부가 유명한 연예인이나 정치인, 대학 교수들과 나란히 찍은 사진들이 많이 걸려 있었다. 선영은 그런 걸 보며 오히려 신뢰가 가지 않았다. 보여주기 식의 이득 확보 방편 같았다. 한번은 동생 성화에 운영하고 있는 봉사단체 사이트에 들어가 보니 그런 과시용 홍보 자료가 빼곡했다.

　그럼에도 후원자 대상 물색이 만만치 않았다. 후원이라는 게 대부분 기부금인데 남의 주머니에서 공돈 빼내기가 녹록한 일은 아니었다. 학연 혈연을 동원해 찾아다니며 애걸 수준이었다. 제부는 선영의 아버지나 기준에게도 기부금을 부탁했다. 실향민인 아버지야 군소리 없이 했지만 기준은 서너 번쯤 부탁을 받고서야 최소한의 액수만 마지못해 하고는 뒷소리를 해댔다. 선영은 이왕 주는 거 기분 좋게 쾌척하라고 했지만 제부의 하는 일이 마뜩치 않긴 마찬가지였다. 봉사니 어쩌니 표면적인 거야 거창하지만 아무래도 집안 살림 꾸려 가는 게 시원치 않은지 자주 아버지에게 손을 벌렸다. 그런 걸 보며 제 식구 생활도 제대로 해결하지 못하면서 무슨 봉사는, 그런 마음이었다. 어머니도 그래서 마땅치 않아 했다.

　정작 동생은 제 남편이 하는 일을 열렬히 지지하는 건 물론이고 아예 그 분야에 함께 몰두했다. 여차하면 깃발 든 전사처럼 나설 태세였다. 올해부터 대학원 공부를 시작한 것도 그 영향이었다. 두 사람은 이념을 떠나 한 동포로서 서로 나눈다는 그 일이 대단한 역사적 숭고함이나 되는 양 여겼다. 하지만 다른 형제들은 뭘, 뜬구름 잡는 짓거리야? 라며 입을 삐죽거렸다.

정권이 바뀌었다. 대북 노선이 강경해지면서 두 체제는 경색 국면이 돼버렸다. 자연 제부가 하는 일도 제재를 받아서 상황이 여의치 않게 묶이고 말았다. 그래도 제부는 몇 년을 더 매달리더니 아무래도 생활이 먼저라 다른 일을 찾아야 했다. 그러지 않아도 동생 부부를 한심해 하던 기준은 비아냥거렸다.

'정국이 어떻게 돌아가고 있는데 씨도 안 먹히는 언제 적 대북 봉사 타령을 하고 있었던 거야. 그것도 다 시기를 보고 덤벼들어야지. 그리고 방향을 틀려면 잘 둘러보고 정해야 하는 거 아냐? 호랑이 담배 먹던 시절도 아니고 촌스럽게 아궁이 개량은 또 뭐야? 처제도 그래. 이왕 하는 공부라면 실익적이어야 하지 않아? 여하튼 처제나 심 서방 둘 다 대책 없기는 참!'

그러나 다시 또 다른 정권으로 바뀐 후 북한이 핵시설 처리장을 없애고 양측 정상이 오가는 등 팽팽히 대치하던 남북 간에 화해 무드가 조성되었다. 남측의 개성 신의주 간을 운행할 철도 조사단도 북측에 파견할 만큼 유례없는 상황이 발생했다. 그에 대해 누구보다 아버지가 갖는 감격 어린 기쁨이 컸다. 남과 북의 두 정상이 판문점에서 만나는 장면을 실시간으로 중계하는 걸 보다가 울음을 터트렸다고 어머니가 전해주기도 했다.

실향민 모두가 그러하듯 아버지도 북쪽에 두고 온 가족을 애타

게 그리워했다. 1983년의 이산가족찾기에도 가족을 만날 수 있을까 해서 바삐 알아보고 다녔지만 아무 소식도 들을 수 없었다. 남북이산가족상봉에도 신청했지만 선정되지 못 했다. 아버지는 한동안 우울해 했다. 여든이 넘은 나이에 이제는 북에 두고 온 가족을 만날 기회가 없을 거라는 아픔 때문이었다.

그나마 제부 입장으로 보면 현재 남북 간에 진행되는 상황이나 흐름은 청신호가 되지 않을까, 라는 기대감을 가질 수 있었다. 그러면 기준의 비아냥거림도 기우가 될지 모른다. 그런 때문인지 요즘 제부는 주변 사람들에게 다시 활발한 홍보를 하고 있다. 선영에게도 주기적으로 북한주민 대상 사업에 관한 자료문안을 보냈다. 성가셔서 제대로 읽어보진 않지만 어쨌건 선영은 제부가 하는 일이라도 잘 풀리기 바라는 마음이 크다.

4

혼잡했다.

시장 입구에 자리한 광장은 가판 트럭에서 틀어대는 유행가소리로 들썩했다. 이불이며 베개 등 침구류 가대들과 잡다한 생활용품이며 생선, 채소를 파는 난전도 죽 늘어서 있었다. 많은 사람들이 그 사이를 북적이며 누볐는데 장날이었다.

기준과 어머니는 광장을 지나 장터 안으로 들어섰다. 어머니가 부근에서 미용실을 운영하는 친정 조카인 인정에게 뭘 주어야 한다고 해서다. 어머니가 동진으로 돌아간다고 하자 선영은 함께 백화점에 가서 이것저것 필요한 걸 사 주었다. 그때 어머니는 인정에게 줄 것도 마련한 모양이었다.

오늘 기준이 어머니와 함께 동진으로 온 건 어딘가로 좀 벗어나 있고 싶어서였다. 얼마 후면 아버지 기일도 있고 해서 그때까지 고향집에 머무를 예정이다. 강의가 일주일에 두 번 뿐인데다 학교가 동진에서 한 시간 반 남짓 거리라 다니기가 무리이진 않을 거였다. 곧 종강이기도 했다.

기준은 장터를 걸으며 어린 시절 어머니를 따라왔던 기억이 아스라하게 되살아났다. 집안 형편이 넉넉해서 부족함 없던 환경이었어도 온갖 물건이 넘쳐나는 시장 구경은 언제나 신났다. 좀 더 자라선 고향을 떠나있다 보니 그 후론 시장에는 와보지 못 했다. 명절이나 제사로 일 년에 몇 번 고향에 와도 잠깐 집에만 머물다 갈 뿐이어서 이렇게 와 보기는 처음이었다.

시장 안으로 좀 더 들어오니 음식 좌판들이 자리했다. 어머니는 떡을 파는 곳에서 인절미를 사며 기준의 입에도 하나를 넣어주었다. 기준은 길거리라 민망하면서도 입 속에 감기는 쫄깃함과 콩가루의 맛이 고소했다. 그 옆의 어묵 좌판 주인은 날렵한 솜씨로 반죽을 떼어 펄펄 끓는 기름 솥에 넣었다. 국밥집의 야외용 가스레인지 위에선 국솥이 허연 김을 내며 설설 끓었다. 그 앞에 나이 든 남자들이 앉아 있었다. 막걸리 사발을 놓고 얼굴에 술기운이 불콰해서 서로 건네는 말소리가 왁자했다. 오래 자리를 잡고 앉았던지 안주로 먹고 있던 국밥에 허옇게 기름기가 떠 있었다. 옆에선 엿을 팔았는데 엿장수는 각설이 차림을 하고 흥겨운 음악에 맞춰 쩔렁쩔렁 가위를 치며 요란한 춤을 추었다. 사람들이 그 앞으로 모여들어 웅성댔다. 장날의 시장은 여기저기에서 물건을 팔려는 호

객과 흥정소리로 흥청댔다.

그런데 기준은 이상했다. 장터를 걷는 동안 어떤 선명치 못한 기억들이 문득, 문득 정수리를 껄끄럽게 눌러댔다. 형상이 정확하지 않은 그 속에는 지금처럼 많은 사람들이 있었던 것 같다. 누군가 멱살을 잡아 흔들며 호통을 치고, 누군가 길바닥에 쓰러져 있고, 그 옆에서 겁에 질려 울던 어린 여자 아이의 모습 등 파편적인 장면들이 두서없이 머릿속에서 흔들렸다. 기억의 가닥이 무심코 잡혔는데 뚜렷하지 않아 입에서 뱅뱅 돌 때 같았다. 영 개운치 않았다.

그런 중에 인정이 일하는 미용실에 도착했다. 문을 열고 들어서자 강한 퍼머약냄새가 진동했다. 장날이라 손님들이 많았는데 인정은 보조 미용사도 없이 혼자 하느라 분주했다. 그 와중에도 어머니를 보고는 반색을 하다 뒤에 기준도 서 있는 걸 알고는 화들짝 놀랐다.

"어머! 기준이도 온 거야?"

"예. 누님 잘 지냈어요?"

"이리 와서 좀 앉아. 고모도 앉으세요. 거의 끝나가니까 잠깐 기다리세요."

인정은 손님 머리를 만지던 드라이기를 잠시 내려놓고 서둘러 간이 의자를 내놓았다. 기준은 얼굴을 봤으니 물건만 전해주고 나가려다 어쩔 수 없어 의자에 일단 앉았다. 말로는 거의 끝나간다지만 인정의 일은 짧은 시간 내에 끝날 것 같진 않았다. 머리에 울긋불긋한 보자기를 뒤집어쓰고 기다리는 사람들만 대여섯 명이었다. 그 속에서 남자 혼자 앉아 있는 게 멋쩍었다. 기준은 아무래도 일어서야겠다 싶어 어머니를 일으켰다.

"잠깐 있어봐라. 이것 좀 주고."

어머니가 가방에서 포장한 작은 상자 하나를 꺼내며 말했다. 어딜 갔다 올 때면 인정 몫으로 뭐라도 꼭 챙겼는데 친정 피붙이에다 혼자 사는 걸 안쓰러워해서였다.

인정은 동진읍에 주둔한 군부대에 소속된 직업군인과 결혼했지만 남편은 사년 만에 영내에서 일어난 사고로 죽었다. 그 후부터 지역의 직업군인과 교사를 상대로 하숙을 치면서 살았다. 고등학교까지 아이들 무상교육과 연금이 있어 생활에 큰 곤란을 겪진 않았지만, 혼자 몸으로 어린 자식들을 키운다는 건 쉽지 않았다. 그랬던 세월이 어느새 사십년이 되었다.

어머니가 물건을 전해준 뒤 미용실을 나가려고 하는데 출입문이 열리며 한 중년 여자가 들어섰다. 자그마한 키에 암팡진 체구였다. 여자는 사람들과 안부를 나누다가 어머니를 알아보고는 깍듯이 인사했으나 어머니는 찬바람이 나게 고개를 돌렸다. 그래도 여자는 얼굴에 웃음을 담으며 다시 인사를 건넸다.

"아이구! 남이야 어떻게 지내든 뭔 상관이라고. 별 걸 다 신경 쓰고 지랄이네. 할 일 없으면 가서 잠이나 자빠져 자든지!"

어머니의 말투와 표정이 듣기 민망하게 과한 적의를 드러냈다. 여차하면 한바탕 달려들 기세였다. 그 광경에 미용실에 있던 사람들이 어머니를 향해 혀를 차며 수군거렸다. 조금 전까지 상냥한 웃음을 띠던 여자는 어머니의 무례한 태도에 표정이 굳어졌다. 당황한 기준은 여자에게 급히 사과를 하고 어머니를 앞세워 서둘러 미용실을 나왔다.

어머니는 잡아끄는 기준의 손을 뿌리치며 발칵 화를 냈다.

"아, 놔라! 내가 뭔 죄 졌냐?"

기준이 알고 있는 어머니는 평소 자기중심적이고 까다롭긴 해도 무턱대고 경우가 없지는 않았다. 근래 들어 감정 표현이 억지에다 거칠긴 해도 식구들한테나 그러는 거지 남들에게는 되도록 체면을 차렸다. 그런데 이렇게까지 격앙된 감정을 내보이는 걸 이해할 수 없었다.

"왜 그러세요? 인사하는 건데?"

"내가 저 집안 종자들 생각하면 이가 갈려서 그런다! 에이, 재수 옴 붙었다. 퉤!"

어머니는 혐오스러운 걸 씹은 것 마냥 길바닥에 침까지 퉤 내뱉었다. 기준은 대체 누군데 그렇게 막무가내냐고 묻고 싶지만 지금으로선 가만있어야 할 것 같았다. 괜히 물었다가 역정만 더하기 십상이었다.

그런데 여자는 어딘지 생판 낯설지 않았다. 어머니의 돌발적

58
밤의 그늘

인 행동에 당황해서 급하게 나오느라 미처 알아보지 못했지만 낯이 익었다. 하지만 누군지 명확하게 떠오르지는 않았다. 그와 함께 장터에서 불현듯 들던 선명치 않은 기억이 달라붙듯 뜬금없이 다가들었다. 누군가 큰 소리로 호통을 치며 멱살을 잡아 흔들고, 누군가 길바닥에 쓰러져 있고, 어린 여자 아이가 겁에 질려 울던 장면들이 다시 뇌리에 맴돌았다. 여전히 부연 막이 씌워진 듯 흐릿했지만.

*

기준은 부루퉁한 어머니를 달래며 집으로 들어섰다. 나이든 부모가 있는 대개의 시골 고향집이 그렇듯 어머니가 살고 있는 집도 비슷한 풍경이다. 마루 유리문을 열자 정면으로 보이는 벽에 여러 사진이 나란히 걸려 있다. 기준은 신발을 벗으려다 사진에 잠시 눈길을 멈췄다.

흑백사진 속의 이미 사라진 존재들은 화석처럼 정형화되어 지난 한 시절, 한 지붕 아래서 함께 숨 쉬며 살았던 것 같지 않다. 시간을 건너 뛰어 불쑥 튀어 나온 듯 비현실적이다. 어떤 건 오래전 사진을 이미지화하느라 도료가루를 살짝 찍어 놓은 듯 군데군데 단순한 붉고 푸른 색상을 가미시켰다. 그랬음에도 생생함을 주지는 못 했다.

할아버지 허상만은 머릿기름을 발라 반들하고 단정하게 하이 칼라 머리를 했다. 살색이 희어 섬세하면서 예리함을 풍겼고, 치켜 올라간 짙은 갈매기 눈썹 밑에서 눈빛이 옴팡하니 매초롬했다. 날렵한 콧부리를 타고 내린 콧방울이 넓었는데 사람들은 그런 코에 재복이 들었다고 했다. 그 옆의 할머니 고순단은 골격이 커 보이는 얼굴형에 광대뼈가 불거졌다. 피부도 검어서 할아버지와는 대조되는 외향이다. 생전에도 체구가 큰 데다 뼈대가 굵어서 여성스러운 느낌은 많지 않았다. 사진을 찍는다고 긴장해서인지 눈을 잔뜩 부릅떴다. 아버지 허재표는 얼굴에 살이 두둑한 신수 좋은 장년의 모습이다. 얼굴빛이 불그레 혈기가 있고 선이 굵어서 호방해 보였다. 그러나 나름대로 근엄한 표정을 짓고는 있어도 어쩐지 제 몸보다 큰 옷을 입은 것처럼 허청했다.

또 다른 사진 속에는 모든 식구가 함께 있다. 조부모를 중심으로 부모가, 그 뒤로 기준 형제들과 삼촌 진표가 서있다. 진표는 끝에 있었는데 낄 자리가 아닌 사람처럼 쭈뼛하니 어색했다. 기준의 교모에 고高자가 새겨있는 걸로 봐서 고등학교에 입학할 무렵 찍었던 것 같다. 식구들 모두 두꺼운 코트를 입고 뚫어져라 카메라를 응시하고 있다. 힘 준 눈과 입을 꽉 다문 표정들이 무겁다.

기준의 대학교와 대학원 졸업사진도 있다. 학사모를 쓴 검은 가운 속의 표정은 경직되어 있다. 숱 많은 양쪽 눈썹 끝은 갈매기 날개처럼 치켜 올라있다. 할아버지 허상만과 눈썹은 물론 눈 코 입이 판에 박은 듯 닮은꼴이다. 커다란 잠자리 안경 속의 매초롬하면서 크지 않은 눈과 눈빛마저 흡사했는데, 그냥 봐선 젊었던 시절과 나이 들어서의 같은 사람으로 여겨질 만 했다.

그런 기준의 눈에 옹골찬 힘이 꽉 차있다. 금방이라도 끓어 넘칠 듯 부글거리는 열망이 가득했지만, 으르렁거리며 포효하는 맹수가 아닌 꾀가 번뜩거리는 눈빛이다. 순수한 젊음의 풋풋함에서 풍기는 것과는 다른 거셈이다. 그 거셈을 가는 붓으로 그려 놓은 듯 얄따란 입술이 완화시키지만 어딘지 이기적이다.

그 옆에 기준의 아들딸 유치원 졸업 사진도 함께 걸려 있다. 지난 세대의 흑백과는 달리 다양하고 화사한 색상 속에 싸인 아이들은 초여름 신록처럼 푸르다. 그렇듯 몇 세대를 걸친 사진들은 한 집안이 지나온 시간 흐름의 증거일 수 있었다. 그 간극에 단순한 흑백과 여러 색의 형상이 지남과 다가옴의 박제와 생동으로 공존했다. 그 속에는 보이지 않았던 많은 것들이 자리하고 있을지 모를 일이었다.

"과일이라도 좀 주랴?"

어머니의 말투가 아까보다 나긋했다. 그런 걸 보니 감정이 좀 누그러진 것 같다. 기준은 마루로 올라서며 그 낌새를 타고 넌지시 물었다.

"아까 그 여자가 누군데 그렇게 역정을 내셨어요?"

"얼러리, 야 좀 봐라? 아, 그 진가네 것들 아니냐?"

어머니의 언성이 금세 거칠어지며 표정이 파르르해졌다.

"진가네요? …… 아!"

기준은 진가네라는 말에 잠시 누구네 집인가 하다 한 집안이 퍼뜩 떠올랐다. 어딘지 여자가 낯설지 않다 싶었던 게 짚어지며 그제야 여자가 누군지도 비로소 생각났다.

"자~알 한다. 아들이라는 게 저 모양이니. 쯧쯧!"

"저야 잘 모르죠. 자주 보는 사람들도 아닌데요. 그런데 어머니, 이젠 그러지 마세요."

"그러지 말라니? 그래 네 아버지가 당한 게 분하지도 않더냐? 자다가도 가슴을 칠 일이구만. 한다는 소리라곤. 쯧쯧!"

"그 일은 이미 오래 전에 아무 상관없다고 밝혀졌는데 어머니가 자꾸 그러시면 엄한 사람한테 감정 푸는 거 밖에 안 돼요. 괜히 체면만 우스워진다고요. 그러니 이젠 편하게 생각하세요."

"넌 속 편해 좋겠구나."

"어쩌겠어요. 이미 지난 일인데요."

"……"

어머니도 기준의 그 말에는 별 반응을 안 하는 걸 보니 그 사람들 때문에 아버지가 그리 됐다고 전적으로 여기진 않는 것 같다. 대신 가방에서 주섬주섬 옷가지를 꺼내는 모습에 체념과 분함이 복잡한 시름처럼 담겨 있다.

기준의 집안과 진 씨 집안.

거기에는 아버지라는 이유 말고도 두 집안에 걸친 오래된 껄끄러움이 높은 산의 골처럼 깊었다. 그 이유에 대해 기준은 지금까지도 자세히 모른다. 알려고 든다면 왜 모를까 만은 그간 집안 어른들은 공공연히 드러내지 않았다. 그랬기에 입을 닫을 수밖에 없는 문제려니 싶어 굳이 알려고 하지 않았다. 그리고 초등학교 졸업 이후부터는 서울에서 쭉 생활했기 때문에 고향이라고 해서 낱낱이 짚을 정도로 유대감을 갖고 있지도 않았다.

기준은 다시 한 번 벽에 걸린 사진들에 착잡한 시선을 두었다. 그러면서도 삼촌인 진표에게선 눈길을 건너뛰었다. 그 눈길에 의도적인 배제가 담겨 있다.

"그나저나 기령인 연락 와요?"

"모르겠다. 소식 없으면 잘 살고 있겠거니 여기면 되지. 휴……."

대수롭지 않게 말을 하지만 기준은 어머니의 속마음이 기막히다는 걸 안다. 기령이라는 말만 들어도 불이 담긴 화로를 안고 있듯 가슴이 홧홧할 것이다. 어머니만큼이야 아니더라도 기준에게도 기령은 많은 시간이 흘러도 씻기지 않는 응어리였다.

기준의 어머니가 그동안 살았던 삶은 신산하거나 요동치는 부침과는 거리가 멀었다. 작은 읍 소재지인 시골이었지만 넉넉한 집안의 막내딸로 자랐고, 그 시대의 많은 여자들이 제도적 교육을 제대로 받지 못했음에도 고등학교까지 마쳤다. 시가도 재력이 있어

많은 사람들을 수하에 부리며 살아왔다. 둘러싸고 있는 환경은 거칠 것 없는 햇볕 따뜻이 내리는 양지였다.

수재였던 맏아들 기준은 찬란한 광휘였다. 어딜 가든 극대의 부러움과 선망을 받았다. 자식이 주는 충만은 재력 있는 남편이 주는 것과는 또 다른 의미였다. 남편으로 인해 취하는 것이 탄탄한 틀이라면 자식은 반석 같은 고고함이었다. 당연히 다른 자식들도 그 전철을 밟아 풍요로운 삶에 또 다른 윤택함을 더 할 거라 믿어 의심치 않았다.

그러나 지녔던 영화는 남편의 사업 몰락과 함께 모래집처럼 허물어졌다. 맏아들이 준 고고한 우월은 다른 자식들이 무지막지하게 불어버린 입김으로 허망하게 흩어졌다. 흔적이 있긴 했다. 나락 같은 추락이었다.

*

기준의 형제는 삼남매다. 기준 밑으로 남동생인 기락과 여동생 기령이 있다. 같은 부모에게서 태어난 형제라 해도 각자의 그릇은 달랐다. 기준이 공부 쪽으로 싹수가 있었던 반면 남동생 기락은 일찌감치 공부는 작파했다. 할아버지를 많이 닮은 기준과 달리 외향이며 성향까지 아버지를 빼다 박았다.

어릴 때부터 남동생 주변은 와자했고 제 손으로 책가방을 들고 다니지 않았다. 항시 친구들 중 누군가 들어 주었는데 거기엔 부유라는 후광이 작용했다. 좀 더 자라선 그만그만한 수준의 천방지축 아이들을 몰고 다니며 불량기를 내보였다. 툭하면 주먹질을 해서 두드려 팬 상대의 합의금을 물어주다 지친 어머니의 푸념이 너덜거렸다.

'내가 저 놈의 새끼 때문에 제 명에 못 죽지 싶다. 에구, 저 웬수! 제 형 발가락만큼만 닮았어도…….'

그러나 아버지는 맏아들의 기질과 다른 둘째 아들을 깔끔히 인정했다.

'아, 사내놈이 그럴 수도 있지! 불알 달린 놈이 그만한 패기도 없으면 뭣에다 써. 저만할 땐 주먹질도 하고 커야 세상사는 맛도 아는 거야. 계집애들처럼 다소곳한 것보다 백 번 나아. 괜찮아, 괜찮아! 다 한 때야. 저런 놈들이 철들기 시작하면 외려 알짜배기로 산다고!'

자신의 소싯적을 생각하며 젊은 놈 한 때 지나는 바람이려니 단순히 여겼다. 그렇게 초기에는 대수롭지 않게 허허거리며 눈감아 주었다. 푸념을 하는 어머니를 달래거나 어떤 때는 사내놈 기죽이지 말라고 지청구를 주었다. 하지만 정도가 심해지자 결국 폭발하고 말았다.

남동생이 고등학교 일학년 때였다. 같이 어울려 다니던 패들과 다른 껄렁한 패들 간에 패싸움이 붙었다. 젊은 혈기의 단순한 주먹다짐이 아닐 정도로 사태가 컸다. 남동생 패들보다 저쪽 패들의 부상이 심했다. 각목을 휘둘러 머리가 터지고 갈빗대가 나간 건 예사였다. 그 중 한 명은 치명적인 부상을 입어 큰 병원으로 이송되기까지 했다.

아버지는 상대편 부모들이 합의를 해주지 않아 연줄 닿는 대로 다리를 놓고 빽을 써서 무마시키느라 애를 썼다. 합의하는데 들어간 돈도 적지 않아서 지금껏 푼돈처럼 건넨 액수에 비해 등이 휘청할 정도였다. 화를 주체 못 한 아버지는 남동생의 방종을 다잡겠다며 방에 집어넣고 몽둥이를 들고 들어갔다. 때리는 소리가 퍽퍽 흘러 나왔다. 남동생은 며칠 동안 운신을 제대로 하지 못했다.

하지만 그것도 소용없었다. 잠시 주춤하는가 싶더니 여전히 마찬가지였다. 어떡하든 고등학교나 마치게 하려고 별 수단을 다 쓰던 아버지도 두 손 들고 말았다. 남동생은 결국 고등학교도 중도에 그만두었다. 애가 탄 아버지는 동생을 달랬다. 정 그렇게 공부하기 싫으면 대신 사업이나 배우라고 했지만 콧등으로도 듣지 않았다.

남동생의 짓거리는 점점 심해졌다. 개망나니가 따로 없었다. 싸움질은 여전했고 동네 처녀를 강간해서 부모는 또 곤혹을 치렀다. 심지어는 한참 연상인 유부녀와도 추잡한 염문을 뿌려 읍내가 들썩했다. 여자의 남편은 길길이 뛰며 법정까지 갈 태세였다. 아버지와 어머니는 자식을 전과자로 만들지 않으려고 토질이 좋아 수확이 많던 알짜배기 땅 하나를 처분한 값을 건네고서야 사건은 겨우 정리될 수 있었다. 나중에는 건달들 패거리에 합류하면서 감방을 드나들 위기도 있었다. 그럴 때면 아버지의 재정은 또 다시 안간 힘을 써야만 했다.

그토록 개차반으로 살던 남동생은 마흔이 돼서야 결혼했다. 이미 집안 재정이 바닥났는데도 남동생은 부모에게 가게를 차려달라고 들들 볶았다. 부모는 어찌어찌 힘들게 돈을 마련해 주었는데, 남동생은 경험도 없이 호기를 부리며 고향에서 규모가 큰 갈빗집을 시작했다. 얼마간은 부모의 안면으로 유지했지만 나중에는 가게 세도 못 낼 만큼 어려워졌다. 육 개월 만에 정리하고 다시 업종을 바꿔 한창 유행하던 대형팬시 전문점을 했지만 곧 문을 닫고 말았다. 그 후에도 여전히 이것저것 손대다 여러 번의 실패를 하면서 나중에는 포장마차까지 했다.

그동안 기준의 수중에서도 돈이 꽤 나갔다. 선영도 아는 돈이 있는가 하면 모르게 건네기도 했다. 돈을 대주는 건 이번이 마지막이라는 다짐을 단단히 받고 얼마 전 서울 변두리에 조그만 치킨 가게를 다시 마련해주었다. 장사가 썩 잘 되지는 않아 형편이 빠듯해 보여도 그럭저럭 현상 유지는 하는 것 같아 마음이 놓이면서도 또 언제 훌떡 뒤집어엎을지 불안했다.

어머니는 남동생이 사는 형편을 남 보기 부끄럽다고 여겼다.

자신의 아들이 후줄근한 차림에 오토바이를 타며 닭 배달이나 하는 게 용납되지 않았다. 한 때 떵떵거리며 살던 체면이 말이 아닌 것에 속을 끓였다. 서울에 와서도 부득이한 경우가 아니면 들르지도 않았다. 할 수 없어 보게 되면 용건만 간단히 해결하곤 부랴부랴 나왔다. 그건 둘째 며느리에 대한 어이없는 절망 때문이기도 했다.

남동생이 늦게나마 결혼하겠다고 하자 식구들은 아주 반가워했다. 문제는 그 다음부터였다. 인사를 하러온 여자를 본 어머니는 기함했다. 동진의 한 다방에서 일하던 여자였던 것이다. 좁은 지역에서 커피 배달을 하던 걸 익숙히 보아왔던 터라 노발대발했다.

아버지도 강력히 반대했다. 일차적으로야 자식문제니 어머니와 마찬가지 심정이었으나 말 못할 다른 이유가 있었다. 며느리가 될 줄 모르고 여자가 일하는 다방을 수시로 드나들며 질탕한 농지거리와 수작을 했으니 기가 막힐 노릇이었다.

'참으로 알 수 없는 게 인간사로고! 한 치 앞을 알 수 없으니. 으흐음!'

아버지 허재표의 입에서 나온 장탄식이었다.

*

　기준의 부모는 자식들이 어렸던 시절부터 서울에 집을 따로 마련했다. 삼남매는 초등학교만 졸업하면 서울에서 학교를 다녔다. 어머니는 붙박이 식모를 두고 시골집과 서울 집을 바쁘게 오르내렸다. 당시에 동진의 좀 산다 하는 집들은 대개가 자식들을 서울로 올려 보냈다. 자식의 미래에 대한 높은 지향과 집안의 우월성을 과시하고 싶은 경쟁적 허영이었다. 서울이라는 대도시의 입성은 그렇고 그런 주변과 차별될 수 있는 발판이라고 여겼는데 어머니는 그 허영 표출이 심했다.

　여동생은 부모에게 눈에 넣어도 아프지 않을 고명딸이었다. 어린 시절부터 미술과 피아노 등 예능에 재능을 보였다. 출전한 대회마다 수상을 해서 기준과는 또 다른 성취감을 안겼다. 어머니는 그런 딸의 뒷바라지를 소명으로 여기며 열성이었다.

　하지만 그것도 중학교까지였다. 여동생은 평범했다. 재능이라고 여겼던 건 어머니의 허영이 빚어낸 잠깐의 산물이었다. 적지 않은 돈과 치맛바람을 날리며 뺑뺑이 돌리듯 강행군시킨 결과물이었다. 그런 진행이 아이가 어릴 땐 부모가 원하는 틀에 맞추어 형태화 시킬 수는 있었다. 그러나 부여 받지 못한 억지 재능을 펼쳐야 하는 본인에게는 좌절이라는 한계의 압박이었다. 그런데다 점점 기울어 가는 집안 형편으로 뒤를 제대로 봐줄 수 없었다.

기준이 군에서 제대한 직후였다. 여동생은 미대 입시를 치렀지만 연해 실패하고 삼수 중이었다. 그 와중에 임신을 했다. 이미 인위적 조치도 취할 수 없는 팔 개월이었다. 여동생은 자취를 하며 공부를 한다고 고향집에는 거의 오지 않았고 어머니도 서울 집을 처분했던 터라 들락거리지 않아 몰랐다.

'세상에 어쩌 이런 일이! 내 딸년이 이렇게 될 줄 어떻게 알았겠나. 칼이라도 물고 콱 죽고 싶은 심정이다!'

어머니는 절망에 흑빛이 된 얼굴로 울부짖듯 말했다. 그래도 상황이 상황인 만큼 서둘러 상대 남자와 결혼시킬 작정이었다. 눈에 차는 사윗감이 아니라 해도 찬밥 더운밥 가릴 처지가 아니었다. 그러나 여동생은 아이 아버지에 대해 끝내 말할 수 없었다.

그러자 어머니는 이미 팔 개월이나 지나서 위험한데도 태아를 인위적으로 처리하려고 했다. 그렇게 해서라도 흔적을 남기지 않으려 했지만 생각지 못한 변수가 생겼다. 양수가 일찍 터지며 조기 출산을 하고 말았다. 그걸 지켜보던 어머니는 까무러쳤다. 갓 낳은 아이의 피부가 검었다. 아이를 키울 수는 없었다. 엄두를 못 내는 어머니를 대신해 기준이 나섰다. 아이는 국외입양 기관을 통해 처리되었다.

여동생은 재수를 하던 중에 이태원을 드나들며 아메리칸 드림을 꿈꾸었다. 그곳에서 한 재미교포를 알게 됐다. 그에게서 한국은 이국으로만 인식되는 새로운 낭만의 공간이었다. 여동생이라는 존재도 잠시 지나는 여행지에서의 흥미였다. 허영에 들뜬 여동생의 무모한 열정은 이국적 쾌락의 도구일 뿐이었다.

여동생은 그가 행하는 모든 것에 절대 가치를 부여했다. 그를 통해 흘러나오는 이국의 언어와 여유로움은 갈구와 환희였고 꿈의 낙원으로 들어설 수 있는 문의 손잡이였다. 그것만 돌리면 기회와 풍요, 우월의 나라인 미국 속에 있는 착각이 들었다.

그러나 재미교포는 얼마 후 자신의 국적이 있는 곳으로 돌아갔다. 여동생은 함께 가고 싶어 부모에게 유학 얘기를 꺼냈지만 기운 집안 형편으로는 불가능했다. 그러자 처한 현실의 남루함과 실연의 고통을 힘들어하며 여전히 이태원의 클럽을 드나들었다. 거기서 잠시 어울린 흑인에게 겁탈을 당하고 말았다.

*

1980년대 까지도 사람들에게 외국인에 대한 이해도는 낮았다. 대부분 흰둥이, 양코배기, 깜둥이, 깜상 등으로 비하해 지칭하던 정서였다. 흑인에 대한 편견은 단순히 외국인에 대한 낯섦을 넘어 인간 이하라는 잣대였다.

기준의 부모에게도 흑인은 양코배기보다 못한 깜둥이였다. 그런 대상과 딸자식이 연관되었다는 것만으로도 세상 부끄러운 일이었다. 차라리 동네 어느 껄렁한 백수건달과 눈이 맞아 돌아치는 게 백번 나았다. 흑인의 아이를 낳았다는 사실은 어머니의 기절만큼 여동생에게도 지워지지 않을 낙인이었다.

예전에 기준 동네에 살던 사람의 딸이 직장에서 같이 근무하던 미국인과 결혼하겠다고 고향을 찾은 일이 있었다. 그 집 딸은 공부 잘 했던 수재였다. 대학을 졸업하고 들어가기 힘들다는 외국인 회사에 취직했다고 부모가 동네잔치를 열었을 정도였다. 사람들은 부러워하며 선망했다. 외국, 곧 미국은 풍요로운 낙원이라는 대명사였기 때문이다. 하지만 결혼이라는 전제에서는 기지촌 윤락여성을 떠올렸다. 외국인, 하면 주둔하고 있는 주한 미군이라는 인식이 뿌리 깊던 시절이었다.

한국은 평화유지를 명분으로 내세운 미국의 전쟁 전리품장이었다. 약소국에 은혜를 베푼다는 절대적 시혜자인 그들의 기세는 등등한 모순이었다. 주둔지의 배우지 못하거나 가지지 못한 순이, 선희, 영자들은 수니, 써니, 에레나, 메리라는 또 다른 이름이 되어 그들에게 성性을 팔았다. 그 대가로 가난한 부모형제의 밥과 아들인 오빠, 남동생의 성공을 위한 뒷바라지를 하는 희생을 감수했다. 그럼에도 그들에게 던져진 건 향이 그윽한 아름다운 꽃송이가 아니었다. 양공주, 양색시, 양갈보 등의 국제창녀라는 손가락질이었고 냄새라도 날까 꼭꼭 싸매야 하는 우세덩어리였다. 6·25전쟁이 남긴 또 다른 환향녀들이었다.

그런 정서였던 당시에 국제결혼은 자칫 집안의 수치일 수 있었다. 동네에는 입에 담기 민망한 말들이 흘러 다녔다. 누구네 집 딸이 외국인 회사에서 일하고 있다는 건 말짱 거짓말이라고, 그동안 기지촌 색시로 있다가 양놈 하나 얻어 시집가는 건지 어쩐지 알 게 뭐냐는 수군덕거림이 짜하게 번졌다.

얼마 전까지 누구네 집 딸의 똑똑함을 부러워하고 칭찬하던 사람들이 수군덕거림에 동참했다. 그 중심은 기준의 어머니였다. 평소에도 그 집 딸의 특출함에 시기심을 가지던 터에 동네 여자들과 입방아를 찧으며 조롱하고 멸시했다. 그로 인해 그 부모는 한동안 동네사람들과 접촉할 수 없었다.

어머니는 그렇게 시기심으로 한 집을 왜곡하며 추락시켰는데, 자신의 딸은 정식 결혼도 아니고 아비도 모르는 자식을 낳은 미혼모였다. 그 아비가 양코배기도 아닌 경원시하던 깜둥이라는 사실에 땅을 칠 노릇이었다. 더구나 누가 알까 쉬쉬했음에도 여동생의 일은 고향사람들 입에서 입으로 흘러 다녔다. 기준의 부모는 오랫동안 충격에서 헤어나지 못했다. 어머니가 지난 날 누군가를 바닥으로 끌어내렸듯이 자신도 바닥으로 가라앉아 버렸다.

기준도 다르지 않았다. 지독한 수치였다. 선영은 기준이 말하지 않았는데도 어디서 들었는지 여동생의 일을 알게 됐다. 기준은 그런 선영에게 알 수 없는 굴욕감을 가졌다. 스스로의 열패감이었지만 선영에게서 얼핏, 얼핏 시가에 대한 만만함이 드러나는 걸 느껴서였다.

　세월이 꽤 흘렀음에도 여동생은 지금까지 동진을 거의 찾지 않고 있다. 결혼도 하지 않고 동진에서 멀찍이 떨어진 한 소도시에서 혼자 지내고 있다. 기준은 그런 여동생이 생각나면 안쓰럽다가도 달라붙는 징그러운 벌레를 떨쳐야 하는 기분이 되곤 했다.

5

　기준은 고향집 건넌방에 짐을 풀고 마루로 나왔다.

　서향으로 해 그림자가 길게 비쳤다. 저녁 식사를 하기에는 아직 시간이 일렀다. 그 동안 삼촌 진표에게 잠깐 얼굴을 비쳐야겠다는 생각이 들었다. 마주하는 게 내키진 않지만 하루 이틀 있다 갈 게 아니니 인사치레로 한번은 봐야했다. 어머니에게는 진표에게 간다고 하지 않고 잠깐 볼 일을 보고 오겠다며 나섰다.

　진표가 운영하는 공예관은 읍내에서 10분쯤 거리인 외곽의 반암이라는 곳이었다. 부근에 주둔하고 있는 군부대와 마을 안쪽엔 주민들의 집과 농지가 있고, 바깥쪽으로는 읍내와 연결되어 있는 바다가 반원형으로 크게 휘돌며 감싸는 지형이었다. 그곳에서 읍내까지 둘레를 길게 이은 해안자락과 읍내 정경이 한 눈에 담겨 들었다.

공예관으로 들어서는 길은 승용차 한 대 지나다닐 정도 폭의 소롯길이 오십여 미터 가량 이어져 있었다. 길 양 옆으로 장승과 솟대들이 늘어서있는데 각기 지닌 표정이 다양해서 세상 속 수많은 존재의 천태만상 같았다. 진표가 만든 것들이라 짐작되자 의외의 경이감이 든다. 도열한 장승들을 지나니 공예관 입구에 나무로 된 타원형 설치물이 세워져있다. 거기에 '진眞'이라는 공예관 이름이 양각으로 새겨있다. 아마도 진표의 이름에서 가져온 걸 거라 여기는 기준의 눈길이 설치물에 잠시 머물렀다.

기준은 마당에 차를 세워놓고 내렸다. 공예관 건물은 시골집을 전시 공간 특성에 맞게 변형시킨 거라 소박했다. 마당은 한 편이 주차 공간이고 다른 한 편은 늦가을이라 누런빛이 도는 잔디가 깔려 있었다. 주변으로는 긴 해안을 따라 있는 소나무 군락이 삥 둘러 있어 아늑했다. 사이사이로 광활하게 펼쳐진 푸른 바다가 담겨들었다. 저물어가는 저녁 햇살이 그 바다 위에 윤슬로 내려앉고 있었다.

건물 옆의 후미진 곳에는 작업장공간으로 쓰이는 천막차일이 쳐있었다. 안에서 작업하고 있는 진표가 보였다. 나무둥치를 전기톱으로 자르는 중인데 톱날이 박히면서 톱밥가루가 물보라처럼 퍼졌다. 그 속에서 진표의 얼굴이 부옇게 가려져 얼비치는 형체가 되곤 했다.

진표는 기준을 보더니 톱질을 멈추고 쓰고 있던 보안경을 벗었다. 그리고 이마로 흘러내린 머리칼을 쓸어 넘겼다. 흰머리가 듬성하게 섞인 머리칼이 오후 햇살에 부드러운 잿빛으로 물들었다. 끼고 있던 목장갑을 벗고는 얼굴과 옷에 묻은 톱밥가루를 툭툭 털어내며 기준에게 왔냐고 물었다. 오랜만에 보는데도 한 집에서 매일 보듯 말투가 덤덤했다. 평소에도 대체로 감정 표현이 없는 편이긴 했다.

진표는 예순을 훌쩍 넘긴 나이 때문인지 먼젓번 봤을 때보다 얼굴에 제법 주름이 깊어졌다. 그래도 쌍꺼풀 없는 큰 눈에 서늘한 눈매는 여전했다. 검은자위보다 흰 자위가 많다 싶은 게 오히려 선해보였다. 후리후리한 체형은 왜소하면서 구부정한 태를 지닌 아버지 허상만이나 체격 건장한 형 허재표와는 달랐다. 기준은 그런 진표를 볼 때마다 의아함이 들었다. 부모 자식 형제간인데도 어디 한군데 닮아 보이지를 않아서였다. 개체가 다르기에 그럴 수 있으려니 해도 달라도 저리 다를 수 있을까 싶었다.

진표가 벗었던 장갑을 다시 끼며 말했다.

"이걸 마저 잘라야 하니까 먼저 안에 들어가서 전시관을 둘러보고 있을래?"

"그럴게요. 참, 저번 어머니 생신 땐 괜찮으셨어요?"

"그날 내가 술을 꽤 많이 했지? 취해서 집에 어떻게 왔는지 기억이 흐릿하더라고. 다음날 질부가 해장국을 갖고 와서야 데려다준 걸 알았다. 너도 그때까지 안 일어났다더라."

기준은 지난 5월에 고향집에서 어머니 생일축하를 하러온 인정과 술을 마셨다. 그날은 생각지 않게 진표까지 술자리를 함께 했다. 진표 말로는 어딜 갔다 오다 우연히 들렀다는데, 명절이나 제사 때 말고는 거의 들르지 않았던 터라 뜻밖이었다. 그때 진표는 주머니에서 봉투 하나를 꺼내 어머니에게 건넸다. 그런 걸 보면 생일인 걸 알고 일부러 온 것 같았다. 기준은 진표가 썩 반갑지 않았어도 어머니 생일을 챙겨 찾아온 게 고맙긴 했다. 그 바람에 함께 자리를 하며 평소보다 많은 술을 마셨다. 자리가 파할 쯤에는 잠깐 누웠다 일어난다는 게 그대로 잠들어버렸다. 인정을 배웅도 못하고 선영이 진표를 바래다 준 것도 몰랐다.

다음 날 서울로 돌아올 때는 기준이 심한 숙취로 운전하기 힘들어서 선영이 대신 했다. 동진을 오기 이틀 전에 선영의 차는 골목길을 운행 중이었는데, 갑자기 뛰어든 개를 피하느라 급하게 핸들을 돌리다 그만 주변 지물을 들이받고 말았다. 다행히 개도 치이지 않았고 선영도 타박상 정도였지만 자동차의 앞부분이 파손되었다. 차는 며칠 수리에 들어갔고 동진으로 올 때는 기준의 차를 운행할 수밖에 없었다.

선영은 그날 차 안에서 전날 상황을 무심히 얘기했다.

'어제 삼촌도 많이 취하셨나 봐. 모셔다 드리는데 차에 타자마자 코까지 골면서 주무시더라고. 그런데 갖고 있던 서류봉투에 뭐 중요한 게 들었는지 내내 손에 들고 계시던데, 당신도 봤어? 술 드

실 때 옆에 있던 거?'

선영은 숙취에 멀건 눈빛을 하고 있는 기준에게 물었지만 기준은 기억에 없어 오히려 되물었다.

'뭐였는데?'

'모르겠어. 주무시다 놓쳤는지 내릴 때 뒷좌석 바닥에서 줍는 걸 보니까 무슨 인쇄물 같더라고.'

그날 기준과 선영이 진표에 관해 나눈 말들은 별 의미는 없었다. 말하는 사람이나 듣는 사람이나 그런가보다 심드렁히 넘겼을 뿐이다.

*

진표는 지금까지 결혼도 하지 않고 혼자 살고 있다. 젊은 시절 주변에서 소개도 했지만 마다했다. 그간 기준이 보았던 진표는 뭔지 모를 묵직함을 한 짐 지고 사는 사람 같았다. 그러면서도 땅에 발을 딛고 있지 않은 비현실감마저 주었다. 어쩌면 삶에 대한 처연함 같았는데 어딘가에 매이지 않은 홀가분함이랄까, 부양에 대한 책임이라든가 의무 같은 것에서의 자유로움일지 몰랐다.

기준에게 진표는 하나 뿐인 삼촌이다. 아버지의 유일한 남자 형제로 아버지기 죽고 없는 지금은 그 못지않은 무게의 지친일 수 있다. 그런데도 기준은 동진을 들러서야 마지못해 잠깐 찾아보거나 그도 아니면 바쁘다는 핑계를 대며 왔다는 전화연락만 하고 그냥 가는 게 대부분이었다. 안부 전화도 일 년 가야 어쩔 수 없는 치례로 새해 벽두나 명절에 두서너 번 간략하게 하는 정도였다.

기준의 아버지는 생전에도 동생인 진표를 못마땅하게 여기며 홀대했고 다른 식구들도 마찬가지로 불편해하며 데면했다. 같은 피를 나눈 가족이라면 긴밀감이 있기 마련인데 집안 누구도 진표를 경계 없이 대하지 않았다. 그래서인지 진표는 집안 대소사에도 부득이하게 참석할 자리가 아니면 얼굴을 내밀지 않았고 물위의 기름처럼 겉돌았다. 기준에게도 진표는 이방인이라는 생각이 강했다.

진표는 목공예 일을 하고 있는데 처음부터 목공예가로 자리 잡은 건 아니었다. 손재주가 있는데다 어릴 때부터 집안에서 운영하던 목재소에서 나무를 가깝게 접한 영향도 있을 테고, 고등학교를 졸업하고부터 목재소에 딸린 작은 방에서 혼자 생활하며 일을 거들었던 게 그대로 직업이 되었다.

기준의 할아버지 허상만은 애초부터 목재소를 진표에게 물려주고자 했다. 그러나 허재표가 하는 걸로 봐선 동생에게 일전 한 푼 넘겨줄 거 같지 않아 자신이 살아 있을 때라도 방편을 마련해주고 싶었다. 하지만 그럴 생각이 전혀 없었던 허재표는 아버지 허상만과 대립하며 거칠게 제동을 걸었다. 점점 늙어가는 허상만은 그런 허재표를 결국 이기지 못했고 목재소마저 허재표가 차지하고 말았다. 진표는 동진에서 손꼽는 재산가인 아버지를 두었어도 아무것도 물려받지 못했다.

몇 년 후에 허재표의 사업 확장이 무리가 돼서 목재소는 그만 빚에 넘어가버리고 말았다. 그때부터 진표는 먹고 살아야 할 생활 수단으로 밥상이라든가, 찻상, 탁자, 바둑판 등의 생활용품을 만들기 시작했다. 목제용품 대개가 일부러 훼손시키지 않은 다음에야 거의 영구적이다 보니 주문량이 많지 않아 혼자 살림에도 궁색했다. 그나마도 산업화로 가볍고 실용적인 알루미늄이나 플라스틱 제품들이 쏟아져 나오면서 개점휴업 상태나 마찬가지였다.

허재표는 돈도 되지 않는 거 때려치우라며 질색했다. 그러지 않아도 누구나 진표의 몫으로 알고 있던 목재소를 주지 않고 날려 버린 것에 소침해 있던 터였다. 그런 감정을 집안 망한 티를 내고 있다며 괜한 진표에게 화풀이했다. 어떤 때는 진표가 만든 물건들을 도끼로 부셔서 불태우거나 그것도 성이 풀리지 않으면 손찌검까지 했다. 진표는 그런 횡포에도 대거리하지 않고 묵묵히 참아냈다.

88올림픽을 개최하고 난 후 사람들의 생활이 나아지며 인테리어에 관심이 높아졌다. 진표가 만든 물건들도 지역 근방에서 알음알음으로 알려지기 시작했다. 주문량이 많지 않고 소규모라 기본적인 혼자 생활이나 할 정도였지만 예전에 비하면 나아진 사정이었다. 지금은 지방 신문에 이름도 오르내리며 지역예술가로서의 인지도도 꽤 있다.

기준은 진표의 생활 형편이나 환경에 대해서는 관심을 갖고 있지 않다. 선영을 통해 전해 듣는 걸로 대강 알 뿐이다. 선영이 진표의 작품 몇 점을 구입해 집에 갖다 놓았어도 자세히 들여다 본 적도 없다. 선영은 가끔 진표의 작품을 사서 지인들에게 선물했고 상업적으로 연결해주기도 했다. 식구 중 유일하게 진표를 지친으로 여기며 살갑게 챙겼다.

*

기준은 빈손으로 오기가 뭐해서 사들고 온 과일을 갖다 놓을 겸 작업하고 있는 진표를 뒤로 하고 공예관 안으로 들어섰다. 축축한 나무 냄새와 싸한 묵향이 코끝에 감겼다. 내부는 건물을 한 공간으로 터서 밖에서 보던 것보다 의외로 넓었다.

들어선 입구 한 쪽에 작은 공간이 마련되어 있었다. 원목 그대로의 질감이 나는 정갈한 테이블과 의자가 있었는데, 테이블은 장방형으로 서너 사람이 마주보고 앉을 수 있는 길이였다. 한편에는 간단하게 물을 끓일 수 있는 포트와, 일회용 커피나 여러 차 종류가 종이컵과 같이 쟁반에 담겨 있었다. 손님이 오면 차를 마시고 얘기를 나누기 위한 곳 같았다.

벽면의 서각작품에 새겨진 서체들이 다양했다. 그 중에는 대충 알만한 내용도 있지만 어떤 건 상형문자 같아 기준으로선 해독이 불가능했다. 전시대에는 여러 형상의 목공예품이 자리했고 나무 그루터기를 원형 그대로 살린 것도 있었다. 실내에 퍼지는 은은한 조명으로 나무가 질료인 형상들의 느낌은 한층 배가됐다. 크고 세련된 갤러리에 비할 바는 아니지만 꽤 운치 있었다.

기준은 작년에 선영에게서 진표가 공예관을 차렸다는 얘기를 듣고는 픽, 코웃음을 쳤다. 어느 시골 한 구석에다 삭막하게 컨테이너 하나 덜렁 놓았을 거라고만 여겼다. 차를 타고 외곽 길을 달리다 보면 비닐로 된 천막 앞 흙바닥에 목공예품들을 늘어놓은 걸 본 적이 있었는데 그게 연상되어서였다.

그런데 이렇게 짜임 있는 규모일 줄 몰랐다. 아까 공예관 입구를 들어설 때부터와 공예관 외부와 내부를 접하면서 진표의 지명도를 어느 정도 실감하게 됐다. 이런 줄 알았으면 번듯한 축하 화분이라도 사가지고 올 걸 그랬다는 생각이 들면서 그냥 온 게 미안했다.

작품 전시가 끝나는 곳에 오자, 벽 양편에 허리춤까지 오는 플라스틱 간이 기둥이 하나씩 세워져 있고 그 간격에 줄을 쳐서 공간을 분리시켜 놓았다. 관람객들이 넘어가지 말라고 설치한 장치인 것 같았다. 벽에 금지구역이라는 붉은 글씨의 팻말도 붙어있었다. 그게 아니어도 전시 공간 너머의 공간은 기역자로 꺾여 전시관과는 완전히 차단되어 보였다.

기준은 들고 있는 과일봉지가 신경 쓰였다. 어디다 놓아야 하나, 실내를 둘러보다 입구에 있는 테이블에 놓아야겠다는 생각이 들었다. 그런데 차단된 공간 너머에 뭐가 있는 건가 문득 궁금해졌다. 돌아서려던 기준은 관람객도 없고 뭐, 남도 아닌데 싶어지며 차단 설치물을 건너 타고 꺾인 공간으로 들어섰다.

그곳은 실내 작업장인지 작은 나무등치들이 흩어져 있었다. 대부분 껍질을 거의 벗겨냈거나 벗기는 중인 것 같았다. 벽의 한 면은 책장이 있는데 많은 책들이 꽂혀 있었다. 민속학이나 예술학, 나무나 공예에 관한 게 많았다. 그 옆은 작업에 필요한 연장과 물품들을 놓아두는 연장정리대인 층층의 선반이 있었다.

연장정리대 옆으로는 어떤 입구가 있었다. 정리대에 가려서 얼핏 보면 잘 모를 수 있었는데 문 없이 문발만 쳐 있었다. 성긴 문발 사이로 안이 어른댔다. 기준은 어딘가 해서 문발을 조금 들추고 들여다보았다. 얼핏 봐도 공간이 넓었다. 한쪽으로 변기와 세면대, 샤워부스가 자리했는데 워낙 공간이 넓어 그것들은 그저 작은 부속물 같았다. 화장실인가 본데 왜 문이 없지, 이상하네……. 기준은 혼잣말을 하며 문발을 도로 내렸다.

다른 한 벽면에 또 문이 있었다. 열어 보니 컴퓨터가 놓인 책상과 간이침대가 있고 조립식 옷장과 용량이 작은 냉장고 등 일상에서 필요한 집기들이 있었다. 한 칸짜리 싱크대에 간단한 취사도구도 있는 걸로 봐서 생활의 모든 걸 한 곳에서 해결하는 듯했다. 전시관이나 조금전 보았던 화장실과 달리 간출하다 못해 옹색했다.

기준은 마침 과일봉지를 거기에 두면 좋을 거 같아 안으로 들어섰다. 냉장고에 넣을까 하다 옆에 있는 책상에 우선 두기로 했다. 과일봉지를 놓으려고 보니 컴퓨터 앞이 책과 노트, 인쇄물, 필기도구들로 복잡했다. 그 중에 글자체가 크고 색상을 넣어 강조한 〈종전 이후의 북조선 무용〉이라는 제목의 인쇄물이 눈에 들어왔다. 제목 밑으로 자잘한 활자가 빽빽한데 군데군데 형광펜으로 밑줄까지 그어져 있었다. 웬 무용…… 더구나 북조선이라니, 의아함에 기준의 손이 인쇄물에 뻗을 때 문이 열리며 진표가 얼굴을 들이밀었다.

"요새 며칠 날이 궂기에 안에서 작업을 했더니 지저분하다. 이리 와라. 차나 한 잔 하자."

"예."

기준은 진표를 돌아보며 과일이 든 봉지를 인쇄물 위에 밀듯이 무심히 놓았다. 그 바람에 인쇄물의 밑장이 반쯤 드러났지만 기준은 보지 못 하고 전시관 쪽으로 걸음을 옮겼다.

밀린 인쇄물에는 어느 여자의 모습이 있었다. 놓인 과일 봉지로 얼굴 형태가 온전하지 않았지만 쌍꺼풀 없는 눈이 큼직하니 서글했다. 검은자위보다 흰 자위가 좀 많다 싶은 게 독특했다.

그 밑 쪽수 표기는 6이었다.

*

진표는 아까 들어올 때 보았던 테이블에서 포트에 물을 끓이고 있었다. 기준은 맞은편으로 가서 앉았다.

"뭘 마실래?"

진표가 종이컵을 꺼내며 물었다.

"커피 주세요."

"오늘 왔니?

"네. 며칠 전에 어머니가 저희 집에 오셨어요. 모셔다 드릴 겸 해서 같이 왔어요."

"그랬구나. 식구들은 다 잘 지내고 있지?"

"네. 삼촌은 요즘 어떠세요? 어머니에게 들었는데 좋은 일이 있다면서요?"

"별 거 아니야. 지난번에 군에서 무슨 공모전을 한다기에 하나 냈더니 운 좋게 입선한 거지."

"그게 왜 별 거 아니에요. 작품성을 인정받은 건데요. 축하드려요."

축하한다는 말에 진표는 슬쩍 웃음을 지었다. 오랜만이었다.

기준 형제들이 어렸던 시절 같이 놀아주며 짓던 웃음이었다.

"기락이는 가끔 보니?"

"자주 못 봐요. 전화도 어쩌다 하는 걸요."

"장사는 잘 되는지 모르겠구나."

"요즘 장사하는 사람들 다 힘들잖아요. 현상 유지만 해도 괜찮죠."

"그러게 말이다. 잘 되겠지."

"……."

"……."

둘 사이에 말이 끊기며 실내는 적막했다. 커피를 마시느라 내는 기척 속에서 둘은 전시대에 있는 목공예품에만 눈길을 두었다. 그때 밖에서 자동차 소리가 났다.

"잠깐 있어라. 전화로 온다던 손님인가 보다."

진표가 일어나서 출입문을 열고 나갔다.

기준은 마침 요의가 느껴져 아까 보았던 작업장 안으로 다시 갔다. 그곳의 화장실 문발을 들추고 들어섰다. 공간은 30평대 아파트의 거실만한 크기여서 작업장 못지않은 넓이였다. 그다지 크지 않은 공예관 규모로 봐선 파격적인 공간 배치였다. 그런 곳에 달랑 변기와 세면대 샤워부스 외에 어떤 집기도 없었다.

화장실은 특이했다. 한쪽 벽면을 전부 통유리로 마감해서 밖이 훤히 내다보였다. 한적한 반암 해변과 푸르게 넘실대는 동진 바다가 바로 펼쳐져서 막힌 데가 없었다. 밖에 있는 건지 안에 있는 건지 구분이 안 될 정도였다. 실내임에도 채광도가 좋아서 빛을 바구니에 담아 흩뿌린 것처럼 사방이 바깥에 있듯 환했다. 다른 벽면에는 푸른 풀밭과 하늘을 그려 넣었는데 바닥은 분홍과 다홍의 꽃무늬 타일을 군데군데 놓아서 마치 넓은 꽃밭 속에 있는 느낌이었다. 화장실임에도 화려하면서 햇살 환히 내리는 드넓은 전원에 있듯 툭 트여 밝고 쾌적했다.

기준은 오줌을 누면서 생각했다.

화장실을 왜 문을 달지 않고 이렇게 필요 이상으로 넓게 만들었지? 그리고 화장실 같지 않고 전원적인 건 또 뭐야?

6

기준이 진표의 공예관에서 돌아와 저녁밥을 먹고 났을 때 인정에게서 술 한 잔 하자는 전화가 왔다.

인정의 가게로 가기 위해 밖으로 나오자 희끗희끗 눈발이 날렸다. 하늘을 올려다보니 어둑한 공중에서 눈송이들이 봄날의 흩날리는 꽃잎처럼 팔랑댔다. 기준은 잠시 멈춰 서서 고개를 젖혀 그것들을 쳐다보았다. 눈송이들은 먼 시간 속을 건너온 흐릿한 불빛 같았다. 손바닥을 벌려 날리는 눈송이를 받았다. 닿는 촉감이 깃털처럼 가볍다. 가만히 손을 오므렸다 폈더니 순식간에 녹아 설핏 물기가 잡혔다.

기준은 재킷 자락에 물기 묻은 손을 문지르고 걸음을 옮겨 장이 섰던 시장터에 도착했다. 파시가 된 장터는 낮 동안의 흥청거림이 언제였던가 싶게 썰렁했다. 적막한 어둠이 내려앉아 꿈을 꾼 것처

럼 허전한 기분이 드는데 거리까지 조용했다. 거리의 상가들 중에
는 늦게까지 손님이 오지 않을 곳은 이미 문을 닫았다. 도시에서
라면 한창 북적거릴 시간일 텐데 지나다니는 사람도 거의 없었다.
중앙도로 건너편 해안도로 쪽 부두에 몇 채의 선박들이 정박해있
었다. 그 선박들이 켜놓은 선박등빛만이 밀려드는 파도소리와 함
께 거리로 미미하게 비쳐들었다.

　휴전선은 국토의 허리를 가로지른 분단의 징표였다. 그에 연한
접경지역인 바닷가 작은 읍 소재지인 동진에서 서울이라는 대도
시로의 입성은 기준에게 최초의 좌절이었다. 그곳에서 그간 자신
을 둘러싼 것들이 새로운 환경에서 별 힘을 갖지 못한다는 걸 비
로소 알게 됐다. 동진에서 떵떵거리던 집안의 부유함은 별 거 아니
었다. 할아버지의 사업체는 친구들 집안과 비교했을 때 구멍가게
수준이었다. 입지전적인 인물로 회자되던 할아버지라는 우상화
도, 기준에게 얹히던 수재라는 화려함도 어설픈 동극자랑이었다.
그런 인식은 기준이 성장하는 내내 초라한 결핍으로 다가들었다.

　기준의 내면에는 대도시 상층에 대한 주눅과 당당하고 싶은 바
람이 늘 똬리 틀고 있었다. 하지만 기를 써도 주류라는 중심을 안
타까이 갈구하는 비주류이기만 했다. 주류에 들어서고 싶은 갈망
은 고등학교를 졸업할 무렵부터 아버지의 사업이 급격한 내리막
길이 되면서 더욱 요원해졌고, 대학을 졸업할 때까지도 해갈의 기
미는 보이지 않았다. 주변 친인척을 둘러봐도 비빌 언덕이 될 마

땅한 인맥도 없었다. 사는 게 다 그만그만한 시골살림에 제 앞가림이나 겨우 하는 형편들이었다.

그 시절에 기준은 열병을 앓았다. 상대는 학내 동아리에서 만난 여자였다. 지니고 있는 미모, 능력이나 집안 배경이 대단한 재원이었다. 여자는 자신이 지닌 배경에 결코 부합되지 않는 기준에게 관심을 두지 않았다. 기준은 여자를 향한 열망의 무게 때문에 좌절을 우물거렸다. 어느 날 모임을 끝낸 뒤풀이 자리에서 여자에게 얼결에 그만 속내를 내보이고 말았다. 여자는 뭐야? 하는 표정을 짓더니 이내 농담 받듯 가볍게 웃어넘기며 그러나 정확히 각도를 잰 것처럼 말했다.

'남자치고는 작은 그 손으로 뭘 해서 처자식을 먹여 살리겠어?'

기준은 무슨 생뚱맞은 손 타령인가 싶었던 그 말의 의미를 나중에서야 알았다. 기준이 지닌 배경의 힘없음과 불투명한 미래에 대한 우회적인 거부였다. 혼자만의 실연에 대한 아픔과 여건의 남루함으로 상실은 한동안 깊었다. 그때 여자가 던진 화두의 매듭은 기준의 삶을 옥죄며 지배했다.

여자는 졸업 후에 정계에서 내로라하는 집안의 아들과 결혼했고 현재 여성학 학자로도 인지도가 높다. 세월이 흘러 여자와 동문회 자리에서 다시 만났을 때, 여자는 기준이 교수가 될 줄은 몰랐는지 뜻밖이라고 말했다. 그리고 팔랑대며 날아오르는 나비처럼 가벼이 덧붙였다.

'기왕이면 모교에서의 교수 생활도 괜찮지 않아?'

여자는 말끝에 가지런한 흰 치열을 살짝 드러내며 우아한 미소를 지었다. 철없이 나대는 아이의 어깨를 지그시 누르는 어른의 묵직한 손길이 그 속에 담겨있었다.

기준의 가슴으로 썰렁한 바람이 스며들었다. 대학교수가 된 것에 은근한 뻐김을 가졌던 게 부끄러웠다. 일류로 분류되는 특별한 계층의 여자에게 지방대학 교수라는 위치는 그저 그런 주변부였다. 예전의 남루함이 상기되면서 여전히 주류가 되지 못 한다는 결핍이 초라했다. 소위 일류로 분류되는 대학에 자리 잡는 건 실력만으로 되는 게 아니었다. 학연, 지연, 혈연, 금력 같은 배경이 필요한 거였다.

기준은 중·고등학생들을 대상으로 개인 과외를 하며 고달프게 대학과 대학원을 다녔다. 그러는 동안 지향하는 세계에 섞일 수 있는 요소들을 어떻게든 잡아보고 싶었다. 그것만이 자신의 가치를 부풀리는 것이며 디디고 설 돋을판이라 여겼기에 도약의 토대가 될 디딤돌을 집요하게 탐색했다. 우선 비빌 언덕이 될 배우자 선택이었지만 쉽지 않았다. 이쪽의 이상이 높은 만큼 상대방도 그만한 기대치가 있었다. 서울대 출신이라는 것 말고는 뭐 하나 내세울 게 없는 기준의 처지는, 고개를 젖혀 애타게 바라보아야 하는 위치의 여자들에게는 부적격품이었다.

기준은 시간 강사 시절 선영을 만났다. 처음부터 의중에 없이 후배를 만나러 간 자리에서, 후배의 고등학교 때 친구를 만났고 함께 어울리면서였다. 그때 선영도 후배 친구와 같이 있었기에 자연스럽게 어울렸다. 선영의 첫인상이 좋았다. 대단한 미모는 아니었지만 모난데 없이 고왔다. 함께 시간을 보내는 동안 선영은 잔잔한 웃음기를 머금고 말투는 적당히 경쾌해서 상대방을 편하게 했다. 누가 보더라도 밝고 안정된 환경에서 살아온 태가 물씬했다. 거기에 중등교사라는 직업도 괜찮았다.

하지만 기준이 원하던 맞춤한 대상은 아니었기에 진지하게 염두에 두지는 않았다. 당시 한껏 위로만 치켜있던 기준의 열망으로 봤을 때, 선영의 집은 자신이 원하는 지향점을 향하는데 있어 전적으로 밀어줄 만큼은 아니라고 여겼다. 선영의 아버지는 지방 소도시에서 2층 건물을 소유하고 있었는데 그 건물 일층에서 한식당을 운영하면서 이층은 살림집을 겸하고 있었다. 시골 살림으론 먹고 살만한 형편이었지만 대도시 수준의 경제력에는 비할 바가 못 됐다. 실향민이라서 친인척 인맥이라는 배경도 내세울 게 없었다. 그래서 적당히 만나다 끝내려 했는데 선영은 무슨 생각이었는지 이미 부모에게 결혼하겠다고 말해버렸다.

선영의 부모는 조만간 교수가 될 사윗감을 적극 환영했고 결혼을 서둘렀다. 기준의 부모도 찬성하면서 결혼은 짧은 시간 내에 일사천리로 진행됐다. 기준은 아쉬움이 남았지만 달리 거부할 명분도 없었다. 학벌 말고는 집안 형편은 물론이고 어디 하나 내세울 게 없는 처지였다. 그만한 상대에게 선택 당한 것만으로도 감지덕지였다.

결혼하면서 처가는 기준이 취하고자 하는 위치 상승에 고물은 만질 수 있게 해주었다. 몇 년 후에는 생각지도 않았던 알찬 재산을 축적할 수 있는 기반도 마련해 주었다. 주변에서 결혼 잘했다는 말을 공공연히 할 정도였다. 하지만 선영의 대외적 능력에선 실망이 컸다. 선영은 결혼 말이 오가면서 교사직도 갑자기 그만 두었다. 기준으로선 선영이 교사직을 지니고 공부를 좀 더 해서 대학 강단에 서길 원했지만 선영은 그럴 생각이 전혀 없었다.

지금까지 선영의 삶을 본 바로는 좋은 조건을 갖추었으면서도 안일한 일상에서 퍼지르고 있을 뿐이었다. 거칠게 표현한다면 먹고 놀러 다니며 돈 쓰는 일만 잘하는 유한주부였다. 몇 년 째 갖고 있는 종교생활도 열심히 참여하곤 있어도 신실한 믿음 같지는 않아 보였는데, 인맥 형성을 위한 적당한 구실체는 아닐까 싶다.

선영은 사는 형편이 비슷한 수준의 유한 부류 여자들 대여섯 명이 어울려 정기모임도 만들었다. 강남에 오피스텔 하나를 공동으로 구입해선 출근하듯 그곳으로 매일 나다녔다. 그들이 하는 일이라야 함께 모여 밥을 먹고 차를 마시거나 여행을 다니고, 골프를 치거나 전시회나 연주회 등을 다니는 거였다. 그래도 그들 나름대로는 형성한 모임과 구성원이 무척 교양적이고 품위 있으며 경제력과 사회적 위치며 학력이 꽤 수준 있다고 여겼다. 그래서 상류

층으로서의 버젓한 소명의식이랄지 뭐 그런 자기도취 같은 자부심도 갖고 있었다.

얼마 전부터는 오피스텔 공간에 강사를 초빙해 미술 창작 수업을 듣는다기에 내심 기대했더니 과시용의 우아한 취미생활 수준이라 기대할 것도 아니었다. 한동안 그러다 한 때의 이슈화된 유행 타듯 적당한 시기가 지나면 슬그머니 뒤로 물릴 테고, 다시 또 모임 취지에 적당한 구색에 맞춰 다른 공동의 취미거리를 찾아낼 것이다.

*

기준이 미용실에 도착했을 땐 눈이 그쳤다. 올해 들어 처음 내리는 눈이라 양도 많지 않고 바닥에 닿기도 전에 녹았다. 안으로 들어서자 인정은 가게 뒷정리를 하고 있었다. 적지 않은 나이가 무색하게 인정에게서 풍기는 기운은 건강해보였다. 미용실이 쉬는 휴일이면 관내 복지 기관을 찾아 미용 봉사를 하거나 지역 내에서 여러 사회활동도 진행할 만큼 일상을 알차게 지냈다.

기준의 어머니 강경분과 인정의 아버지는 사촌간이다. 인정의 할아버지 강근언은 기준에게 큰 외조부이며 인정의 아버지는 진외당숙이 된다. 외가인 강 씨 집안은 대대로 부유했다. 자식 중 둘

째였던 강근언의 본향은 동진이지만 함경도 원산에서 고보를 졸업하고 그곳 태생의 여자와 결혼하면서 눌러앉았다. 처가는 본가보다 더 재력이 있었고 아들 없이 딸만 있는 집이었다. 강근언은 그런 집의 맏사위가 되었다. 후일 기준의 할아버지 허상만이 젊은 시절에 원산의 일본인 상점에 취직할 수 있게 알선한 사람이 바로 강근언이었다.

인정의 아버지는 6·25 전쟁이 일어났던 다음해에 스물한 살 나이로 인민군에게 살해됐다. 인정이 겨우 발자국을 떼던 무렵이었다. 지주라는 이유로 인정의 할아버지 강근언은 물론이고 집안의 남자들이 몰살당했다. 소유하고 있던 재산도 다 뺏기고 말았다. 남아 있는 식구들도 언제 참변을 당할지 몰라 하루하루가 살얼음판이었다. 인정의 할머니는 며느리와 어린 인정을 서둘러 남으로 내려 보냈다.

모녀가 원산을 떠나 동진으로 왔지만 먹고 살 길이 막막했다. 작은 시가인 기준의 외가가 있어 허드렛일을 도와가며 생활해도 언제까지 더부살이로 기댈 수는 없었다. 전쟁이 멈추고 휴전선이 그어지며 북한 땅은 더 이상 발 들일 수 없는 곳이 되었다. 몇 년이 지나서 시가 친척 중 누군가 인정어머니의 재가를 권했다. 어느 누구도 이의를 제기하지 않았다.

인정어머니는 인정을 데리고 전쟁으로 피난 내려온 사람과 재혼했다. 그는 이북에 이미 가족이 있었으나 어쩔 수 없었다. 고향은 삶이 끝나는 날까지 갈 수 없게 되었다. 인정은 계부의 배려로 친아버지의 피붙이들과 자유롭게 왕래했다. 계부 또한 혈혈단신 외로운 처지였기에 재혼한 아내의 옛 시가 쪽을 처가처럼 여겼다. 그렇게 역사의 상처는 개인의 상처로 고스란히 남았다. 혼란스러운 시절을 살아야 했던 사람들의 억울하고 한 깊은 상처였다.

"진표는 만나봤니?"

뒷정리를 마친 인정이 코트를 걸치며 기준에게 물었다.

"예. 아까 다녀왔어요."

진표와 인정은 같은 고등학교를 나온 친구사이였다.

"그러고 보니 진표 본지 한참 됐네. 너 서울 가기 전에 시간 내서 밥 한번 먹자."

"그러죠. 참 누님, 미용실에서 아까 낮에 그 여자 잘 알아요?"

"누구? 아, 해원이! 잘 알지. 너랑은 초등학교 동기일 텐데?"

"예. 나중에 기억났어요."

"걔 지금 군 의원으로 있어. 잘 됐다. 이럴 때 만나서 서로 얘기도 나누면 좋겠네. 불러서 같이 자리할까? 그나저나 오늘은 좀 한가하려나, 어찌나 바쁜지."

인정이 전화기를 꺼내들었다.

진해원. 기준의 집안과 반목하고 지내는 집안사람이다. 기준은 그런 사람을 만난다는 걸 어머니가 알면 노발대발 하겠구나, 싶은 생각이 잠깐 들었다.

*

진해원은 술자리가 좀 지나서야 술집에 들어섰다. 기준은 진해원과 악수를 나누었다. 잡은 진해원의 손이 옹골지게 그러쥔 주먹처럼 단단했다. 기준이 먼저 말을 건넸다.

"아주 오랜만이지? 아까는 경황이 없어 인사도 제대로 못했어."

"그건 나도 마찬가지지. 반가워."

기준은 십여 년 전에 길에서 우연히 진해원을 만난 적이 있었다. 그때는 둘 다 바빠 어디를 가느라 아는 척만 하고 지나쳤다. 설사 시간 여유가 있었다 해도 친밀하게 대화를 나눌 입장은 아니긴 했다.

"미용실에서는 미안했다. 우리 어머니 때문에 기분 상했을 텐데 대신 내가 사과할게. 나이 드셔서 그러겠거니 이해해 주었으면 해."

기준은 어머니 일로 미안한 마음이 들어 인사를 대신했다.

"괜찮아."

진해원은 대수롭지 않게 말하며 기준의 잔에 술을 따랐다. 술집 안에 있던 몇 사람이 진해원을 알아보고 인사를 건넸다. 그들을 대하는 진해원의 태도는 겸양했다. 표정과 말투 때문인 것 같은데 조곤이 차분했다. 성향도 있겠지만 공적인 의정활동에서의 처신이 몸에 밴 것 같았다.

기준은 진해원과 그간 서로 친분 있게 지내지 않았던 터라 인사를 하고 나도 막상 할 얘기는 마땅치 않았다. 어색했다. 그건 어릴 때부터 고향을 떠나 있어서거나 친하고 안 친하고의 차원이 아니었다. 사실 두 집안 간의 껄끄러움 때문이었다. 그래도 가만히 있을 수는 없어 기준은 마침 진해원이 군의원이라기에 그에 대한 화제를 꺼냈다.

"듣기로는 지역 사정이 어렵다던데 의정진행도 힘들어 지는 거 아닌가?"

"그렇지. 살아가는 데 있어 가장 토대가 먹고 사는 건데 그게 충족되지 못하면 아무래도 타격을 받지. 이곳 삶의 기반이 주로 고기잡이인데 예전처럼 어황이 풍성하지 못하니 아무래도 주민들이 밖으로 빠져나가는 경우가 많아."

"그렇구나. 그래도 요즘은 지자체마다 대체자원 확보에 주력하던데, 여기는 어때?"

"이곳도 휴전선 접경지역이다 보니 그걸 기반으로 통일관광사업 활성화에 힘을 실으려곤 하지만……."

"관광 쪽이라면, 직업군이 다른 지역과 차별화된 유형으로도 창출되는 거 아닌가? 분단이라는 지형적 독창성을 살린 환경 조성 등 뭐 그런 데에 고용되는 인력들 말이야."

"그렇긴 한데 그게 또 간단하지 않아. 남북관계가 틀어지면서 활기차던 통일전망대 관광정책도 한 순간에 폐기되고 활력이 붙던 개성공단 철수로 이곳도 타격이 있었고 이래저래 심난했잖아. 다시 또 어떤 관광정책이 재개된다는 보장도 불투명하고."

"하긴……."

"그래도 요즘은 남북 간 경색 국면이 완화되고 있으니 좋은 결과가 있지 않을까 싶어. 이 분위기가 계속된다면 분단접경지역으로써 남북문화예술 조망도 필요하리라는 생각이야. 얼마 전에 우연히 접한 건데 이 지역민들도 몰랐던 월북하거나 납북된 지역출신 예술인들이 있더라고. 그들의 예술세계를 관광정책과 병립시키면 시너지 효과도 창출할 수 있을 것 같은데. 그걸 현재진행화하려면 적지 않은 제약과 시간이 걸리겠지만."

아마도 진해원이 염두에 두고 있는 의정계획인 듯 했지만 당사자도 그다지 긍정적이지는 않아 보였다. 진해원은 받았던 술을 마시고 잔을 다시 기준에게 건네며 말을 이었다.

"늦었지만 너희 아버님 일은 안타깝게 생각한다."

기준은 진해원의 입에서 아버지에 대한 말이 나오자 술을 받다 순간 멈칫해졌다. 피하고 싶은 화제여서일 것이다. 개운치 않은 심정이지만 진해원과 인정을 의식해서 곧 말을 이었다.

"상관없는 걸로 밝혀졌는데 뭐……."

"그래도 우리 입장에선 편치 않아. 그러지 않아도 집안 간 편치 않은 상태에서 말이야. 우리 작은오빠 요즘 좋지 않아. 많이 아픈 데 아무래도 힘들 거 같아."

"그래? 걱정되겠네."

허재표의 죽음에 연루되어 곤욕을 치렀던 진해문은 진해원의 둘째 오빠이며 진표의 친구이기도 했다. 진표, 인정, 진해문 세 사람은 고등학교를 함께 다녔다. 기준은 젊은 시절 진표와 어울리던 진해문의 모습이 떠올랐다. 순박하리만치 착했던 사람으로 기억됐다. 아버지의 장례식에 왔지만 진 씨 집안사람들은 누구도 들어오지 못했다. 어머니가 완강했다. 기준도 당시는 그런 어머니를 제지하고 싶지 않았다.

*

어느 정도 자리가 무르익을 때였다. 진해원이 마신 술잔을 내려놓으며 기준을 빤히 쳐다봤다. 그 눈길에 기준은 민망했다.

"왜? 내 얼굴에 뭐 묻었어?"

진해원은 기준의 말에 슬몃, 웃음을 띠며 말했다.

"기준아, 사실 난 널 좀 만나고 싶었어. 네가 어떻게 받아들일지 몰라 생각만 하고 있었는데 이렇게 우연히 자리를 하게 됐네. 너 기억날지 모르겠다."

"뭘?"

"아주 어렸을 땐데, 아마 일곱 살 그 무렵이지 않았나 싶다. 장날이었어. 작은 아버지 손을 잡고 가는데 한 아저씨가 다짜고짜 달려들어 작은 아버지를 마구 때리는 거야. 작은 아버지는 방어할 새도 없이 그냥 맞고 말았지. 지금 생각해보니 일부러 대항을 안 한 거였어. 한창인 이십대였는데 맞서지 못했겠어? 그럴 여건이 안 됐겠지. 그때 나는 쓰러진 작은 아버지 얼굴에 코피가 흐르는 것 때문에 더 무서웠었나봐. 얼마나 울었는지."

아…… 진해원의 말에 기준의 머릿속에 미약한 떨림이 일었다. 낮에 장터에서 불현듯 떠올랐던 희미한 기억의 끈이 비로소 잡혔다. 누군가 멱살을 잡히고 누군가 호통을 치며 때리는데 옆에서 울고 있던 어린 아이. 그 기억 속 아이가 진해원이었다.

"그런데 기준아, 때린 사람이 누구였냐면…… 너희 아버지였어."

"무슨 말이야?"

기준은 놀라서 진해원을 쳐다보았다. 둘의 나쁜 기억 속 장본인이 아버지라는 사실은 당혹스럽다. 어린 시절 무의식에 저장되어있던 불미스러웠던 광경은 시간의 흐름에 따라 자연히 없어지거나 흐려지는 일상의 편린이 아니었다. 더구나 기준과 진해원 두 사람이 긴밀한 친분 관계도 아니고 집안 간 껄끄러운 상태에서 이렇듯 직설적으로 드러내는 걸 보면 말이다. 그 편린의 주체가 단순히 치부될 문제가 아니라면 더 깊은 무언가 간과할 수 없는 원인이 있다는 얘기였다.

"이제 너도 두 집안에 쌓인 감정을 알아야 하지 않겠어?"

조금 전까지 조곤하던 진해원의 태도가 단호했다. 그때 두 사람의 얘기를 듣고만 있던 인정이 그런 진해원을 제지했다.

"해원아, 그만 해. 이제 와서 새삼스럽게?"

"언니, 나도 그런 생각을 안 했던 건 아니에요. 윗세대의 문제지만 결국 기준이나 나나 각자 지닌 혈연 안의 구성원이예요. 자유로울 수 없다고요. 그렇다면 알 건 알고 털 건 털어야죠."

"네 말 뜻 모르진 않아. 하지만 그런다고 달라질 게 있을까?"

인정은 두 집안에 관해서 기준이 모르는 뭔가를 알고 있는 듯했다. 이곳에서 반세기도 훌쩍 넘게 살았으니 그럴 수 있었다. 그간 사람들 반응을 보더라도 알 만한 사람은 안다는 건데, 정작 집안의 장자인 자신이 모른다는 것에 기준은 머쓱했다.

"그 시간들은 그 때를 살았던 어른들 몫으로 어쨌든 갈무리가 되지 않았겠니? 설령 명쾌하게 똑 떨어지는 정리가 아니라도 말이야. 대단한 의미부여가 되던 것들도 세월이 흐르면 옅어지거나 사그라지잖아. 아무튼 내 생각은 그렇다. 그러니 오늘은 부담 없이 만난 자리니까 우리 셋 얘기만 하자고."

인정의 제지에 진해원의 태도가 어쩔 수 없이 수그러들지만 셋 사이에 어색한 침묵이 흘렀다.

"야야, 좋은 술상 앞에 놓고 고사 지내니?"

인정이 기준과 진해원 간의 불편함을 떨치기 위해 너스레를 떨며 몇 십 년 전 읍내에서 일어났던 사건이며 이름이 알려졌던 장소 얘기를 한참 끄집어냈다. 기준과 진해원은 듣긴 해도 이미 심중이 개운치 못 했다. 두 집안 간의 골 깊은 갈등에 대한 언질이 나온 이상 서로가 편치 않았다. 화제가 겉돌며 주고받는 술잔도 심드렁했다.

눈치를 보던 인정은 안 되겠는지 시간이 꽤 됐다며 그만 일어나 자고 했다. 어느새 11시가 가까워지고 있었다. 술집 안도 아까보다 한산해졌다. 셋은 자리를 털며 일어날 차비를 했다.

"어, 오빠?"

몸을 일으키던 진해원이 입구 쪽을 향해 말했다. 기준은 그 소리에 돌아보았다. 나이 지긋한 남자 둘이 들어서고 있었다. 어디서 전작이 있었던지 얼굴들이 불쾌했다. 그 중 한 남자가 손을 들어 보이며 걸어왔다.

남자는 인정과 인사를 하고 나선 누군가 하는 눈길로 기준을 쳐다봤다. 인정이 기준에게 진해원의 큰오빠라고 알려주었고 진해원이 남자에게 말했다.

"오빠 기준이 알죠? 극장 집 큰 손자. 오늘 같이 술 한 잔 했어요."

말을 들은 남자의 표정이 순간 떨떠름해졌다. 기준이 인사를 하자 받긴 해도 썩 내켜하지 않아 보였다. 그러면서도 기준에게 손을 내밀어 악수를 청했다.

"아, 그래…… 어릴 때 보곤 처음이네. 진해식일세."

인사를 나눈 후 술집을 나오는 기준의 등 뒤로 진해식의 눈길이 꽂히는 게 느껴졌다. 예상치 못한 만남이었다. 그동안 동진을 와서도 마주치지 않던 사람들이었다. 기준은 정히 필요한 경우와 관계에 있는 사람들 외에는 고향에서 어떤 연결고리를 만들지도 그럴 이유도 갖지 않았다. 진 씨 집안과는 더더욱 연결 지을 일이 없었다.

7

선영은 부모와 하룻밤 자려던 일정이 틀어졌다. 함께 골프를 치러 다니는 팀과 했던 약속을 미처 생각 못하고 있었다. 모임은 선영을 비롯한 네 명이 내일 오전 일찍 필드를 나갔다 온 뒤 점심을 겸할 거였다. 중요한 목적이 있는 건 아니지만 소홀히 할 자리도 아니었다. 저녁밥을 먹고도 꽤 시간이 지난 무렵에 황 여사가 확인 차원으로 전화를 걸어 주어서 그나마 다행이었다.

근래 들어 깜빡하고 지나치는 일들이 잦았다. 기껏 약속을 해 놓고도 나가지 않아 상대방을 삼십 분 넘게 기다리게 하거나, 어떤 물건을 전해주기로 하고선 까맣게 잊기도 했다. 전날까지 염두에 두고도 그랬다. 어느 일에 고단한 신경을 써서 그럴 거라며 선영은 자신에게 위안 섞인 변명을 했다.

부모는 오랜만에 온 딸이 자고 갈 줄 알았다가 다시 돌아간다는 말에 서운해 하지만 어쩔 수 없었다. 곧 다시 들르겠노라 말하고 친정집을 나섰다. 어머니는 밤늦게 운전을 하는 게 위험하지 않을까 하는 걱정으로 차 타는 곳까지 따라 나오며 아쉬움을 더 했다.

깊을 대로 깊은 늦가을의 밤 도로는 지나다니는 차량이 많지 않아 고적했다. 어둠이 물살 갈라지듯 차창을 향해 다가들었다. 끝이 보이지 않는 길을 가야 할 때처럼 눈앞의 정황은 막막해서 선영은 회피하듯 슬그머니 시선을 내렸다. 주유 계기판의 유량 눈금이 거의 제로에 가 있는 게 눈에 잡혔다. 출발할 때 기름을 넣어야지 하고선 또 잊어버렸다.

한참 달려도 주유소가 눈에 띄지 않았다. 계기판에 자주 눈길이 가면서 초조했다. 어두운 도로 한가운데서 차가 멈춘다면 난감한 일이었다. 다행히 주유경고등이 깜빡이고 얼마 후에 주유소가 나타났다. 주유를 하고 옆 휴게소 건물로 들어섰다.

밤늦은 시각의 휴게소 안은 파리한 형광등 불빛만 환했다. 생수 한 병과 껌 한 통을 골라 계산대 앞에 섰지만 종업원은 조느라 탁자에 고개를 묻은 채 반응이 없다. 켜놓은 텔레비전에서는 연예인들이 무더기로 나와 진지하지 않은 말들을 가볍게 날렸다. 그들은 한 사람의 말이 끝날 때마다 스튜디오를 구를 것처럼 과한 웃음을 터뜨렸다. 실없다. 선영은 계산대를 톡톡 두드렸다. 그제야 종업원은 게슴츠레한 눈빛으로 고개를 들었다.

휴게소를 나와 조수석에 지갑을 놓고 생수병을 열어 한 모금 마셨다. 고개를 젖힌 시야에 별 하나 없는 어두운 밤하늘이 묵직하게 들어왔다. 순간 흘러들던 물이 목울대에 컥, 하니 걸렸다. 기침이 터지며 흔들리는 몸의 반동으로 생수병에 든 물이 조수석 의자로 왈칵 쏟아졌다. 선영은 재빠르게 거기에 있던 것들을 집어 들었다. 지갑과 동생이 두고 내린 것들이 젖었으면 어쩌나 했는데 다행히 동생이 쓴 메모지만 귀퉁이가 약간 젖었다.

*

'언니, 혹시 유나타샤라는 사람 알아?'

'유나타샤? 누군데?'

'월북 무용가야.'

'그런 무용수가 있어?'

'오래전 사람이야. 북에선 유명하지만 남쪽에선 잘 모를 거야. 나도 전공이 그렇다보니까 필요 때문에 관심이 간 거지. 그나저나 신경 쓰이네.'

'왜?'

'내가 원래는 이번 주에 연구 과제를 발표할 차례였거든. 그런데 시어머니 아프신 바람에 미뤘는데도 자료 보강이 덜 돼서 아직 마무리를 못 하고 있지 뭐야.'

'어쩌니…….'

'발표할 주제가 북한의 80년대 예술 분야야. 자료를 찾다 보니 그 무용가가 가끔 언급되더라고. 내가 하려는 연구에서 잠깐 거론될 일시적이긴 하지만 이번 과제에 집어넣으면 괜찮을 거 같긴 한데……'

'그래?'

'그런데 문제는 도서자료가 필요한데 그걸 찾으려면 도서관을 들락거려야 하는 거야. 언니 알다시피 지금 내 형편이 시간 내기 힘들잖아. 다른 자료는 대략 확보했고 그 자료만 구비하면 병원에서라도 마저 작성할 수 있는데 병실을 비울 수가 없어. 오늘 집에 갔다가 아이 챙겨 놓고 금세 또 서울로 와야 하니 나갈 시간도 없고, 시어머니가 퇴원해도 당분간 옆에 있어야 하는데. 발표 날은 다가오고…… 아, 어쩌지?'

여동생은 낮에 차 안에서 여유를 내지 못 하는 시간 때문에 걱정했다.

'사서 고생하느라 애 쓴다 애써. 쯧쯧! 결혼한 여자들 자기 공부한다는 거 보통 일인 줄 아니? 그 공부가 한두 해에 끝날 것도 아니잖아. 설령 박사과정까지 어찌 마친대도, 네 나이에 그 분야에서 자리매김이 창창하게 마련된다는 보장도 없을 텐데. 결국 자기위안 밖에 더 되겠니?'

선영은 그동안 마땅치 않았던 감정을 실어 다소 비약해서 듣기 불편한 핀잔을 주고 말았다. 그래도 동생은 개의치 않고 유나타샤라는 무용가에 대해 몇 마디 덧붙였다.

'그 자료 일단 찾아서 집어넣고는 싶어. 시간이 정 안 되면 어쩔 수 없지만.'

선영은 관심이 일지 않아 이어지는 동생의 말은 귀담아 듣지 않았다.

'언니, 미안한데 부탁 하나 들어 줘.'

'무슨?'

'언니, 시간 많잖아. 며칠만 나 도서 자료 찾는 것 좀 도와주라. 응?'

'애 좀 봐. 내가 그걸 어떻게 하니?'

'어려울 거 없어. 도서관에 가서 내가 메모해 주는 책만 찾아주면 돼.'

'인터넷 사이트 검색해서 대강하면 안 돼? 꼭 집어넣어야 하는 것도 아니라면서.'

'그래도 그건 아니지. 중요하진 않더라도 기왕 하는 거 직접 연구 자료 찾아서 개론적이나마 제대로 접해야지. 교수들 대강 한 거 빤히 안다고. 그거 지적당하면 엄청 깨져. 어쨌건 좀 도와줘. 응? 어~언니!'

선영은 졸라대는 동생을 차마 밀치지 못해 승낙도 뭣도 아닌 어정쩡한 태도를 비쳤다. 동생은 그걸 해준다는 걸로 여겼는지 여분의 종이를 꺼내 뭔가를 메모해서 굳이 차에 두고 내렸다.

*

선영은 물이 튄 조수석을 마무리하고 운전석에 올랐다.

차 안은 고적한 밤 도로 같은 고요가 물처럼 흘렀다. 그 속을 우웅 우웅, 전화기의 진동소리가 파고들었다. 기준이다. 저녁에 외가 쪽 육촌 누나와 술 한 잔 한다더니 말소리에 술기운이 가득했다. 몇 마디 일상적인 얘기가 오간 뒤 기준은 빠이빠이! 서너 살 아이처럼 혀짧배기 인사를 했다.

기준은 몇 년 전부터 밖에 나가 있으면 선영과의 통화 끝에 꼭 그런 인사말을 입에 올렸다. 듣는 선영으로선 민망했다. 기준의 목소리는 담배를 피워서 끓는 가래 때문에 늘상 컹컹대는 쇳소리가 났다. 나이든 남자가 그런 목소리로 혀짧배기 말을 천연스럽게 하는 게 꼴불견이었다. 그러면서도 실컷 놀아봐라 하는 심정으로 하지 말라고는 안 했다. 대신 딸이 제 아버지의 그런 말을 듣더니 제발 닭살행각은 그만 하라고 툴툴거리긴 했다.

대학 동창회에 간 적이 있었다. 식사를 마친 뒤 자리를 옮겨 카페에서 차를 마시던 중에, 옆자리에 앉았던 젊은 남자가 여자 친구와 통화를 하는 걸 우연히 듣게 됐다. 그 남자는 통화를 끝내며 빠이빠이, 라는 말을 했다. 기준이 평소에 선영에게 쓰는 같은 말인데도 젊은 남자가 내뱉는 그 말은 듣기 나쁘지 않았다.

함께 있던 일행인 다른 남자가 야, 손발 오그라들게 뭔 짓거리야? 라며 인상을 찡그렸다. 그러자 젊은 남자는 자신의 여자 친구가 중국어 학원에 다니는데 중국어 인사말이라며 서로에게 쓰자고 했다는 거였다. 그러면서 여자 친구가 그 말을 하면 얼마나 귀여운지 모르겠다며 환하게 웃었다.

빠이빠이!

선영은 그 단어를 되새김하듯 천천히 또박 또박 발음했다. 위아래 입술이 부딪치며 된소리의 파열음이 튀어나왔다. 지나치는 맞은편 차량의 전조등 불빛으로 선영의 얼굴에 음영이 드러났다 사라졌다. 담채색의 수묵화 같은 그 모습이 스치는 어둠과 뒤섞여 경계가 없다. 출구를 알 수 없는 어두운 터널을 불빛 없이 달리는 것 같다.

*

다음날 저녁 무렵에 기준은 선영에게 또 전화를 걸어왔다. 어젯밤에 통화를 했음에도 꼭 이행해야 할 일상처럼 반복되는 안부를 물었다. 선영은 예전이라면 기준의 잦은 전화가 싫지 않았을 테지만 요즘은 성가셨다. 기준 나름으로는 그런 행위가 가정에 충실한 남편의 미덕이라고 여기는 건지, 아니면 밖에서의 행동반경에 가림막 방편으로 그러는 건지는 모르겠다.

선영은 기준과 통화를 끝내고 보다만 신문을 다시 펼쳤다. 정치면에는 정치인들의 판에 박힌 관련 기사들이 난무했다. 유치하고 비열하게 혹은 거짓으로 뒤틀어져있다. 사회면에는 흉악한 범죄와 추악한 사건이 넘쳐났다. 휘릭, 휘릭 신문을 대강 넘겼다. 경제면의 익숙한 용어와 정황이 눈에 띠었다. 정부에서 추진하는 부동산 규제정책안을 주의 깊게 살폈다. 문화면은 특별한 게 없다. 선영은 끝장까지 넘긴 신문을 곱게 접어 탁자 위에 얌전히 놓았다. 기준이 동진에 가서 볼 일이 없는데도 평소에 하던 습관 때문이다.

서재로 들어왔다. 대부분 기준이 점유하는 공간이었다. 들고 파듯이 책을 볼 이유가 없는 선영으로선 잠시 컴퓨터를 사용하거나 청소할 때나 드나들었다. 그 외에는 전시회에 다녀온 후 구입한 도록을 책장에 꽂아 놓거나 미술에 관련된 책을 찾기 위해 들어왔다. 그것도 대부분 거실 소파나 침실에서 뒤적거리는 지라 오랜 시간 있지 않았다.

선영은 어제 동생이 떠밀듯 안긴 성화에 결국 자료를 찾아 주기로 했다. 자식들도 제 일상을 알아서 지내니 크게 매일 건 아니었다. 밖에서의 일도 여가 차원이라 시간을 내려고 들면 어렵지 않았다. 동생이 건네준 대출할 책 목록으로 도서관에 가서 해당 도서를 찾아서 갖다 주면 됐다.

컴퓨터의 전원을 켜고 동생이 시간 날 때 재미 삼아 한 번 보라며 준 USB를 삽입했다. 동생과 함께 공부하는 동기가 가지고 있던 건데 필요하면 보라고 빌려주었다고 했다.

거기엔 분야가 각기 다른 몇 개의 공연 영상이 있었다. 그 중 한 무용 공연은 일본 방송이 중국 연변을 중심으로 촬영한 짧은 다큐멘터리였다. 본 내용은 더 길 텐데 필요 부분만 발췌한 것 같았다. 화면에선 오래 전의 공연 장면들이 비가 내리는 것처럼 영사됐다. 화면 왼쪽 위로 '중국 소수민족의 전통무용'이라는 프로그램 타이틀이 있었다.

처음 나온 장면은 여러 명이 추는 군무였다. 지금까지 보아 왔던 한국무용과 비슷하면서도 다른 풍으로 색달랐다. 의상과 흐르는 음악이 그랬고 춤사위도 한층 경쾌하며 역동적이었다. 무희들은 노랑과 다홍의 한복을 입고 오른쪽에서 왼쪽으로 작은북을 엇갈려 매고 있었는데, 애절하리만치 고운 음악에 맞춰 움직이는 팔놀림이 마치 잔잔한 물결을 부드럽게 헤쳐 나가는 듯했다. 그러다가 후반으로 가면서 앞서의 애절함과는 전혀 다른 음악이 흘렀다. 무희들은 그에 맞춰 조금 전과는 달리 아주 씩씩하고 절도 있게 군사 제식 행렬 같은 과감한 춤사위를 펼쳐냈다. 그들의 몸짓은 판에 찍은 듯 한 치의 오차도 없어 뉴스 같은 데서 자료 화면으로 잠깐 접했던 중국이나 북한 쪽 공연을 보는 듯했다. 그 밑으로 자막이 떴다. '연변예술학교무용단 손북춤'. 그 문구를 보면서 선영은 어쩐지 그런 거 같더니, 라면서 고개를 잠깐 끄덕거렸다.

다음은 독무였다. 자막에는 춤 제목인 '승무'와 유나타샤라는 무희의 이름이 표기되었다. 무희는 흰 고깔을 쓰고 춤을 추었다. 선영은 그쪽으로 아는 게 없는데도 춤사위에서 깊은 처연함이 우러나오는 게 느껴졌다. 앞서의 여러 무희들과는 확연히 구분되는 숙련된 몸짓이었다.

무희가 날아오르듯 팔을 뻗을 때였다. 고깔에 가렸던 얼굴이 드러나며 눈매가 카메라에 잡혔다. 아이라인과 짙은 속눈썹을 붙인 무대화장 때문이기도 했지만, 그것만이 아닌 어떤 강렬함이 후려치듯 다가들었다. 아주 깊고 먼 시원의 중심 같은 검은 눈이 처연하도록 흰 고깔 속에서 빨아들일 듯 빛을 냈다. 1, 2초나 됐을까 싶은 아주 짧은 순간, 그 눈빛이 선영의 가슴으로 확! 와 닿는 느낌이었다. 실제로 뭔가에 접촉된 것처럼 가슴 쪽에 찌릿한 여운 같은 게 번졌다. 이 느낌은 뭐지? 선영은 가슴에 가만히 손을 대보았다.

무희의 춤사위가 끝나자 탈북 무용가, 중국 연변대학, 일본의 한 대학 무용과 교수 등이 출연해서 무희가 춘 승무에 관한 말을 나눴다. 그리고 이어서 재일교포 무용수가 그녀의 다른 춤을 재현했다.

그 장면 뒤에 무대화장을 하지 않은 유나타샤의 평상시 모습도 나타났다. 독특한 미인이었다. 굵고 부드럽게 웨이브 진 긴 머리에 홑꺼풀임에도 눈이 커다래서 시원했는데 유독 흰자위가 많았다. 자칫 백치 같은 느낌을 줄 수 있는 눈매가 묘하게 매력적이었다. 콧날은 낮지도 높지도 않으면서 시원히 뻗어 내렸다. 짙은 립스틱을 바른 입술은 선정적이면서 윗입술 산과 입술 양 귀 각이 뚜렷했다. 전체적으로 풍기는 분위기가 서글하면서도 관능적이었다. 그렇게 잠시 영상으로 접한 유나타샤의 모습은 꽤나 인상적이었다.

선영은 다큐멘터리를 보고 거실로 나왔다. 탁자 위의 신문 옆에는 무용에 관한 책들이 있다. 오전 필드 모임을 마치고 도서관에서 빌려온 것들이다. 유나타샤가 어떤 사람인가 해서 도서관에서 책을 대략 펼쳐봤는데, 막상 내용을 살펴보니 선영 깜냥에도 자료가 취약했다. 몇 권째 본 책자에선 그녀의 이름이 어쩌다 잠깐 나타나긴 했어도 거의 거론되지 않았다. 아마도 정치적 이데올로기 때문에 제대로 다루어지지 않았을 거라 짐작됐다. 그와 함께 이념은 여전히 자유롭지 못한가 보다, 라는 생각이 들었다.

선영은 책을 살펴보며 동생에게 도움이 될까 해서 곁가지나마 필요할 것 같은 사항과 참고 도서를 따로 메모했다. 그리고 무용 쪽보다는 6·25전쟁 당시와 직후의 북한 상황에 관한 자료를 더 찾아 봐야 하지 않을까 하는 나름대로의 생각에서 다른 책도 대출했다. 동생이 적어준 목록에는 없는 거였다.

그 중 한 권을 펼쳤다. 일본판 번역본이다. 저자는 조총련계 원로 무용연구가로 발행연도가 한참 전인 80년대였다. 사십 년이 다 된 종이 면이 고서적처럼 누렇다. 여기도 별 건 없겠구나, 싶어 건성으로 목차를 훑던 눈길에 한 문구가 잡아당기듯 눈에 띄었다.

'1960년대의 북조선 무용'

*

전화가 울렸다. 또 기준이다. 선영은 짜증이 인다.

"아까 말한다는 게 잊었어. 혹시 아버지 기일이랑 당신 일정 겹칠까봐 미리 체크하라고 다시 전화한 거야."

"알았어! 새삼스럽게 별 걸 다 잔소리야. 언제는 내가 잊었나?"

선영의 목소리에 쨍하는 기색이 담겼다. 그런 선영의 반응에 기준은 머쓱해하며 얼른 통화를 끝냈다.

생전의 시아버지 허재표는 선영을 조심스러워했다. 세상 모든 걸 좌지우지할 듯 허세 가득하다가도 선영을 보면 비굴할 정도로 유순해졌다. 그건 선영의 친정에서 건넨 물질의 힘이었을 거다. 그런 시아버지와 함께 사진으로만 본 시할아버지의 만만치 않은 잔영도 떠올랐다. 더불어 시삼촌인 진표가 생각나며 애잔함이 앞섰다. 시할아버지의 생전 궤적을 대략 알고 있던 터라 시아버지를 떠올리면 따라붙듯 연결되곤 했다.

결혼할 무렵 시가에 인사를 하러 갔었다. 선영은 그때만 해도 진표에 대해 전혀 알지 못 했다. 식구들이 모두 모여 밥을 먹을 때도 진표는 그 자리에 없었다. 그리고 결혼식장의 신부대기실에 있을 때였다. 어떤 남자가 조심스럽게 문을 열고 들어왔다. 그는 선영 앞으로 걸어 와서 멋쩍은 표정으로 말했다.

'나는 신랑 삼촌이에요. 결혼식에 왔는데 안 보고 가는 게 도리가 아닌 것 같아 잠깐 들렀어요. 나중에 만나서 저 사람이 누군가 하는 것보다 이렇게라도 얼굴을 익히는 게 맞을 것 같아서요. 서로 인사를 미리 나눴으면 좋았을 텐데……. 축하해요. 행복하게 잘 살아요.'

진표였다.

선영은 그의 출현에 적잖이 당황했다. 기준에게 삼촌이 있다는 말을 들은 적이 없었고 시가에 인사를 하러 갔을 때도 식구들은 전혀 내색하지 않았다. 결혼식이 끝나고 가족이 모여 기념사진을 찍는데도 진표는 없었다. 공항으로 가는 차 안에서 기준에게 진표 얘기를 했더니 잠시 머뭇거리다 말했다.

'막내 삼촌이야. 나중에 보게 될 거라서 굳이 말 안 했어.'

말을 하는 기준의 표정이 떫은 걸 씹듯 비틀렸다. 선영으로선 기준의 말이나 시가 식구들의 처세가 납득되지 않았다. 멀쩡히 존재하는 가족을 왜 드러내려고 하지 않았는지 의아했지만 더 이상 묻지는 않았다.

그 후 진표를 시가의 제사나 명절에 보긴 해도, 의식이 끝나면 식구들과 둘러 앉아 밥도 먹지 않고 급한 일이 있는 것처럼 가버렸다. 그런 진표를 군식구 대하듯 하는 시가 식구들을 도대체 이해할 수 없다가 한 두 해 지나고서야 서로 간에 놓인 기류를 알게 됐다.

선영은 결혼식장에서 축하 말을 건네고 신부대기실을 나가던 진표의 뒷모습이 내내 마음에 남았다. 저녁 해거름 같은 쓸쓸함이 묻어있었다. 그때 선영의 마음이 까닭 없이 짠했다. 진표를 생각하면 각별한 지친에게처럼 마음이 쓰였다. 그동안 식구 아닌 식구로 살아오며 가졌을 외로움과 서러움이 와 닿았다.

그러고 보니 며칠 전부터 진표에게 안부전화 한다는 걸 잊고 있었다. 선영은 생각난 김에 전화기를 열어 진표의 번호를 찾아 눌렀다.

8

"삼촌, 그간 잘 지내셨어요?"

"그래. 질부도 잘 지내지?"

"네. 요즘 날이 찬데 건강은 어떠세요?"

"괜찮아. 나야 늘상 몸을 움직이니 아플 일이 있나."

"그래도 환절기니까 건강 챙기셔야 해요. 지난번에 제가 보내 드린 홍삼즙 잘 드시고 계시죠?"

"그럼. 참 애들은 직장생활 잘 하고 있지?"

"네. 그러지 않아도 언제 시간 내서 작은 할아버지 보러 간다더 라고요. 저도 얼마 있다 아버님 기일이어서 동진에 갈 거예요. 그 때 뵐게요."

선영은 밝은 사람이다. 함께 있으면 상대방도 그 기운에 마음 이 따뜻해졌다. 결혼해서 지금까지 진표를 깍듯이 시삼촌 대접하며 많은 것들을 챙겼다. 자주 안부를 물어 오고 주기적으로 김치며 밑반찬을 보내주었다. 주변 지인들에게 작품 소개도 해주어서 수입에도 도움을 주었다. 진표는 그런 선영에게 깊은 고마움을 갖고 있다.

한편으로는 허재표의 기일로 얼마 후에 뵙겠다는 말에 마음이 무겁다. 굳이 떠안지 않아도 될 부채를 지녔을 때의 찜찜한 불편함과 아버지 허상만과 형 허재표라는 무게가 부각됐다. 항시 그렇듯 그들과 얽힌 관계를 흔적도 없이 싹 지워버릴 수만 있다면 얼마든지 그러고 싶은 마음이다. 더불어 허재표가 오래전에 진표에게 가했던 행태가 새삼 다가들자 쓰라림이 울컥 인다.

진표는 지난번 기준이 다녀갔을 때가 생각났다. 겨울로 들어서는 시기라 주변의 모든 것들은 지난 계절 걸쳤던 걸 벗으며 본질적 형체를 드러냈다. 그 속에서 카메라의 줌인에 잡힌 것처럼 확연한 기준의 형상은 무엇으로도 가리지 못할 만큼 적나라했다. 들이키고 내뿜는 호흡과 미세한 근육의 떨림, 옅은 바람결에 보일 듯 말 듯 흔들리는 머릿결과 이리저리 사물을 향하는 눈빛, 주머니 속에 들어 있는 손가락의 꼼지락거림까지 포착되는 듯했다. 어딘지 불안정해 보이는 특유의 허청한 걸음걸이에서마저 아버지 허상만의 모습이 강렬하게 겹쳤다.

그 모습을 보며 기준 앞에선 무심하게 대했어도 사실 진표의 가슴은 얼음덩이를 안은 듯 굳었었다. 그만큼 허상만이라는 존재는 진표에겐 어찌할 수 없는 지독한 무거움이었다. 생전의 허상만은 아내인 고순단의 강짜에 내놓고 표현하지 못 했지만, 진표에게 끈 끈한 정을 건네며 측은해했다. 진표는 자신의 출생에 대해 알고 난 후부터 그런 허상만을 애써 외면했다. 그와 영원히 뗄 수 없는 아버지와 아들이라는 관계는 환멸이었다.

진표가 젖먹이 때부터 자란 집은 남의 집에 있는 것처럼 늘 낯설었다. 많은 식구가 북적거렸지만 혼자였고 보이지 않는 벽이 둘러 있었다. 횡포 같은 무심함과 홀대가 경계선처럼 그어져 넘으면 안 될 금기였고 식구들과 살가운 말을 나눠본 적이 없었다. 집안 어디에도 진표가 발붙일 자리는 없었고 온기 없이 서늘했다.

어머니나 누나들에게선 찬바람이 일었다. 어머니는 진표가 눈앞에 보이면 눈을 흘기며 괜한 화를 냈다. 진표는 될 수 있으면 눈에 띄지 않으려 집안의 구석진 곳만 찾아들었다. 아침 일찍 학교를 갔고 늦게 돌아왔다. 별다른 일이 없는 한 운전기사와 따로 밥을 먹었다. 집안일을 해주는 사람들마저도 진표의 처지를 무시해서 함부로 할 때가 많았다. 말이 막내아들이지 하대하며 부리는 사람 취급이었다.

그런 환경에서 형인 허재표가 가한 폭력은 이루 말 할 수 없었다. 아버지가 없는 곳에서 어린 진표를 수시로 쥐어박으며 괴롭혔다. 어떨 때는 다짜고짜 먹고 있는 밥그릇을 뺏어 수채 구멍에 쏟아버리기도 했다. 밥을 못 먹는 게 속상한 어린 진표가 훌쩍거리면 사정없이 주먹으로 후려쳤다. 그런데도 식구들은 말리지 않았다. 진표는 부당한 폭력에 화를 내거나 서운한 감정을 드러낼 수 없었다. 집안에서 자신의 처지가 어떻다는 걸 알아서였다.

진표는 고등학교를 졸업하면서 따로 살았다. 허상만은 처음에 말렸으나 진표가 식구들에게 어떤 대접을 받는다는 걸 짐작하던 터라 목재소에 딸린 방에서 살게 했다. 식구들도 진표가 나가 사는 걸 후련하게 여겼다. 진표도 그게 속 편했다. 집에는 명절과 제사, 부모 생일 때나 들렀다가 밥만 한 끼 먹고 나왔다. 그나마도 허상만이 죽고 나자 식구들은 대놓고 불편해했다. 그 후부터는 차례나 제사 의식만 치루고 밥도 먹지 않은 채 서둘러 나왔다.

형수인 강경분도 지금까지 진표를 시동생으로 제대로 호칭하지 않았다. 눈길 한번 곱게 건네지 않고 성가신 떨거지 대하듯 했다. 그나마 조카들인 기준 형제가 삼촌이라며 따랐지만 그것도 뭘 모르는 어렸을 때였고 자라면서는 점점 뜨악해졌다.

진표는 기준을 보면서 새삼 지난 그 시절이 떠올라 가슴 밑바닥이 싸늘해졌었다. 그동안 돌려세우며 눌렀던 아버지 허상만을 향한 혐오가 고개를 치켜들며 풀어내지 못 한 응어리가 명치를 짓눌렀다. 이제는 다 지난 세월이라 쓸쓸히 여기며 한쪽으로 밀쳐냈던 아픔들이 속절없이 치받쳤다.

허재표가 대학 시험에 떨어져 재수를 하던 때였다. 진표는 그때 여섯 살이었다.

계절은 한창 봄이 시작되는 사월이었지만 그늘에 들어가면 선득해지는 날씨의 해가 질 무렵이었다. 해가 지려 들자 사방은 금방 어둠이 내려앉았다. 허재표가 진표를 대문 밖으로 불러내더니 어딘가로 데려갔다.

도착한 곳은 극장 건물 뒤로 난 골목이었다. 낮에도 사람들 발길이 자주 들지 않는 좁고 으슥한 곳이었다. 그곳에 허재표 또래의 청년들 서너 명이 모여서 담배를 피우고 있었다. 허재표의 친구들이었다. 허재표가 그들 사이에 진표를 짐짝 부리듯 툭 밀어 넣었다.

'얘는 뭐냐?'

'기다려 봐.'

허재표의 말에 친구들은 낄낄대며 진표의 머리를 툭툭 쳤다. 그중 한 친구가 허재표에게 피우던 담배를 건네며 말했다.

'야, 뭐 건수 없냐?'

'아, 씨팔! 말 마. 오늘 꼰대가 장난 아니게 악악대며 썰 푸는 거 듣느라 귀가 다 쓰려. 지난번에 우리 외상술 먹은 거 빨리 안 갚았더니 주인이 꼰대한테 꽈 바쳤더라고. 나한테 돈 주지 말라고 엄마 지갑도 압수했어. 곧 들어가야 해. 당분간 근신하는 척이라도 해야지. 안 보이면 꼰대 또 길길이 뛰니까.'

'야, 너희 꼰대 왜 그러냐? 그나저나 물주가 돈이 없으면 오늘 뭐 하냐? 아, 심심해 자빠지겠네.'

'그래서 여기 데려왔잖아. 까이들 주무르는 것 보단 쩹도 안 되지만 심심풀이로 잠깐 손맛이나 보라고. 크크크.'

'좆만 한 새끼를 뭔 재미로?'

그러면서도 허재표의 친구들은 진표의 바지를 다짜고짜 무릎까지 벗겨 내렸다. 진표는 갑자기 맨살에 와 닿는 써늘한 밤 기온으로 오소소 소름이 돋았다. 그들이 가할 짓에 대한 두려움과 어린 판에도 치부가 드러난 수치심에 울음이 터져 나왔다.

어허! 뚝 그치지 못해? 입 다물어!

그들은 잘못을 저지른 어린 아이에게 지청구를 하듯 짐짓 목소리에 무게를 주며 말했다. 커다란 손바닥으로 우는 진표의 입까지 틀어막았다. 그리고 쭈그리고 앉아 킥킥거리며 진표의 다리 사이에서 바짝 졸아든 성기를 툭툭 반복해서 건드리거나 주물러댔다.

한 친구가 느물거리며 말했다.

'어쭈! 그래도 사내새끼라고 좆만 한 게 자지 서는 거 봐라. 크하하!'

다른 친구들도 낄낄거렸다. 허재표도 벽에 기대서 담배를 피우며 픽픽 웃어댔다. 어린 진표는 자신이 겪고 있는 이 시간들이 끝

없이 이어질 같은 두려움에 걷잡을 수 없이 떨렸다. 그들 중에 그나마 한 친구가 그런 진표가 딱했는지 바지를 추켜올려주며 말했다.

'야, 그만 하자. 재미없다. 꼬맹이 새끼 자지 만지면 뭐 하냐. 기집애들 씹에 좆 박는 게 왔다지. 애 춤겠다.'

어둠이 내린 골목에서 어린 진표가 당한 그날의 추행은 오래도록 떨치기 힘든 멍에였다. 그 일 이후 좁은 골목을 들어가지 못 했다. 한동안 길을 가다가도 무리지어 있는 건장한 남자들을 보면 사지에 맥이 풀리며 가슴이 터질 것 같은 수치감이 옥죄었다.

허재표의 악랄함은 거기서 그치지 않았다.

*

다음해 2월이었다.

재수를 하던 허재표는 대학 입시에 또 떨어졌다. 부모나 본인도 더 이상 대학 입학의 뜻을 거두었다. 얼마 후에 입대영장이 나오면 신체검사를 받을 예정이었다.

허재표는 전날 친구들과 어울려 밤늦도록 술을 마셨다. 자고 있느라 오전 10시가 넘었는데도 이불 속에 있었다. 일상이 늘 그랬다. 정오가 다 되도록 자고 일어나선 오후가 되면 친구들을 만나

밤늦도록 쏘다녔다. 남아도는 게 시간이었다. 돈쓸 일이 있으면 아무 때나 어머니에게 달라고 해서 친구들과 어울려 술집과 유흥장이며 당구장을 제집 드나들 듯 했다. 경제력 있는 집에서 굳이 직업을 가질 필요가 없었다. 어차피 군복무를 마치면 아버지 사업체에서 작은 사장으로 일하면 됐다.

허상만이 마침 밖에서 볼 일을 보고 들어왔다. 허재표를 찾아도 조용해서 방문을 열어보니 술 냄새가 진동했다. 한 두 번의 작태가 아니었으므로 화가 난 허상만의 눈썹이 단박에 치켜 올라갔다. 벼락같은 소리를 질러 허재표를 깨웠다. 그래도 일어나지 않자 현관 신발장에 있던 나무로 된 구두 주걱을 잡아서 허재표의 어깨를 사정없이 내리쳤다.

'아우…… 씨발, 뭐야?'

허재표는 아버지인 줄 모르고 벌떡 일어나 눈을 부라리며 와 왁거렸다.

'뭐? 씨발? 이놈의 새끼가 터진 아가리라고 나오는 대로 씨부려?'

허상만은 얼굴이 벌게지며 다시 또 후려쳤다. 소란에 안방에서 달려 나온 허상만의 아내가 말려서야 구타가 멈췄다. 그때 마루 한 구석에 있던 진표와 씩씩거리던 허재표의 눈길이 마주쳤다. 허재표가 주먹을 들어 진표를 칠 듯이 내뻗었다. 진표는 무서움에 얼른 고개를 돌렸다.

점심을 먹고 난 오후였다. 식구들은 모두 나가고 없었다. 집에는 허재표와 진표만 있었다. 허재표가 진표의 머리를 쥐어박으며 따라 나오라고 했다. 주눅 든 진표가 멈칫거리자 등짝을 후려치며 대문 밖으로 내몰았다. 진표는 썰렁한 날씨에 겉옷도 걸치지 못 한 채 끌려 나가야만 했다.

끌려간 곳은 시외버스터미널을 한참 지난 읍내 외곽의 화포리로 가는 길이었다. 지나다니는 인적도 없는 데다 잔뜩 흐린 날씨로 사위가 괴괴했다. 황량하게 빈 논들이 펼쳐진 끄트머리에 개울물이 흐르는 수로가 있었다. 수로는 어른 한 두 사람 들어갈 만한 폭에 웬만한 남자 어른 키만큼의 높이였다. 일곱 살 어린 아이에게는 한번 들어가면 혼자 힘으로 빠져나오기 힘든 곳이었다. 허재표는 그곳에 진표를 던지듯 집어넣었다.

겨울 기척이 남아 있는 2월 하순이었다. 수로를 흐르는 물은 발목까지 잠겼다. 시린 물에 발이 빠진 진표의 놀란 울음이 와왕, 터졌다. 수로 벽이 시야를 온통 가렸다. 보이는 건 잔뜩 흐린 하늘뿐이었다. 빠져나가지 못 하면 갇혀 죽을 수도 있겠다는 공포가 몰려왔다. 수로 벽을 잡으려 했지만 잡힐만한 돌기 하나 없이 밋밋해서 자꾸 미끄러졌다.

'조용히 해! 니 새끼는 거기서 죽어도 돼. 같잖은 새끼가 어디 남의 집을 기어 들어와서 건건이 신경을 거스르고 지랄이야!'

허재표는 버둥거리며 우는 진표에게 소리치며, 나무 막대기를 주워 벽을 잡는 진표의 손을 탁탁 쳐냈다. 그럴 때마다 진표의 손

등은 벌건 자국이 생겼다.

'형, 살려 줘!'

진표가 애원해도 들은 척 하지 않았다. 논둑에 다리를 뻗고 앉아 소풍이라도 온 듯 휘파람까지 불었다. 시린 물에 잠긴 진표의 발은 점점 감각이 없어졌다. 집안에서 입는 얇은 옷만 걸친 데다 추위로 이가 딱딱 부딪치며 몸이 사정없이 떨렸다.

그렇게 30여 분이 흘러서야 허재표는 진표를 끌어올렸다. 시린 물에 감각이 둔해진 발로 걸음을 떼던 진표는 땅을 제대로 딛지 못 하고 자꾸 고꾸라졌다. 허재표는 짐승을 모는 것처럼 일어나라며 막대기로 진표의 머리를 탁탁 두드렸다. 읍내 입구로 들어서자 허재표는 절룩이는 진표를 버려두고 휭 하니 어디론가 가버렸다. 진표는 언 발의 무감각으로 평소에 십여 분이면 갈 집을 한 시간이 다 돼서야 도착했다.

그해 가을이었다. 허상만은 서울로 며칠 출장을 갔다. 식구들이 잠든 깊은 밤이었다. 자고 있는 진표를 허재표가 불러서 나갔다. 술 냄새가 진동하는 허재표가 진표를 뒷마당에 있는 재래식 화장실에 다짜고짜 집어넣고 밖에서 문을 잠가버렸다. 지독한 똥냄새가 나는 어두운 곳에 불시에 갇힌 진표는 공포감에 화장실 문을 두드리며 연신 소리를 질렀다. 그러나 허재표는 이미 집안으로 들어갔고 식구들은 잠이 들어 듣지 못 했다.

그러는 중에 발쪽이 이상했다. 자다 깨서 그냥 나오느라 맨발에

슬리퍼를 신은 발등으로 스멀대는 감촉이 느껴졌다. 벌레가 닿는 것 같아 진표는 화들짝 놀라며 손으로 발을 만졌다. 보이지 않는 어둠 속에서 작고 말캉한 물체가 발등에서 꼬물거렸다. 똥통에서 발판으로 기어오르는 구더기였다. 볼 수 없어서 오히려 공포가 극대 되는 것처럼 어둠 속의 진표가 갖는 공포도 터질 듯 온 감각을 조여들었다. 발을 이리저리 아무리 움직여 봐도 밀폐된 좁은 공간에서 기어오르는 구더기를 피할 수 없었다. 진표는 사람 살리라고 소리치며 울부짖었다.

얼마쯤 후에 화장실로 오는 발자국 소리가 났다. 집안일을 하는 아주머니였다. 아주머니는 평소에도 잠귀가 밝았다. 화장실과 가까이 있는 방에서 잠결에 무슨 소리가 간간이 들려 눈을 떴다가 옆에 있어야 할 진표가 보이지 않자 혹시나 해서 나와 본 거였다. 덕분에 진표는 간신히 화장실을 빠져 나올 수 있었다.

아주머니는 누가 그랬는지 짐작하고는 바들바들 떠는 진표를 보며 혀를 끌끌 차면서 말했다.

에구, 콩알만 한 어린 네 팔자도 참 박복하다. 쯧쯧!

그러면서 진표의 다리를 기어오르는 구더기를 신문지를 말아 툭툭 쳐서 떨어뜨렸다. 짠한 얼굴로 콧물과 눈물로 범벅이 된 진표의 얼굴을 자신의 옷자락으로 닦아주었다. 그리고 허재표의 방을 흘겨보며 말했다.

망할 놈! 무슨 억하심정이 있다고 이 어린 거한테 이러나, 이러

길. 어째 인간이 저 모양인지. 저건 아무래도 사람 구실은 글러먹은 놈이야!

집안으로 들어왔을 때 허재표는 술에 취해 코를 골며 자고 있었다.

아주머니는 그 일에 대해 식구들에게 말하지 않았다. 말한들 허재표를 나무랄 것도 아닐 테고 진표만 더 눈총을 받을 수 있었다. 그리고 고용된 처지에서 주인 아들 몹쓸 짓거리를 거론했다가 밉보일 이유가 없었다.

*

허재표의 짓거리는 참혹한 학대였다.

그는 어린 동생에게 가한 짓을 의식하지 않았다. 아버지나 진 씨 집안사람들을 향한 분풀이를 대신할 한낱 감정 분출 대상일 뿐이었다. 어린 진표는 그 감정 소비를 고스란히 받아야 했다. 단지 허재표의 비위에 거슬렸다는 게 이유였다. 진표는 언제 어느 때 또 허재표에게 몹쓸 짓을 당할지 몰라 늘 긴장 상태였다. 허재표의 작은 기척만 나도 소스라치게 놀라며 숨어들었다.

어두운 화장실에 갇혔던 사실은 진표에겐 자칫 삶과 죽음의 경계를 넘나드는 경악이었다. 만일 그때 아주머니가 나와 보지 않았다면, 식구들이 잠을 깨는 아침까지 어둠 속에서 꼬박 갇혀 있어야 했다. 밀폐된 공간의 암모니아 가스가 찬 곳에서 쓰러져 정신을 잃었을 테고, 기어오르는 구더기가 온 몸을 덮었을 것이다.

그 일 이후 진표는 오랫동안 화장실을 갈 수 없었다. 소변이야 어디 구석진 곳에서 해결하면 됐지만, 대변은 오 분 거리의 뒷산으로 뛰어가서 해결했다. 추운 겨울이 아주 곤혹스러웠다. 꽁꽁 얼어붙는 추위에 가림막 하나 없는 곳에서 볼 일을 볼 때면, 까내린 엉덩이가 추위에 바늘로 찌르듯 아팠다. 어떤 때는 산으로 뛰어가다 참지 못 해 바지에 그대로 배설하기도 했다.

세월이 지나면서 그때의 상흔은 옅어졌지만 진표는 지금도 질러 갈 수 있는 빠른 길이어도 골목은 될 수 있으면 다니지 않으려고 했다. 밖에 나갔다가 용변을 보려고 찾아든 화장실이 좁고 밀폐된 느낌이 들면 그대로 꾸역꾸역 참았다. 어느 곳을 가든 제일 먼저 비중을 두는 건 화장실이었다.

공예관을 만들 때도 화장실을 가장 염두에 두었다. 공예관 건물 면적이 그리 크지 않은데도 넓은 공간을 할애했다. 손님용은 밖에 두었고 진표 전용으로만 사용할 수 있게 내부에 따로 두었다. 밀폐된 느낌을 갖지 않으려고 벽 한 면을 다 차지할 만큼 통유리로 창을 내고 출입문을 달지 않은 채 문발로 대신했다.

그런 일들 이후 허재표가 군 입대를 하면서 악랄한 장난과 화풀이를 받을 일은 없었다. 군 제대를 하고서도 불퉁거리며 거칠게 대했지만 예전처럼 몹쓸 짓을 하지는 않았다. 철이 들어서인지 아니면 진표가 성장해서 함부로 취급할 수 없어서였는지는 모르겠다. 대신 나이가 들면서 집안의 재산에 대해 실질적 권리를 주장하며 예민하게 각을 세웠다. 허상만이 진표에게 무엇이라도 건네지 못 하게 제동을 걸었고 조금이라도 기미가 보이면 강하게 반박하며 무산시켜 버렸다.

9

선영의 시할아버지 허상만은 일제가 조선과 합병을 한 직후인 1913년 강원도 동해의 최북단에 위치한 주 어업기지인 동진에서 태어났다. 지금은 전쟁과 분단으로 끊어졌지만 일제강점기하의 동진은 동해북부선 철로역이 있던 교통요지였으며 원산과 부산 간 여객선의 기항지였다. 농산물과 해산물의 집산지여서 물자와 사람들이 모여들어 흥청거렸다. 거리를 어슬렁거리는 개도 돈을 물고 다닌다는 우스갯말까지 있을 만큼 당시 동진의 경제 실정은 전반적으로 넉넉했다.

하지만 허상만의 집은 부칠 밭 한 뙈기나 바닷가에 살면서 지닐 수 있는 손바닥만 한 전마선도 없이, 찢어지게 가난해 밥 굶기를 밥 먹듯 했다. 움직일 때보다 누워있는 날이 더 많았던 병약한 아비가 어쩌다 남의 허드레 품을 팔아 버는 형편없는 수입으로 하루

하루를 근근이 살아갔다. 이엉 한 번 제대로 갈지 못한 지붕은 무너질 듯 위태로웠고, 엉성하게라도 둘러친 울타리는커녕 콧구멍만한 단칸방에 문짝도 없이 거적때기를 치고 살 정도였다. 명색으로나마 틀 구실을 하는 흙벽은 겨울이면 터지고 갈라져 황소바람이 들이쳤다. 풍찬노숙이나 다름없었다.

그래도 허상만은 소학교 과정을 마쳤다. 말이 마친 거지 악착스럽게 어깨 너머로 비럭질하듯 배운 눈과 귀 동냥이었다. 어린 시절 그는 하나를 가르치면 둘 셋을 더 해 알았을 만큼 똑똑했다고 주변 사람들은 전했다. 그렇다고 후일 그가 알찬 부를 축적하리라곤 아무도 예견하지 못했다.

허상만은 열다섯 되던 해에 원산의 일본인 상점에서 점원으로 일했다. 그 환경은 일제강점기라는 암울한 시국에서 좋은 배경이 되었다. 조선인으로 여차하면 징병이나 징용에 끌려가던 때에 힘 있는 일본인 밑에 있다는 것은 든든한 보증수표였다. 그곳에서 15년을 성실히 일했다. 허드레꾼으로 시작해서 상점을 총괄하는 책임자가 될 만큼 신임을 얻었다.

허상만은 누가 제대로 가르쳐 주지 않아도 홀로 상술을 파악하고 습득했으며 세상을 읽을 수 있는 눈을 떴다. 보편적이거나 당치 않은 세상이치를 인식하며 대응할 수 있는 처세도 익혀 나갔다. 사람 사는 세상에서 권력이든 물질이든 지식이든 힘의 논리를 주지했다. 그의 의식은 일반적이거나 보편적인 범주에서 더 위를 향해 뻗고 있었으며 현실 직시의 예리함도 지녔다.

그는 땅과 현금을 믿지 않았다. 돈이 생기는 대로 금을 사 모았다. 비록 일본인 밑에서 굽신거렸지만 그들이 언제까지 조선 땅에 머물지는 못할 거라고도 여겼다. 선진문물이 들고 나는 개항지에서 많은 정보를 사람과 책에서 얻었다. 그에 따르자면 당시 바깥 세상의 흐름은 불안히 흔들리는 추였으며 혼돈이었고 세상은 언제든 뒤집어질 수 있었다. 그러면 움직일 수 없는 땅은 무용가치며 현금 또한 효력을 발생시킬 수 없을 터였다. 재산은 어떠한 경우에도 유동화가 용이해야만 하는 게 그의 경제 지론이었다. 금은 그런 필요조건에 합당한 토대였다.

해방이 될 무렵부터 시국이 쉬쉬거렸다. 일본의 패망 기운은 조선 사람들에게로 전해졌다. 원산의 상권을 장악하고 있던 일본인 점포가 습격당하는 일이 자주 발생하자 거주하던 일본인들은 위기감을 느꼈다. 허상만이 몸담고 있는 가게도 예외일 순 없었다. 그런 상황에서 자칫하다간 죽을 수도 있었다. 무법천지처럼 뒤숭숭해서 한 치 앞을 가늠하기 힘든 시절이었다. 계획했던 미래의 청사진은 이루어질 가망이 없어 보였다. 허상만은 고심 끝에 결정을 내렸다. 가족을 이끌고 고향인 동진으로 돌아왔다.

세계이차대전에 패한 일본은 연합군에게 항복했다. 일제강점기하의 오욕된 식민의 긴 시간이 끝을 보였다. 해방이었다. 거리에는 억눌렸던 압박에서의 한을 토해내는 사람들로 물결을 이루었다. 허상만은 그런 시류와는 상관없이 묵묵히 일만 했다. 남의 집 품팔이를 하며 그날 벌어 그날 먹는 생활이었다. 시국이 안정 될 때까지 죽은 듯 지내는 것만이 험한 세월에 다치지 않고 살아 낼 방편이라고 판단했다.

해방의 기쁨도 잠시였다. 삼팔선이 그어지며 시국은 더욱 혼란 스러웠다. 삶의 전반이 흉흉했다. 6·25전쟁이 발발했고 수도 서 울이 점령당했다. 땅을 지닌 지주와 어장과 배를 소유한 선주 등 의 재산가와, 경찰과 그 가족이 인민의 적으로 간주되었다. 붉은 완장을 찬 사람들은 그들을 반동분자라 낙인 찍고 색출해서 인민 의 고혈을 빨아 부당하게 축적한 재산이라며 몰수하고 죽였다. 그 들 중에는 허상만처럼 일본인 밑에서 밥을 벌어먹던 사람들도 많 았다. 그들은 도망친 일본인들이 두고 간 재산을 부지불식간에 취 했다가 죽임을 당했다. 없이 살다 잠깐 누렸던 호사의 대가는 참 혹했다. 일제강점과 해방, 전쟁, 휴전이라는 격랑이 물밀듯 몰아 친 자리는 폐허로 변했다.

허상만은 그토록 어지럽고 흉포한 시기를 보내고 나서야 지니 고 있던 금들을 조금씩 표 나지 않게 처분했다. 그렇게 환원시킨 자금들은 옹색한 잡화점에서 잡화 총판으로, 지역의 유일한 극장 과 목재소로 규모를 키워나가는 종자가 되었다.

시간이 지나면서 그는 동진의 걸출한 자수성가형 인물이며 지 역 유지로 자리매김하면서 입지를 굳혀나갔다. 사업이 불 일듯 홍해 적지 않은 재력을 지닌 후에는 지역 내의 교육기관에 육성회를 만들어 정기적인 장학금 기탁과 지역발전을 위한 지속적 발전기금을 기부했다. 관내 공기관에서는 그의 충정한 지역사랑 후원에 무수한 표창을 아끼지 않았다. 하지만 그는 어떤 경우든 치밀한 손익계산을 두드렸으며 불필요한 인정이나 선행을 쉽게 베풀지 않았다. 이익이 차출된다는 전제에서만 재정을 열었다.

사업을 하는 사람들, 하면 대체로 넉넉한 풍신이 연상되지만 허상만은 그와는 거리가 멀었다. 체격이 작았고 호탕함도 없이 조용했다. 감정 표현을 되도록 하지 않아서 상대로 하여금 의중을 금방 파악할 수 없게 하는 의뭉함도 지녔다. 굳이 부정적 시각으로 본다면 눈빛이 탐색하듯 예리해서 어딘지 약삭빠름의 전형으로 느껴지기도 했다.

허상만에 대한 사적인 풍문이 있었다. 그러나 결코 풍문만은 아님을 오랜 세월 가까이 했던 이들은 알았다. 현상으로 나타난 사실이었기 때문이다. 그의 자식문제였다. 밖에서 낳아 데려온 딸이 하나 있었다. 미장가일 때 남녀 간의 정리가 있었는데 인연이 되지 않아 멀어졌던 여인이 어느 날 나타나 아이만 던져 주고 갔다고 했다. 그 딸마저 전쟁이 일어난 열아홉 되던 해에 행방이 묘연했다는 그런 거였다.

그 풍문에 선영의 시부모는 예민한 반응을 보였는데 시국과 관련된 때문이었다. 분단이라는 이데올로기로 남북이 첨예한 대치 상태였다. 국가가 엄중히 경계하며 세워 놓은 국시에 반하는 요소는 절대적 위험 요인이었다. 살벌한 체제하에 허상 같은 존재로 인해 집안과 신변에 혹시 불똥이 튈 수도 있었다. 허씨 집안으로선 조심해야할 민감한 문제였다.

당시 기준을 비롯한 형제들은 부모의 원대한 계획 하에 상층에서 살 수 있는 조건을 갖추기 위해 고향을 떠나있었다. 그랬기에 들었어도 어렸던 때였고 관심도 없었다. 눈앞에 나타난 현상이 아니므로 말 그대로 풍문이었다. 그 시절은 남자 특히 권력가나 재력가의 염문은 풍운남의 상징으로 여겨서 큰 흉이 되지 않았다.

허상만은 78세를 일기로 생을 마감했다. 주변이 안타깝게끔 수명이 짧지도 않았고 노추를 드러내며 징글하게 길지도 않은 삶이었다. 귀 밑 머리 푼 아내와 반 백 년 넘게 해로했으며 슬하에 2남 3녀의 자식과 손자 손녀가 11명이었다. 전쟁으로 분단접경지역이 되어버린 작은 지역에서 입지전적인 인물로 회자되며 그 요건을 충분히 입증한 삶이었다. 고래로 첨예한 역사의 장이었던 곳에서 태어나 혼란한 격동의 시기를 살아냈어도 다복한 인생노정이었다.

*

삼 년 전, 한 해의 마무리를 앞 둔 12월이었다. 생장하던 모든 게 쇠락할 때였다. 선영의 시아버지 허재표의 집에는 낮부터 지인들 여럿이 모여 술을 마시느라 떠들썩했다. 지인들이라고 해야 황혼의 막바지에 접어든 뒷방 늙은이들이었다. 그날은 아내 강경분이 계원들과 1박 2일 온천여행을 가고 없었다.

'조선 사람은 불도저 밀듯 몰아붙여야 해. 그런 차원에서 박정희가 정치 하나는 잘 했지. 경제개발 5개년계획, 아무나 할 수 있는 게 아니지. 안 그래?'

'암! 박통이 그렇게 안 했으면 지금 이렇게 배 두드려 가며 잘살 수 있을 줄 알아? 어림 반 푼 어치도 없다 그래. 그 양반이 체구는 작아도 도스께끼 정신으로 밀어붙이는 거 보면 대단해!'

'쥐뿔도 모르는 요새 젊은 것들 좀 배웠다고 독재니 인권탄압이니 떠드는데 즈이들이 누구 때문에 편히 먹고 배웠나? 그런 정부 밑에서 우리가 죽을 똥 싸가며 일궈 놓지 않았으면 대한민국 아직도 후진국이라고!'

'중동 그 더운 사막에서 돈 벌었던 거 생각하면 기가 막힌다. 평생 흘릴 땀을 거기서 다 흘렸으니까. 말 그대로 피땀이었지.'

'아이고, 형님. 월남 전쟁은 어땠고요? 말이 좋아 우호동맹이지. 사실은 우리 군인들은 미군 총알받이였지 뭐. 모기 독사 우글

거리는 더운 정글을 뻬트콩 새끼들 잡으러 돌아치는데 하 죽겠는
거라. 니미, 지랄 맞게도 나무들은 겹겹으로 우거져 앞은 잘 안 보
이지, 잠깐 아차 싶으면 지뢰 밟아서 그대로 황천이었잖수. 언제
부비트랩에 걸릴지 몰라 식은땀은 줄줄 흐르고. 그렇게 매일 목숨
을 담보로 바꾼 씨레이션을 마누라랑 새끼들은 미제라고 게걸스
럽게 처먹더라니까.'

　'어쨌거나 자네 그 바람에 돈 좀 만져 봤잖은가.'

　'돈 벌긴…… 그런 자네야말로 우리처럼 고생 안 하고도 잘 벌
었잖은가?'

　'그래, 맞아. 그 땐 머리 좀 굴리고 빽 좀 만들어서 사바사바만
잘 하면 보는 놈이 임자일 때지. 돈만 찔러 주면 안 될 게 없었는
데. 좋은 시절이었네. 쩝.'

　'아, 참 자네들 생각나나? 그 백화옥에 얼굴 반반한 년, 누구더
라?'

　'화자?'

　'맞아, 맞아. 걔가 어디 얼굴만 반반했나. 그년 엉덩짝 돌리는
것도 기가 막혔지. 밤새도록 사람을 죽이는데 다음날이면 이불에
코피를 줄줄 흘렸다니까.'

　'이 사람아. 자네는 나보다 한 수 아래네. 난 외려 그 년이 까무
라쳤는데 뭘. 그러고도 집에 와서 마누라 엉덩짝에 비파 소리 나
게 두드려 줬구만.'

'클클클!'

모인 사람들은 지난 시절 맛보고 누렸던 영화를 낄낄거리며 말했다. 살아왔던 삶의 자락들은 과장되게 부풀어 침 튀기는 무용담이 됐다. 풍운의 상징으로 여겼던 젊은 날 육체의 쾌락과 방종은 힘찬 과시였다.

사람들은 일제강점기와 6·25전쟁의 황폐와 혼란을 미처 추스르지 못한 채 군부세력의 쿠데타를 맞았다. 군부세력은 국가 전복 사실의 부정성을 은폐하고 정당화시켜야 했다. 참혹한 현실에 시달리던 국민들의 물질적, 정신적 허기를 이용할 통치술이 필요했다. 전쟁으로 분단이 된 현실을 내세워 언제든 다시 전쟁이 발발할 수 있다는 공포심을 조장했다.

허재표와 일행에게서 국가라는 거대 권력으로 목을 죄던 독재 군부의 수장은 '은혜롭고 위대한 지도자'라는 환상으로 굳어졌다. 그들은 헐벗고 혼란스러웠던 격랑의 시절을 살았으며 맹목적인 광신도와도 같은 거센 열망으로 혼돈의 시대를 지나왔다. 군부정권이 우민화시킨 통치술로 오도된 대중의식은 부정, 비리, 비상식이 어휘의 본래 뜻과는 상관없이 상식적으로 통용되었다.

그들은 그러했던 시절을 아쉽게 반추하며 갈망했다. 그 비호 아래 취하고 축적했던, 수밀도같이 달디 단 맛을 기억 속에서 끄집어내 아련히 음미했다. 그러나 이제는 자식들이 건네주는 푼돈 같은 생활비와 용돈에 의탁했다. 황혼의 늙음을 이어가면서 주름지고 쇠락할 뿐이었다. 쪼그라진 서로를 바라보며 과장된 무용담과 질 탕한 음담을 내뱉는 얼굴에 간간이 쓸쓸함이 스쳤다.

그때까지도 허재표에게서는 불길한 어떤 조짐 같은 건 보이지 않았다. 누구보다 지난 시절 가장 화려하게 살았던 그답게 쏟아내 는 말들만 걸쭉했다.

*

겨울은 해가 짧았다.

어스름이 내리자 허재표의 집에 모여 있던 일행들은 하나 둘 집 으로 돌아갔다. 약초 도매상집 친구와 진 씨네 둘째 손자 진해문 이 남았다. 잠시 후 친구도 집에서 호출이 오자 자리를 비웠다. 집 에는 허재표와 진해문 둘만이 있었다.

친구가 집에 갔다 다시 왔을 때는 시간상으로 대략 두 시간 여 쯤 경과한 뒤였다. 집안에는 아무도 없었으나 켜져 있는 텔레비전 에서는 밤 9시 뉴스가 나오던 중이었다. 술상도 그대로 있었다. 친 구는 허재표가 화장실에 갔으려니 여기며 눌러 앉았다. 오 분 여 가량 흘렀다. 기다리던 친구는 무료해서 쭝얼거렸다.

'원, 똥간에서 살림을 차렸나? 지기럴.'

친구는 아까 마시다 만 술잔을 들었다. 술상에 안주할 게 없었다. 부엌으로 가서 찬장을 뒤져볼까 했지만 귀찮았다. 마침 안방과 바로 연해있는 뒤란 창고방에 마른 명태가 있을 게 생각났다. 뒤란으로 난 쪽문을 열었다. 몸에 와 닿는 밤 기온이 싸늘했다. 양팔을 썩썩 문지르며 신발을 신었다. 고방 앞에 왔는데 문이 열려있고 천장에 무언가 매달려 있었다. 물체는 미약한 반동으로 흔들리고 있었다. 친구는 뭔가 해서 안으로 고개를 디밀어 쳐다보았다. 목에 줄이 감긴 사람이었다.

허재표였다.

*

저녁 무렵 유일하게 남아 있던 친구와 진해문 두 사람은 경찰서에서 참고인 자격으로 조사를 받았다. 그로 인해 진해문이 곤욕을 치렀다. 셋이 남았을 때 허재표와 진해문이 말다툼을 했다고 친구가 진술했기 때문이었다.

평소에도 선영의 시가인 허 씨 집안과 진 씨 집안이 반목하고 있다는 건 주변에서 모두 알고 있는 사실이었다. 서로 왕래도 없었는데 그날따라 진해문이 허재표와 술을 마셨다는 게 이상했다. 함께 있던 사람들 말로는 모두 자리를 털고 돌아갈 즈음 진해문이 술이 많이 취해 왔다고 했다.

허재표와 말다툼을 했다는 허재표 친구의 증언에 대한 진해문의 주장은 달랐다. 그는 그날 초저녁에 허재표의 집 앞에 있는 가게에서 사람들과 어울려 술을 마시다가 가게 화장실을 가게 됐다. 화장실이 있는 가게 뒷마당에서 허재표의 집이 바로 보였다. 두 집 사이에는 담이 있었는데 어른 겨드랑이쯤 닿았다.

진해문이 볼 일을 보고 난 후 가게로 들어가려는데 담 너머 허재표의 집에서 와자한 웃음소리가 들려왔다. 재미있는 일이 있는가 싶어 그쪽을 넘겨보는 중에 아내에게서 전화가 왔다. 술기운에 몸이 좀 흔들려 담에 팔을 얹은 채 통화를 하고 끝내는데, 몸이 비틀하면서 들고 있던 전화기가 허재표의 집 마당으로 떨어지고 말았다. 어쩔 수 없이 전화기를 주우러 허재표의 집 대문을 열고 들어갔다. 그때 방에 있던 일행 중 한 사람이 집으로 돌아가려고 마루로 나오고 있었다. 한 고장에서 서로 형님, 동생하며 지내던 터라 아는 체를 하는데, 뒤따라 나오던 다른 사람이 굳이 진해문의 등을 미는 바람에 방까지 들어가게 됐다.

허재표는 생각지 못했던 진해문의 출현에 대놓고 불퉁거렸다. 다른 일행이 그런 허재표에게 술잔을 건네며 한 동네 사람끼리 좋게 지내라며 달랬다. 다른 사람들도 옆에서 추임을 거들며 쭈뼛대는 진해문을 억지로 끌어 앉혀 술을 권했다.

30여 분 쯤 지나서 사람들은 대부분 돌아가고 약초도매상집 친구만 남았다. 그 친구마저 얼마 후에 식사하라는 전화를 받고 집으로 돌아갔다. 그리고 진해문도 좀 더 있다가 허재표의 집을 나왔고 다시 가게로 들어가서 술을 마셨다고 반박했다.

그 정황에 대해선 가게에서 함께 술을 마시던 일행과 가게 주인이 증언했다. 진해문이 화장실에 간다고 가게에서 나오기 전 한 사람이 무심코 벽에 걸린 시계를 보았다. 시침이 저녁 6시 30분을 가리키고 있었다. 진해문이 다시 돌아온 건 약 사 오십분쯤 경과한 시간이었다. 주인 여자가 거르지 않고 보는 오후 7시 대의 일일 드라마가 시작되고 얼마 후였다.

부검 결과 허재표의 사망 시간은 최초 목격자인 친구에게 발견되기 30 여분 전이었다. 친구도 허재표의 집을 나왔다가 다시 돌아올 때까지의 경과 시간에 대해선 입증할 근거가 있었다. 식구들과 저녁밥을 먹고 난 후에, 약초를 사러 왔던 사람과 1시간 여 가량 함께 있다가 가게 문을 닫았던 게 확인됐다.

그로써 진해문과 친구의 알리바이는 확실했다. 시신은 목을 맸던 줄 때문에 생긴 검붉은 피멍 자국인 압혼만 있을 뿐 타살의 흔적 없이 깨끗했다. 죽음 현장에 누군가 제 3의 인물이 개입한 정황도 발견할 수 없었다. 더 이상의 혐의가 발견되지 않자 경찰은 허재표의 죽음을 사실상 자살로 종결했다.

누구든 가족의 죽음을 떠올리면 침울하다. 선영의 시가 식구들과 기준에게서 허재표의 죽음은 그런 일반적인 의미에 참담함이 더해졌다. 가장 긴밀한 가족 구성원이 자살을 했다는 사실은 가족에게는 비참한 곤혹이었다. 얼마 남지 않은 삶을 순리대로 마감해야 할 나이에 납득할 별 이유도 없이 스스로 목숨을 끊었다는 사실이 더욱 그랬다.

가족들은 허재표의 자살을 인정할 수 없었으며, 누군가 그 죽음에 개입되었다는 의혹을 풀지 않았다. 그 의혹의 비중은 허재표가 죽었던 현장에 앙숙이라고 여기는 진 씨 집안의 진해문이 있었다는 것만으로 증폭되었다.

*

허재표는 아버지 허상만과 많이 달랐다.

외형적인 면에서도 허상만과 달리 체격이 컸다. 사람들은 외탁을 했다고 했다. 성향도 달랐다. 허상만이 꼼꼼한 치밀함이라면 허재표는 주마간산 격으로 일별하듯 훑는 기질이었다. 오래도록 생각하고 달라붙는 대신 기본적인 틀이 정해지면 빠른 결정을 내렸다. 공부에서도 어떤 하나를 알고 나면 다 알았다 여기고 쉽게 싫증을 내며 체머리를 흔들었다. 고등학교도 몇 번이나 옮겨 다니다 허상만의 재력으로 겨우 졸업장을 살 수 있었다.

허재표의 그런 것이 다 부정적으로 작용하지는 않았다. 사업 수완에선 두각을 나타냈다. 두뇌회전이 빨랐다. 사람이든, 상황이든 어떤 현상을 접하는 순간 통괄적인 틀을 머릿속에 그려냈다. 그런 통찰력과 함께 사업에서 필요한, 때에 따라 발 빠르게 치고 빠지는 순발력을 발휘했다.

허재표는 허상만이 치적한 재산으로 확장일로를 달렸다. 허상만의 운영방식이 무리하게 규모를 늘리지 않고 내실을 기한 안정된 종적 기반을 고수했다면, 허재표는 돈 놓고 돈 먹기 식의 거침없는 문어발식 횡적 확장이었다. 그에 따라 창업 모태였던 잡화총판과 극장, 목재소에 연탄공장과 양조장을 더하며 승승장구했다.

부자간의 기준은 달라도 허 씨 집안 사업은 한동안 잘 운영됐다. 그러나 허상만이 죽기 얼마 전부터 눈에 보이게 규모가 줄어들기 시작했다. 지역민들 주업이 어업이던 환경은 바다에서의 수확물이 점차 감소되고 도시나 타지역으로 이주하게 되자 인구가 해마다 줄고 있었다.

그 여파로 처음에는 연탄공장이 흔들렸다. 동종이업이던 기존의 것과 함께 두 군데나 더 생겨남으로써 결국 견디지 못하고 도산했다. 양조장도 후발주자로 뛰어든 데다 대형 주류업이 대부분의 시장을 점유하고, 전국 도로망이 반나절 거리로 좁혀지면서 유통업이 활발해지자 쉽게 무너졌다. 두 업종의 해체를 맞으면서 연쇄적으로 목재소가 타지 사람에게 넘어가 버렸다. 가장 성시를 주었던 지역의 유일한 극장은 흑백과 컬러텔레비전이 보급되면서 빠르게 사양길로 접어들었다. 허 씨 집안에 부를 안겨 준 귀동이었던 극장은 한동안 처치 곤란한 애물단지로 전락하다 헐값에 매각되고 말았다.

허 씨 집안의 철옹성 같을 삼십년 위풍당당하던 재력은 그렇게 스러졌다. 종당에는 살고 있는 집 하나와 시장 뒷골목으로 난 작은 가게에서 받아들이는 변변찮은 수입이 전부이게 됐다. 집이라야 구시대의 유물로나 여겨질 낡은 적산가옥이었다. 값이 나갈 것도 없이 깔고 앉은 집터나 시세로 칠뿐이었다. 허재표는 그 쓰라림을 아들 기준의 존재로 상쇄시켰다. 바라던 법대는 아니었지만 누구나 선망하는 서울대학을 다니는 아들에 대한 자긍심이어서 알량한 체면이나마 유지해 주었다.

하지만 그마저 다른 자식들은 여지없이 깔아뭉갰다. 그로 인한 허망함과 사업 몰락의 참담함은 그의 삶에서 지독한 체기로 얹혀 있었다. 그런 현실에 그는 자주 나락으로 떨어지곤 했다. 그랬기에 주변 사람들은 그의 자살 이유가 사실적으로 보이는 그런 것들 때문일 거라고 짐작했다.

10

기준은 강의가 있는 날이라 학교에 가기 위해 고향집 마당으로 나왔다. 해가 쨍하니 밝은데도 심정이 편치 않아서인지 흐린 날처럼 스산함이 들었다.

어느새 갈무리를 끝낸 화단 풍경이 을씨년스럽다. 지난 계절 내내 담벼락을 휘감고 오르던 담쟁이덩굴도 앙상한 줄기만 남은 채 붙어 있다. 시멘트로 된 담은 오래 되어 여기저기 실핏줄 같은 균열이 생겼다. 그 위로 녹이 슨 철사 같은 덩굴이 휘휘, 감고 있는데 조금만 건드려도 끊어질 것처럼 허방했다. 무심히 그걸 보던 기준의 표정이 착잡했다. 그 모양이 지금의 자신 같아서다.

*

지난 6월이었다.

기준의 연구실에 걸린 벽시계의 시침이 오후 3시를 넘어서고 있었다. 사층에 있는 연구실 창밖으로 보이는 교내는 기말고사를 앞두고 있어서 조용했다. 사회과학관이나 학생생활관이 있는 언덕으로 드문드문 학생들이 지나다닐 뿐, 사방엔 초여름 햇살만 산란히 쏟아져 내렸다.

의사 등받이에 기대 그 풍경을 보고 있던 기준의 눈꺼풀이 무거웠다. 오전 강의를 끝내고 점심을 먹고 난 후라 졸음이 밀려오며 나른했다. 잠시 눈을 붙이려는데 노크 소리가 들렸다. 혼곤한 중에도 대답을 하며 출입문에 게슴츠레 눈길이 갔다. 하지만 문은 금방 열리지 않았다. 잘못 들었나 싶어 다시 눈을 감는데 벌컥, 문이 열리며 체격이 건장한 청년 하나가 급히 들어섰다. 낯이 익지 않았다. 누구냐고 말을 하려던 기준의 시선이 뒤따르는 여자에게 멎었다. 아…… 기준의 입에서 잦아드는 소리가 흘러나왔다. 지난해에 모르는 젊은 남자로부터 집으로 전화가 걸려온 이후 연락이 끊겼던 정운진이었다.

연구실로 들어선 정운진이 출입문을 향해 돌아섰다. 찰칵, 문 잠기는 소리가 선명했다. 먼저 들어 온 청년은 기준이 있는 곳으로 성큼 성큼 걸어 와서 책상 위의 내선전화기 선을 대뜸 잡아 뺐다. 그리곤 멍하게 앉아 있는 기준의 멱살을 잡아 일으키더니 왼쪽 관자놀이를 주먹으로 강타했다. 무방비로 있던 기준의 눈앞이 벼락 치듯 번쩍거렸다. 청년은 컴퓨터가 있는 쪽으로 기준을 내쳐 밀어붙였다. 등뼈에 컴퓨터의 모서리가 아프게 박혔다. 통증에 몸을 비트는 기준과 정운진의 눈이 한순간 마주쳤을 때 정운진의 눈길은 매몰찼다.

개새끼!

청년은 낮게 말하며 다시 기준의 얼굴을 가격했다. 기준의 몸이 휘청하며 고개가 돌아갔고 그때 학생들 몇이 와자하니 복도를 지나는 기척이 들렸다. 기준은 터지려는 비명을 꾸역대며 삼켰다. 누구든 지금 상황을 알아선 안 됐다. 얼굴을 감싸 안고 주저앉은 기준의 등을 청년은 각목 같은 팔꿈치로 재차 내리찍었다. 그 충격에 기준의 입에서 억! 단말마 같은 비명이 절로 삐져나왔다.

청년은 고통에 등을 제대로 펴지 못 하는 기준을 거칠게 일으켜 세웠다. 한 손으로 어깨를 잡아 쥐고 다른 손으로 셔츠 깃을 왈살스럽게 잡아챘다. 투두둑! 단추들이 떨어져 나갔다. 고통스러운 중에도 기준은 셔츠 자락을 움켜쥐며 필사적으로 청년을 밀어냈다. 그 바람에 청년이 라디에이터에 부딪치며 반동으로 옆에 있던 양란 화분이 쓰러졌다. 자잘한 돌 알갱이들이 요란스러운 소리를 내며 바닥으로 흩어졌다. 청년은 주춤 밀렸으나 이내 균형을 잡더니 다시 기준의 팔을 비틀어 쥐며 막무가내로 셔츠와 속옷을 벗겨냈다. 기준이 발악했지만 역부족이었다. 건장한 청년의 힘을 당할 수 없었다.

청년은 발가벗긴 기준의 상체를 우격다짐으로 책상에 눕혔다. 디딜 곳 없이 공중에 뜬 기준의 두 다리가 버둥거렸다. 바지의 허리띠마저 풀어버린 청년은 그걸로 기준의 양 팔목을 묶었다. 몸을 움직이지 못 하게 상체를 한 손으로 누르고 다른 한 손으로는 바지를 벗겨냈다. 아랫도리도 팬티만 남았다.

기준의 왜소한 하체가 적나라하게 드러났다. 털 하나 없이 맨들하고 가는 종아리는 중년을 지나며 탄력을 잃어가는 근육으로 헐렁하게 흔들렸다. 몸을 곧추 세우려는 버둥거림이 처절할수록 흰 면으로 된 사각팬티 속이 훤히 보였다. 시커먼 거웃과 잔뜩 쪼그라진 페니스가 초라했다.

정운진은 옆에서 기준의 하찮은 행색을 굳은 표정으로 계속 지켜보고만 있었다. 청년은 벗겨낸 기준의 옷들을 정운진에게 건넸다. 정운진은 바지에서 기준의 휴대전화와 지갑, 서너 개의 열쇠가 걸린 꾸러미를 꺼내 자신의 가방에 넣었다. 기준이 매고 다니는 가방에는 벗겨낸 옷들을 쑤셔 넣었다.

그리고 널브러진 기준의 모습을 휴대전화로 각도를 달리해 연속으로 찍기 시작했다. 숨소리도 들릴 만큼 조용한 연구실에 찰칵! 찰칵! 삭막한 기계음이 굉음처럼 휘돌았다. 기준은 얼굴을 찍히지 않으려고 필사적으로 몸을 뒤틀었다. 그 공간에서 할 수 있는 유일한 시도였으나 청년은 그마저 묵살했다. 기준의 모습이 카메라에 잘 잡히게 얼굴을 정운진을 향하게 돌려놓고, 움직이지 못하도록 손바닥에 힘을 주어 내리눌렀다.

기준은 눌린 부위가 바스라질 것처럼 고통스러웠다. *끄윽……끄으윽……*. 기준이 내뱉는 신음이 짐승소리 같았다. 짙은 호둣빛 오크 책상을 덮고 있는 유리면에 기준의 일그러진 얼굴이 대칭으로 되비쳤다. 청년의 호된 악력에 다물지 못한 입에서 나오는 침이 그 위로 흘러내렸다.

사진을 찍고 난 정운진은 기준의 바지에서 꺼낸 열쇠로 책상 맨 밑 서랍을 열었다. 두툼하고 누런 서류 봉투가 하나 있었다. 정운진에 관련된 것들을 기준이 담보로 가지고 있던 것들이었다. 정운진은 안의 내용물을 꺼내 확인하고 잠시 숨을 고르더니 그걸 챙겨 들었다. 눈길에 증오가 차있었다.

청년이 기준의 얼굴을 누르고 있던 손을 떼고 책상에서 일으켜 정운진을 마주보게 했다. 기준의 몰골은 사냥꾼에게 잡혀 발밑에 패대기친 한 마리 짐승 같아서 참담하기 짝이 없었다. 후줄근한 팬티 하나만 걸친 발가벗긴 차림에, 발목을 감싼 고급 양말과 반짝대는 검은 구두는 슬프게 우스꽝스러웠다.

추악한 새끼!

이를 악문 정운진의 말이 기준의 몰골에 처절하게 떨어져 내리며 **뺨**을 연거푸 대여섯 번 후려치는 손길에서 불이 일었다. 그럴

때마다 철썩, 철썩 몸이 오그라들 것 같은 마찰음이 났고 기준의
몸이 휘청거렸다. 얼굴은 시뻘건 손자국이 무수히 났다.

청년이 기준의 팔목을 묶은 허리띠를 풀었다. 가죽 재질에 쓸
린 팔목에 벌건 생채기가 나 있었다. 정운진과 청년은 기준의 옷
이 담긴 가방을 챙겨 출입문 쪽으로 갔다. 청년이 앞에 서고 정운
진이 뒤에 섰다. 얼핏 보이는 중에도 두 사람에게서 눈에 띠는 신
체 특징이 있었다. 목 뒷덜미였는데 둘 다 왼쪽에 대여섯 살 아이
의 새끼 손톱만한 크기의 흐린 갈색 반점이 있었다.

청년이 잠겼던 문의 손잡이를 열고 조심스레 밖을 살폈다. 복
도는 고요했다. 학과 사무실이 있어 북적대는 삼층과 달리 평소에
도 인적이 많지 않은 곳이었다. 아무도 없는 걸 확인한 둘은 재빠
르게 연구실을 빠져 나갔다.

텅!

안과 밖을 경계 짓는 문 닫히는 소리가, 초여름 오후 나절의 고
요함 속으로 미약한 공허가 되어 퍼져나갔다. 어린 초록이 분주히
터져 나오는 바깥의 환한 사위와 달리 연구실 안의 참담한 잿빛 기
류는 탁하게 가려졌다.

*

기준 혼자 남은 연구실은 무섭도록 적막이 흘렀다.

겨우 이십분이나 되었을까, 그 시간 동안 현실 같지 않은 일들이 조용히 일어났고 끝났다. 연구실은 조금 전까지 그런 일이 벌어진 것 같지 않게 말끔했다. 모든 게 배제된 채 거친 동작만 행해졌던 상황은 어디에도 드러나지 않았다. 기준은 무슨 일이 일어났는지 순간적으로 기억을 잃은 것처럼 제대로 파악할 수 없었다. 불현듯 오래전 외국영화에서 보았던, 삽시간에 초지를 초토화시키고 지나가던 메뚜기 떼의 습격 장면이 떠올랐다. 머릿속이 왕왕대며 다리가 후둘거렸다.

기준은 그 와중에도 두 사람이 다시 들어오거나 혹시 누가 올까 얼른 출입문부터 잠갔다. 출입문 옆의 등신대 거울 속에 문 손잡이를 잡고 헐렁한 팬티만 걸친 벌거벗은 모습이 비쳤다. 창으로 들어오는 햇살이 거울에 반사되어 그 모습은 부분, 부분 벌레 먹힌 것처럼 비루했다. 폭행의 흔적도 빠르게 나타나기 시작했다. 얼굴이 부어오르며 눈언저리에 불긋한 기운이 내비쳤다.

폭행의 징후는 시간이 지날수록 더 할 터였다. 얼굴은 더 부어오를 테고 멍 자국도 짙어질 것에 기준은 한 걱정이 들었다. 다음 날도 강의가 있는데 동료 교수들이나 학생들을 어찌 봐야 할지, 무엇보다 저녁이면 봐야 하는 선영에게는 뭐라고 둘러댈지, 집에는 어찌 가야 할지 판단이 뒤죽박죽이었다. 승용차마저 가져 오지 않은 날이었다.

팬티만 걸친 꼴로는 연구실에서 한 발자국도 움직일 수 없는 노릇이었다. 누군가에게라도 입을 옷을 부탁해야 했다. 퇴근하지 않았을 학과 사무실에 있는 조교를 떠올렸지만 고개를 저었다. 최선의 방법이긴 하나 기준의 몰골을 보고 난 뒤 이 사람 저 사람에게 수근댈 게 뻔했다. 누구에게도 자신이 겪은 꼴을 알게 할 수는 없었다.

기준은 우선 걸칠 만한 게 없나 연구실 여기저기를 경황없이 훑었다. 다행히 한쪽에 세워둔 옷걸이에 옷가지가 걸려있었다. 한참 전에 동료 교수들과 족구를 한다고 갖다 놓고는 그대로 걸어 두었던 연청색 운동복 바지와, 난방을 하지 않는 간절기 때 실내에서 잠깐씩 걸치던 청보라색 카디건이었다. 옷들은 오래 되고 낡아서 당장 버려도 될 만큼 허접했다. 땀, 먼지가 쌓인 걸 오래 세탁하지 않고 두어서 냄새까지 났다.

보풀이 많이 인 카디건은 가슴까지만 단추를 채우는 브이넥 디자인이었다. 그마저도 두 군데 단추까지 떨어져 있어 입었어도 가슴팍 맨살이 다보였고 달려있는 주머니도 한쪽 박음질이 반이나 뜯어져 있었다. 낡은 운동복 바지는 엉덩이와 무릎 부위가 툭 튀어나와 있었고 발목 부분은 오바로크 처리를 해서 마치 대님으로 묶은 평퍼짐한 한복바지 같았다. 평소라면 함께 갖춰 입기가 우스꽝스러운 것들이었다. 그래도 이것저것 가릴 형편이 아니었다. 그 거라도 있는 게 천만 다행이었다.

기준은 남루한 옷들을 걸치며 화를 주체하기 힘들었다. 아까는 급작스럽게 당했던지라 경황이 없었지만 시간이 지날수록 눈 번히 뜨고서 속수무책으로 당한 게 점점 치가 떨렸다. 기가 막힌 건 그걸 어디에도 발설할 수 없다는 사실이었다. 어이없게 뒤통수를 맞았다는 생각에 부아가 치밀며 거친 욕설이 튀어나왔다.

개 같은 년! 배은망덕한 년!

*

연구실에서 황당한 일을 당한 그날 이후 5개월이 지났지만 현재 정운진에게서 어떤 기척은 없다. 폭행당한 몰골을 사진 찍기에 유포하면 어쩌나 전전긍긍했던 것도 아직은 드러나지 않았다. 지금까지 조용한 걸 보면 우려할 일이 없을지는 모르겠다. 기준은 당한 걸 생각하면 분하지만 더 이상 연결되지 않기만 바랄 뿐이다.

하지만 그건 자신만의 생각일지 모른다는 생각이 들자 또 극도의 불안감이 엄습했다. 그럼 어찌해야 하나, 어떤 대책을 마련해야 하지 않을까, 그런데 뭘 어떻게? 아무리 방법을 찾아보려 해도 무조건 쉬쉬할 수밖에 없는 일이어서 고민만 깊다.

찰칵, 찰칵!

기준은 그때의 참담한 기계음이 환청으로 들리며 밤이 깊도록 연구실에 갇혔던 사실에 진저리가 났다. 임시방편으로 걸친 우스꽝스러운 옷차림에 잘 닦여 광이 나는 구두를 신은 모습은 촌극이었다.

콜택시를 타고 서울까지 와서 어쩔 수없이 선영을 나오라고 했다. 정운진에게 지갑을 뺏겨 택시비를 지불할 돈이 없었다. 차에서 내릴 때는 선영에게 얼굴을 보이지 않으려고 잔뜩 몸을 움츠리고 고개를 푹 숙였다. 선영은 요금을 지불하고 돌아서다 기준의 행색을 보고 어이없어하더니 한마디 던졌다.

'응? 뭐야?'

기준은 대꾸하지 않고 다급히 앞서 걸었다. 선영은 등 뒤에서 여전히 상황 파악을 못하고 기준의 옷차림에 큭큭큭! 터져 나오는 웃음을 억지로 밀어 넣었다.

'아, 뭔데? 도대체 왜 그렇게 입은 건데? 코미디가 따로 없네!'

결국 진정되지 않은 선영의 깔깔대는 웃음소리가 밤하늘로 날아올랐다.

불빛 환한 아파트 안으로 들어서면서 기준의 몰골은 더 이상 가릴 수 없었다. 선영은 기준의 부은 얼굴과 눈가의 벌건 울혈을 보고 소스라치게 놀랐다. 기준은 내내 궁리했던 핑계를 댔다.

학교 근처에서 술자리가 있어 술을 마신 후에 막차를 타려고 나왔는데, 소변을 참을 수 없어 으슥한 골목을 들어서다가 불량배한테 퍽치기를 당했다, 지갑을 뺏기지 않으려 저항했는데 상대는 계속 때렸고 속옷이 보일 정도로 옷이 찢어졌다, 술꾼들이 싸놓은 오줌이 흥건한 곳에서 맞느라 옷이 오물 투성이가 되어 냄새가 지독했다, 도저히 입고 있을 수가 없어 일단 연구실에 있는 옷으로 갈아입고 왔다고 둘러댔다.

기준의 말을 들은 선영은 경찰에 신고하겠다며 펄쩍 뛰었다. 기준은 사람이 잘못되지 않았으니 된 거라며 공연히 일 벌릴 이유 없다고 선영을 필사적으로 주저앉혔다. 신고해봤자 으슥한 골목이라 CCTV도 없어 가해자 파악도 불가능하고, 괜히 오라 가라 성가시다는 말을 덧붙이며 비굴한 눈치를 봤다. 씩씩대던 선영은 기준의 만류에 어쩔 수 없이 감정을 가라앉혔다.

기준은 그날 밤 맞은 부위의 욱신거림과 분한 마음에 잠을 이루지 못 했다. 심정 같아선 당장이라도 정운진을 찾아가 패대기를 치고 싶으면서도 그들이 또 어떤 짓을 할지 몰라 전전긍긍해야만 했다. 작년에 집으로 전화를 해서 욕설을 퍼붓던 젊은 남자의 목소리가 계속 귀에 울렸다.

교수가 된 이후 기준의 입지는 공경의 대상이었다. 가르치는 학생들에게선 실상 권력자였으며 기준의 말은 곧 당연한 지침이었다. 그런 입지에서 폭행당한 몰골을 그대로 드러낸다는 건 참담한 수모였다. 다음날 수업을 휴강할까도 생각했지만 그 학기만 해도 앞서 잦은 휴강을 했던 터라 강의를 진행할 수밖에 없었다.

눈의 울혈과 붓기는 눈병이 난 것처럼 안대를 했지만 한쪽만이라 다른 쪽 눈은 어쩔 수 없이 드러내야 했다. 학교에선 동료 교수들과 마주하지 않으려고 연구실에만 있었다. 옆방의 교수가 커피를 마시러 오라는 것도 바쁘다는 핑계를 대며 가지 않았다. 점심 식사도 집에서 싸온 떡 몇 조각으로 연구실에서 혼자 대강 때웠다. 그랬어도 폭행의 흔적을 계속 감출 수는 없었다. 오후에 강의실을 들어서는 순간 학생들의 눈길이 일제히 기준에게 쏠렸다. 그들의 소리 낮춘 웅성거림이 와글댔다.

*

기준은 그때가 떠오르면서 또 주체할 수 없는 울화가 솟구쳤다. 그걸 어디다 풀지 못하고 명분 없는 속앓이를 하는 사실이 견디기 힘들었다. 그 심정을 누르며 대문을 나서는데 전화가 울렸다. 선영이다. 반사적으로 움츠러든다. 요즘은 선영이 건네는 기척이 편치 않다. 혹시 정운진이나 남자가 선영에게 또 연락을 한 건 아닌가 해서 사소한 기척에도 내내 두렵다.

긴장되는 호흡을 가다듬느라 몇 번 숨을 고른 후 전화를 받았다.

"어, 여보!"

긴장 때문인지 기준의 목소리가 필요 이상으로 높다.

"잘 잤어? 식사는 했어?"

"먹었지."

"당신, 지난번 내 차 수리했던 영수증 어디다 두었어?"

"왜?"

"뭐 좀 확인하려고."

"그거 서재에 있는 다용도 서류함에 넣어두었을 거야."

"그런 걸 모르고 책상 서랍에 있나 해서 봤더니 없는 거야. 알겠어. 당신 오늘 수업 있을 텐데?"

"지금 나가는 중이야."

"운전 조심하고 잘 다녀 와."

선영은 항시 그랬던 것처럼 목소리가 통통 튀며 밝았다. 후려치는 어떤 것들에 노출되지 않은 해맑음이었다. 기준은 내심 안도감이 든다. 두려워하는 일은 아니다. 기준은 비로소 마음이 놓이면서 편하게 말을 이었다.

"아참 여보, 이번 금요일에 해산시에서 학술세미나 있거든. 목요일 오후에 집에 잠깐 들러서 옷 갈아입고 갈 거니까 셔츠랑 준비 좀 해 놔."

"또 세미나야? 그런데 해산이라면 동진에서 곧장 가는 게 더 낫지 않아? 서울에 들렀다 가려면 번거롭잖아? 그리고 당신 셔츠도 넉넉히 가져가지 않았나?"

기준은 뜨끔했다. 선영 말처럼 동진에서 해산시로 직접 운전하고 가는 게 편하지만 사실은 행선지가 다른 곳이었다. 혹 치고 들어오는 선영의 말에 내심 당황이 돼서 마음에도 없는 말이 툭 튀어나왔다.

"아…… 그렇긴 한데, 며칠 집을 비웠더니 걱정이 돼서 말이야. 번거롭더라도 들르는 참에 차를 두고 기차타려고. 덕분에 올 때 다시 집에 들러 애들이랑 당신 얼굴 한 번 더 보면 좋잖아."

"그~으래? 갑자기 왜 그러는데? 당신 없어도 지금까지 누가 집 떠메고 갈 일 없었는데 새삼스럽게? 어쨌든 알겠어. 당신이 알아서 할 일이지 뭐."

선영은 심상하게 대꾸하고 말았다.

기준은 근래 불거진 정운진 문제에 있어서 선영에게는 사실 미안하지 않다. 상대가 알지 못하는데 스스로 미안할 까닭이 없어서다. 다만 만에 하나 사실이 알려지게 된다면 그간 흠 없던 남편으로서의 입지가 실추되는 게 난감한 거다. 그러나 누군가의 배경에 기댈 수밖에 없는 선영의 주변머리를 생각하면 콧방귀가 뀌어졌다. 안들 뭘 어쩌겠어, 교수 아내라는 자리가 어딘데 싶어지며 무시가 됐다.

기준이 판단할 때 선영은 우둔하고 단순한 편이다. 예민하거나 각이 서 있지 않았다. 그러니 결정적인 일만 터지지 않는다면 신경 쓰지 않아도 될 거라고 스스로를 위안했다.

*

　기준이 정운진을 처음 만난 건 그녀가 대학에 입학한 때였다. 기준의 지도학생이었던 그녀는 학기 초에 처음 가진 학과 세미나에서 선배들과 열띤 토론을 했다. 갓 입학해서의 새내기 대부분이 주눅 들게 마련인데 그런 모습은 전혀 없이 당찼다. 어찌 보면 치기일 수 있는 열정이 세미나와 회식 내내 눈길을 끌었다. 거기에 아직 어린 티를 벗지 못했어도 관능적인 화사함이 물씬했다. 자리가 끝날 동안 기준의 오감이 정운진을 향해 활짝 열려있었다.

　기준은 정운진을 아꼈다. 그 아낌은 누가 보더라도 똘똘한 제자를 향한 스승의 대견함이었다. 그 이면에 깔린 쾌락의 도구화가 있으리라고는 짐작할 수 없었다. 장학금 명목으로 주는 학비에서부터 그 또래가 향유하고 싶은 물질을 충당해주는 대가성 시혜가 있었다. 갓 스물인 젊음은 목적이 수반된 세상의 이기를 짐작하지 못했다. 상대는 존경 받아 마땅한 교수라는 고매한 인격자였다. 그 인격자와 나누는 사랑은 제도의 금기를 초월해 선택받은 이상향이었다.

　정운진은 졸업할 때까지 친구가 없었다. 그때의 주변 사람들 대부분은 그녀를 거만했다고 기억했다. 그런 단정은 친구나 또래 연인을 만들 수 없었던 정운진의 속내를 알지 못했기 때문이다.

그녀는 되도록 무리에 섞이지 않았다. 팀플 등 공동 과제를 할 때도 최소한의 접촉만 했다. 학과의 대외활동에서 여럿이 어울려 사진을 찍을 경우에도 멀찌감치 비켜서있었다. 함께 밥을 먹거나 카페를 드나들며 차 한 잔 마시지 않았다. 대학생활의 풋풋한 낭만은 아예 갖지 못 했다.

그렇게 찬란한 청춘의 날들에 막을 쳤던 건 기준이 요구해서였다. 혹여 둘의 관계가 드러날 우려 때문이었다. 둘 사이에선 모든 게 일방적이었다. 만남도 기준이 원할 때만 가능했다. 기준에게 필요한 건 아쉽게 지나온 젊음을 다시 맛보는 열락이었다. 정운진이 지닌 화사한 젊음과 학업적 명석함을 즐기고 소유하면 됐다. 그에 대해 기준은 자신이 건네는 여러 혜택과 물질을 상쇄시켰다.

기준이 볼 때 정운진은 싹수를 보였다. 학문에 대한 열정이 컸고 성적도 우수했다. 잘만 다듬으면 충분한 재목감이었다. 본인도 학자가 되기를 원했지만 안타깝게도 환경이 넉넉하지 못했다. 중학교 때 아버지가 죽어 홀어머니가 삼남매를 키우고 있었다. 어머니는 제도적 교육을 많이 받지 못 했고 하청 전자부품회사에서 비정규직 공원으로 일하고 있었다. 집안의 맏이였던 정운진은 대학을 마치면 생활전선에 뛰어들어 가정 경제에 보탬이 되어야 했다. 그런 형편에 학자가 되기 위한 과정에 소요되는 경제적 여건은 전무했다. 졸업한대도 서울 사대문 안이 아닌 지방대학 출신으로 취업도 쉽지 않을 터였다.

정운진은 대학 과정을 마치고 졸업했다. 기준은 정운진을 계속 곁에 두려고 서울에 있는 한 대학원을 다닐 수 있게 했다. 석사 학위를 취득할 동안의 학비에서부터 대부분의 경제적 지원을 제공했다.

정운진은 대학교 때만 해도 성性 뒤처리에 서툴다 보니 몇 번의 낙태 수술을 했다. 그녀는 기준에게 콘돔을 사용하기를 원했지만 기준은 하지 않았다. 피임도구를 사용했을 때 성적 쾌감이 떨어진다는 이유였다. 자신의 한 순간 쾌락 때문에 정운진의 몸에 무리가 가고, 합법적인 낙태를 하지 못 해 무허가 수술을 감수하는 위험 따위는 안중에 없었다.

시간이 지나면서 정운진은 기준의 등을 누르는 무게로 얹혔다. 대학원을 마칠 무렵부터 불쑥, 불쑥 집으로 전화를 하거나 집까지 무턱대고 찾아왔다. 어떤 때는 결혼 말까지 내비치며 투정하기 시작했다. 기준으로선 가당치 않았다. 현재 안정된 위치를 뒤집으면서까지 추호도 그럴 마음은 없었다. 선영을 사랑해서가 아니었다. 선영과는 제도 속의 공인된 모범 관계였다. 곁들이 같은 존재 때문에 살아가는 사회에서 입지를 보증해 줄 모범답안을 버릴 이유가 없었다.

그런 기준의 속내를 짐작한 정운진은 한동안 상심하더니 불쑥 유학을 가겠다며 유학비를 도와달라고 했다. 난감했다. 전적으로 경제적인 부분이었다. 대학교나 대학원은 장학금 혜택과 이런저런 푼돈으로도 수월했지만 외국유학은 간단하지 않았다. 기준의 불편한 궁리가 많아졌다.

아무래도 정운진의 무모함이 위험했다. 조심한다 해도 자칫 가정과 사회에서 입지가 손상될지 모른다는 불안감이 들었다. 그러자면 정리를 해야 하는데 놓치기는 또 아까웠다. 매일 밥만 먹지 않듯이 어느 날은 국수도 먹고 싶은데, 자르듯 정리하면 일상에 활력을 주던 색다른 쾌락이 없어지는 거였다. 이래저래 회가 동해 먹자니 꿉꿉하고 버리자니 아까운 떡이었다.

기준은 고심 끝에 결국 정운진이 가겠다는 미국 보스턴으로 보내기로 했다. 일단 요구하는 걸 들어주며 곁에서 분리시켜 어느 만큼의 공백을 둘 필요가 있었다. 그러나 아까운 돈을 들이는데 그냥 보낼 수는 없었다. 지원해 주는 유학비에 대한 차용증서와 지불 각서의 공증을 받았다. 사고로 죽은 정운진 아버지의 합의금으로 마련한 집문서를 저당 잡게 했고 가족관계증명서 등 가족들의 신상 자료도 챙겼다. 사용하는 생활비 내역과 일상생활의 빠짐없는 보고와 절대 다른 남자를 사귀지 않겠다는 각서도 포함시켰다. 그러한 장치는 오래도록 옭아맬 구속력이었다.

정운진이 대학원 때 발급한 정운진 명의의 통장과 인감도장은, 대학원 때처럼 기준이 갖고 매달 보내는 돈만을 찾게끔 체크카드만 주었다. 처음부터 의도했던 건 아니었는데 정운진 명의의 통장은 활용도가 있었다. 교수라는 입지에서 드러나지 않아야 하거나 선영 모르게 음성적으로 거래할 자금이 있을 때 세탁을 거칠 수도 있었다.

기준은 자신이 벌어들이는 교수 월급을 전적으로 가정 경제에 건네지는 않지만, 가장으로서 기본적인 의무가 있기에 최소한의 기본적인 생활비만 선영에게 주었다. 그래봤자 선영이 밖에서 사람들과 어울리며 사용하는 푼돈 정도에 지나지 않았다. 부동산에서 나오는 부부의 공동 수입이 적지 않으니 선영은 주어도 그만 아니어도 그만이었다. 그렇기에 정운진의 유학비를 편하게 지원할 수 있었다. 하지만 기준도 사회생활을 하면서 사용해야 할 경비와 정운진의 유학비를 충당하기 위해선 생활의 적정 부분을 할애해야만 했다. 동료교수나 친구들이 필드에서 골프를 칠 때, 대신 동네 주민들이 결성한 배드민턴동호회 회원이 되어 초등학교 운동장에서 배드민턴을 치며 돈을 아꼈다. 학교에서 대외활동 시 지급되는 활동비와 연구비, 출판한 연구서의 인세 등 가외 수입도 보탰다.

지원하는 유학비는 정운진이 학위를 받고 국내로 들어와 일자리를 갖게 되면 시간이 좀 걸려도 환원될 거라 여겼다. 한동안 옆에 두지 못해서 아쉽긴 해도, 외국의 유수한 대학에서 취득한 학위는 지도교수인 기준의 입지에 얹힐 부가가치도 될 터였다. 그렇게 몇 년만 투자하면 삶에 활력이 될 은밀한 열락을 오래도록 소유할 수 있다는 걸 의심하지 않았다.

*

기준은 요즘 그런 생각이 부쩍 든다. 세상을 살아간다는 건 의외성의 자장 속에서 수시로 흔들리는 것이라고. 그렇기에 성취동기로 뭔가를 정하고 그 선을 따라 이탈 없이 쭉 걸어간다는 건 쉽지 않았다. 예측하지 못한 복선은 어디에든 널렸고 돌발적으로 튀어나와 앞을 막았다.

보스턴으로 간 정운진은 무슨 생각인지 랭귀지 코스를 굳이 2년씩이나 다닌 후에야 보스턴 대학에 입학해서 학사과정부터 다시 시작했다. 유학 기간은 계속 늦춰지며 길어졌고 기준이 보내는 유학비는 예정한 것보다 훨씬 늘어났다. 기준은 자신이 언제까지 밑 빠진 독에 물 붓기 셈인 호구 노릇을 계속 해야 하나 어쩌나, 자주 회의가 들었다.

그러던 차에 기준은 작년 여름에 정운진에게서 연인이 생겼다는 말을 직접 들었다. 결혼까지 염두에 두고 있다고도 했다. 걸림돌이 될까봐 귀찮다고 여겼지만 막상 남자가 있다는 사실은 당혹스러웠다. 속이 없을 만큼 정운진이 자신을 좋아한다고 믿었기 때문에 다른 대상에게 눈을 돌리리라곤 한번도 생각해 본 적이 없었다. 더구나 유학을 떠날 때 절대 남자를 사귀지 않겠다는 약속을 깨버리고 뒤통수를 쳤다.

기준은 그간 남 좋은 일만 했다는 어이없음과 하찮은 게 감히 자신을 거부한다는 괘씸함에 화가 났다. 유학비 지원을 단칼에 끊었다. 그동안 보내준 유학비도 빠른 시일 내에 갚으라고 으름장도 놓았다. 그렇지 않을 시엔 담보하고 있는 것들에 대한 법적 행사도 불가피하다는 협박도 아울렀다. 정운진은 대체할 수 있는 경제 여건이 마련될 때까지 만이라도 유보해 주기를 원했지만 냉담했다.

기준이 그토록 단호했던 건, 정운진의 유학비 말고도 다른 곳에 들어가는 지출이 또 있어서였다. 양쪽으로 많은 금액을 들이는 일이 사실 녹록치 않은 상태였다. 그 지출은 앞으로 기준의 입지에 아주 중요한 몫을 할 투자인 셈이었다. 정운진이 안겨 줄 포만과는 다른 급의 실리였다.

기준은 요즘들어 지난 6월의 연구실에서 벌어진 일 이후 부쩍 그때의 상황에 짙은 의구심이 들었다. 많은 것들이 석연치 않았다. 당시엔 너무 참담한 일이어서 이것저것 짚어볼 여력이 없었지만, 시간이 지나면서 폭행을 가한 청년이 많이 의심스러웠다. 처음엔 정운진이 말하던 연인이었을까 단순히 여겼는데 그렇기엔 상식적이지 않았고 앞뒤가 맞지 않았다.

그리고 얼마 전에 정운진에게 여섯 살 아래 남동생이 있다는 사실이 불현듯 생각났다. 곰곰이 짚어보니 정운진이 한국에 있을 때 남동생이 군에 입대한다는 말을 들은 기억이 났다. 그들이 뒷모습을 보이며 연구실에서 나갈 때, 두 사람의 목 뒷덜미에 있던 흐릿한 반점도 생각났다. 그런 공통된 표식은 유전자를 나눈 가족에게서나 나타날 일이었다. 남이라면 비슷한 징표가 있을 리 없었다. 연인이 있다는 말도 거짓인 것 같다는 의심도 들었는데 사실이 아닐지 모른다는 쪽으로 자꾸 무게가 실리며 기울었다.

아무래도 이런저런 정황으로 봤을 때 몇 개월 차를 두고 집으로 전화했던 젊은 남자와 연구실에서 폭행을 가한 남자가 같은 사람이며, 정운진의 남동생일 거라는 심증이 굳어졌다. 그게 사실이라면 정운진은 왜 그랬을까. 동생을 동원해서까지 행패를 부릴 이유는 무엇인가. 연인도 없으면서 거짓말을 한 건 무얼까. 유학비를 끊은 것 때문에 앙심을 품은 거라면 정말 염치없는 거다. 그만큼 해 주었으면 머리를 조아리며 고마워해도 시원치 않을 판이었다. 그런데 은혜를 원수로 갚았다는 것에 기준은 정운진이 가한 짓을 도저히 이해할 수 없고 용서할 수도 없다.

기준은 가슴이 답답해지며 담배 생각이 간절했다. 그동안 정운진 일로 불안정한 상태가 되면 손떨림 증세까지 생겨났다. 떨리는 손길로 담배를 꺼내 물고 라이터를 켰다. 불꽃이 파직, 소리를 내며 타올랐다. 불붙인 담배를 깊게 빨아들였다. 후끈한 화기가 목 안으로 확 덮쳤다.

그런데…… 그 순간이었다. 열기만큼 강렬한 어떤 직감이 호되게 머리를 후려치며 한 존재가 전율처럼 정운진과 겹쳤다. 등줄기가 뻣뻣해지는 느낌이었다. 왜 미처 그 생각을 못 한 걸까!

작년에 정운진이 한국으로 잠시 들어왔었다. 체류하는 동안 만나면서 거나해진 술김에 상대방은 안중 없이 마오운시라는 존재에 대해 몇 번 말했던 기억이 떠올랐다.

'아주 물건이 되겠어. 넌 댈 것도 아니야. 고거 아주 매력 있어. 흐흐흐.'

평소에 자주 그랬던 것처럼 가벼운 희롱이었다. 넌 내가 베푸는 돈으로 모든 걸 해결하는 내 소유인데 내가 이런들 뭘 어쩔 건데? 그런 식이었다. 그때 정운진은 다른 화제보다 조금 더 관심을 보이긴 했어도 별다른 반응을 드러내진 않았다. 하지만 지금 상황에선 간과할 수 없는 요인일지 모른다는 강한 불길함을 동반했다.

*

마오운시.

한국 이름으로는 모운희다. 그녀는 조선족이다. 중국 연변에 있는 대학에서 석사 학위를 받은 후 강사로 지내다 기준이 재직하고 있는 경천시의 정원대학교로 유학을 왔다. 박사과정을 마치고 지금은 해산시에 있는 해산대학교에서 외국인 전임교수로 있다.

　기준이 처음 모운희를 만났을 땐 코리안 드림을 꿈꾸며 찾아들던 초기의 여느 조선족과 다를 바 없었다. 지도학생으로 정해져 연구실에 인사를 하러 왔던 모습은 독특했다. 생김새는 곱상했지만 촌스러워서 한국의 70년대 분위기를 풍겼다. 짧은 머리를 빠글하게 펌을 하고 무릎길이의 성장용 치마를 입었는데, 무릎 밑까지만 오는 짧은 판탈롱 스타킹을 신어 알무릎이 그대로 드러났다. 거기다 옷과 전혀 어울리지 않을 낮고 투박한 신발을 신은 모습은 나이든 시골 여자를 연상시켰다. 어디 외출할 때면 멋을 부리고 치장했어도 세련과는 거리가 먼 차림새였다. 당시 중국과의 수교 초기에 접하던 그곳 일반 여성들 모습이어서 중국, 하면 연상되던 낙후라는 인식처럼 그랬다.

　모운희는 90년대 들어 중국 정부가 자유시장경제 체제로 정책을 바꾸면서 의식의 전환을 가졌다. 성공을 위해서 자신이 지닌 지적 환경자원을 십분 발휘하고자 했다. 유학을 오면서 초등학생이던 딸도 데리고 왔다. 일부러도 유학을 보낼 텐데 좋은 기회였다. 대학에서 제공하는 기숙사에서 딸과 함께 지내며 대학 내의 부속 초등학교에 다니게 했다.

　모운희의 국적은 중국이며 그곳에서 태어나고 성장했다. 동포라고 하지만 내면을 형성하는 정신은 실질적인 중국화여서 정체성의 혼란도 없었다. 조선족의 현재 중심은 모운희 같은 3세대였다. 그들에게는 전 세대처럼 사무친 조국이라는 개념이 없다. 조국은 구세대만의 잃어버린 슬픈 박토였다. 모운희에게는 코리안 드림을 충족시킬 자양분이 가득한 양토이며 주변 국가인 한국이라는 나라일 뿐이었다. 급변하는 세계 속에서 이루고자 하는 영역을 넓혀 나갈 돈을판이며 필요에 의해 잠시 머물면 되는 곳이었다.

그녀는 중국이 중심이라는 중화의식도 강해서 많은 영역, 인적 자원을 지닌 중국과 한국을 비교하며 한국에 대한 우월감을 가졌다. 한국이 지닌 모든 문화는 중국이 전파해 주었다는 시혜 의식도 다분했다. 하다못해 중국 대학의 넓은 캠퍼스와 한국 대학의 캠퍼스를 비교하며 가소롭다는 식으로 비하하는 것도 서슴치 않았는데, 한국 사람들 앞에서도 그런 말을 거침없이 할 만큼 거만했다. 중국 내에서 자신의 위치는 그저 소수민족인 이민족일 뿐인데도 마치 원래부터 정통 순혈의 중국민족인 듯 공연히 으스댔다.

중국 내의 조선족은 일제강점기라는 쓰라린 역사의 희생자들이었다. 그들은 일본이 중국 침략의 정책 이용물로 내 건 '개척단'에 떠밀려 중국으로 갔다. 모운희의 선조도 고향을 떠나 만주에 정착했다. 모운희는 열악한 환경에서 굳세게 정착했던 선조들의 영향과 타고난 성향 때문인지 생활력이 강했다. 감정이든 물질이든 손해 보려 하지 않았고 성공에 있어서도 집착이 강했다.

사회주의인 중국 체제에서도 이렇다 할 배경이나 신분이 받쳐 주지 않으면 사회적 상승은 어려웠다. 한족 중에서도 당원이나 프롤레타리아 계급 성분이 아니면 쉽지 않았고 소수민족은 발붙이기가 더욱 힘들었다. 그런 여건에서 입지를 굳히기 위한 악착같은 처세가 필요했을 것이다.

기준은 매사에 강한 성취욕을 지닌 모운희와 선영을 비교할 때가 많다. 선영은 대학을 졸업하고 잠깐 직장을 다닌 이후 지금까지 직접 돈을 벌어 본 적이 없다. 부모, 남편이라는 배경에 기대 평온한 일상을 살아갈 뿐이다. 고학력에 그만한 밑받침이 충분히 되는 환경임에도 사회에서 생산 능력을 발휘하는 진취적인 여자들과는 대조적이었다. 그들의 치열함을 보며 선영의 나른한 삶이 한심할 때가 많다. 물론 대놓고 내색한 적은 없다. 선영의 친정에서 받을 수 있는 물질 시혜처를 굳이 흠집 낼 필요는 없었다. 주변 사람들은 선영의 성격이 좋다고 하지만 기준이 볼 때 그건 우둔함이었다. 콕콕 찌르며 부각시키는 예리함이 없었다. 그러니 대외적 위치로의 도약성에 빠른 현실 습득 능력과 근성을 지닌 모운희와 대비될 수밖에 없었다.

기준은 지도학생이 된 모운희에게 많은 관심이 갔다. 예쁘장한 외모에 들고나는 처신이 제법 당찼다. 접근할 명분을 만들기 위해 일부러 중국어 번역이 필요하다거나 답례로 밥을 사겠다며 가끔 자리를 함께 했다. 짐작한 것처럼 모운희는 어린 정운진처럼 순진하지 않았다. 한국에서야 수교 초기에 조선족 출신에 대한 편견과 촌스러운 외형만으로 허수룩하게 여겨져도, 같은 조선족인 남편도 변호사인 만큼 중국 내에선 엘리트 계층이었다.

모운희가 처음 한국에 왔을 무렵은 한국도 한창 중국 열풍이 거셀 때였다. 중국은 무한한 가능성의 영역이었다. 모운희는 한국에서 대학원을 마친 후 학위를 취득하고 중국으로 돌아가면 같은 계층에서 기준과 동등한 위치였다. 기준은 모운희와 한국과 중국에서 교수로 지내며 서로 건네고 받을 수 있는 걸 성립시키고 싶었다.

기준은 처음부터 그런 속내를 드러내지는 않았다. 여느 학생들에게 하듯 덤덤히 대했다. 그러면서도 모운희에게 필요한 것들을 건네며 표 나지 않게 유심히 지켜보았다. 주변에서 중국어를 배우고자 하는 사람들을 소개해주거나, 지역의 중, 고등학교에 중국어 강사 자리도 지도교수 재량으로 추천해 주었다. 기준도 대가를 지불하고 중국어 개인 교습을 따로 받기도 했다. 유학 생활로 고정 수입이 없어진 모운희에게 그런 수입은 유용했는데 당시 한국과 중국의 큰 환율 차이로 중국에 있는 남편에게 송금까지 할 만큼 알찼다.

학과 과정에서는 우선순위로 성적우수 장학금과 TA장학금도 받게 했다. 학과와 연계된 대외활동에 동참하지 않아도 성과물 발표 시에는 연구원 자격으로 매번 이름도 끼워 주었다. 그렇게 호의를 베풀자 모운희는 기준이 손가락만 까딱해도 달려올 태세가 되어 있었다.

　기준은 일류대로 지칭되는 모교나 서울 안에 있는 그와 같은 반열의 대학에 적을 두고 싶은 갈망이 컸다. 한때 그럴 기회가 거론됐지만 성사되지는 못 했다. 지닌 조건이 가고자 하는 대학 측의 임용사항에 부응하지 못했다. 현재 몸담고 있는 학교 조직의 중추적인 자리라도 차지하고 싶건만 쉽지 않았다.

　교수직도 예전처럼 한번 임명되면 철밥통일 만큼의 안정을 보장 받을 수 없었다. 나이는 점점 들어가고 조급함이 컸다. 새파랗게 젊고 실력 있는 교수들이 입지를 굳혀 나갈 때마다 옹색해졌다. 도태되지 않으려고 그들의 프로젝트에 편승하며 성과물에 이름을 올리지만 번듯한 자리매김도 못 한 채 매달려 간다는 구차함이 컸다. 연구 성과가 미비하니 논문 발표도 제대로 하지 못 했다. 승진에 필요한 점수를 받으려고 기존에 발표한 논문 내용을 최대한 표 나지 않게 각색해서 표지갈이 한 적도 있다.

　학생들의 강의실적평가도 만족할 정도가 아니어서 수강 인원도 근근이 유지되었다. 새 학기가 되면 충원 수에 촉각을 곤두세워야 했다. 전공 세미나 활동도 학생들은 학점만 받으면 된다는 방편이어서 대강 때우느라 활발하지 않았다. 졸업한 제자들이라도 대외적 중심부에 진입한다면 입지에 힘을 실을 테지만 그간 이렇다 하게 내세울 인재도 없었다. 인재는 고사하고 취직난에 변변한 직장도 구하지 못하는 경우가 허다했다.

그런 상태에서 모운희라는 존재는 기준이 또 다른 방향으로 입지를 세울 좋은 토대라고 여겨졌다. 기준은 모운희가 박사과정 4학기를 마칠 무렵부터 은밀한 관계를 시작했다. 남은 한 학기를 마치면 중국으로 떠날 것이므로 외부의 눈을 의식할 부담이 없었다. 지속적인 관계는 지도교수와 학생으로 학위 논문 작성을 진행해야 하니 중국에 가서도 가능했다.

그러나 모운희는 마지막 5학기 수강 신청을 하는 과정에서 논문연구 과목이 누락돼버렸다. 본인 말로는 수강 신청하는 걸 깜빡 잊었다지만 기준 생각으로는 일부러 그리 한 것 같았다. 모운희는 조교가 제대로 공지하지 않아서라며 주변사람들에게 공공연히 불만을 드러내며 방어막을 쳤다. 결국 마지막 5학기를 마치고도 추가 학기를 다니며 대학원에 남았다. 그때는 데리고 있던 딸도 중국 내에 있는 국제학교에 보내기 위해 이미 남편에게 돌려보낸 후였다. 둘의 관계는 훨씬 밀착됐다.

모운희는 기준과의 부적절한 관계에 대해서 남편을 그다지 의식하지 않았다. 기준도 역시 상대 배우자에게 미안하거나 찜찜한 마음은 없었다. 그만한 대가를 충분히 지불한다는 생각이었다. 그걸 그의 가족들이 향유하고 있기 때문이었다.

중국의 사회주의 체제 상 모운희의 성장 시기는 제도적 교육기간 동안 자본주의 미국의 언어를 배울 수 없었다. 처음 한국에 왔을 때만 해도 영어를 전혀 하지 못해서 수업 과정 진행에 어려움을 겪었다. 그래서 서울 강남을 오가며 영어 과외를 받았다. 거기에 지불되는 학원비는 물론 중국을 오가는 경비와, 방학이면 한국으로 들어오는 가족의 항공 경비까지도 대부분 기준에게서 제공받았다.

모운희는 추가학기를 마치고도 중국으로 돌아가지 않았다. 대신 기준에게 해산대학교의 전임강사직으로 가있으면서 박사학위 논문까지 마치겠다는 뜻을 밝혔다. 그러니 필요한 도움을 달라고 요구했다.

그 무렵 조선족 엘리트 출신들의 한국 진출이 해마다 늘었다. 그들은 교수나 연구직, 강사직 등의 취업비자로 한국에 왔다. 중국어와 한국어에 능하고 양국문화에 대한 이해도가 높아 해당 분야에서 선호했다. 모운희로선 그런 추세에 곧장 중국으로 돌아가고 싶지 않았다. 한국 내에 있는 대학에서 경력을 쌓는 것도 중국에서의 교수 생활에 부가가치를 창출할 수 있기 때문이었다.

기준도 지도했던 유학생이며 연인이 대외적으로 힘을 싣는다는데 마다할 이유가 없었다. 기준은 모운희를 그 대학 강사로 보내기 위해 할 수 있는 한 인맥을 연결했다. 지도교수 추천서와 모운희의 연구실적 논문과 강의계획서 작성 등을 위해 자신의 연구까지 밀쳐두고 그해 가을과 겨울을 바쁘게 보냈다. 외국인으로 제출할 신원보증이나 재정에 관한 민감한 제반서류도 기꺼이 구비해주었다. 근래 들어서는 고정 수입이 생긴 모운희의 재테크에도 관여해주고 있다. 모운희는 자본주의 생리를 적극 수용하며 발 빠른 처세를 익혀 나갔다. 그처럼 모운희에게 기준의 조력은 필요했다.

기준에게 모운희는 정운진과 같으면서 다른 의미였다. 한국말이 능란하고 외형이 닮은 동포라고 하지만 엄연히 외국인이며 엘리트 계층이었다. 그런 상층부인 이국적 존재와의 은밀한 관계는 거부할 수 없는 매력이었다. 세계적 대국으로 부상한 중국 내에서 그녀가 넓혀갈 알찬 영역은 확실했다. 앞으로 그에 편승하여 중국에서도 자신의 입지를 세울 발판이 마련될 것이라 믿고 있다. 여러모로 서로의 구축을 견고히 다질 이유는 확고했다.

11

"어젯밤에 해문이가 죽었단다. 내일 발인이라는데…… 가 볼래?"

학교에서 강의를 마친 기준이 저녁 무렵 고향집을 들어설 때였다. 인정에게서 전화가 왔다. 두 집안 간의 골 깊은 상태를 의식해서인지 묻는 말투가 조심스러웠다.

진해문이 아픈 건 벌써 해를 넘겼으며 이미 죽음을 생각한다던 언질을 지난번 진해원에게서 들었지만 너무 빨라서 뜻밖이었다. 기준은 어쩔까 싶어지며 어머니가 신경 쓰였다. 장례식장에 간다고 하면 수더분하게 그래라 할 것 같지 않았다. 하지만 동진을 오지 않고 진해원을 만나지 않았다면 몰라도 그냥 있을 수는 없었다.

기준은 어머니에게 진해문의 죽음을 전했다.

"네 생각대로 해라. 어쨌든 세상을 뜬 건데……."

의외로 어머니는 죽음이라는 이유에서 적대감도 옅어지는지 문상 가는 걸 반대하진 않았다. 기준은 다시 집을 나왔다. 인정을 만나 함께 차를 타고 장례식장으로 갔다.

조문을 마치고 식당으로 들어섰다. 진해문 말고도 당일 죽은 사람이 셋인데 모두 나이 많은 죽음이었다. 그 조문객을 같이 수용하다보니 식당 안은 북적대는 난장이었다. 그 속에서 사람들은 음식을 먹고 술을 마시며 떠들었다. 상가라는 장소만 인식하지 않는다면 붐비는 식당 같아서 살아 있는 사람들의 일상이었다.

기준은 얼굴 한 번 본 적 없는 죽은 이들에게 문득 아릿함이 느껴졌다. 희로애락의 시간들을 살아내는 동안 각자 아름다운 삶을 꿈꾸었을 테고 그 갈망은 모래성처럼 허물어지기도 했을 터였다. 그런 노정을 반복했던 한 삶이 마감된 세상에서의 마지막 장이었다. 죽은 이들은 자신에게서 퍼져 나간 후손들을 뒤로 한 채 우주 속으로 섞였다. 세상이라는 제도 속의 서류 지면에, 한 세기도 못 되는 생몰연대의 몇 줄로만 생전의 자취가 확인될 뿐이었다.

기준과 인정은 한 쪽에 자리를 잡았다. 잠시 후에 기준이 있는 자리로 진해원이 왔고 진해식과 진표도 같이 들어왔다. 진표는 부고 후부터 직접 장례진행을 챙기느라 바빴다. 다른 친구들은 형식적으로 몇 번 왔다 갔다 하다 자리 잡고 앉아 술을 마시는데 유독 분주히 움직였다. 친구 사이려니 여기면 별 거 아니지만 평소 있는 듯 없는 듯하던 모습과는 달랐다. 단순히 친구의 죽음 때문만은 아닌 끈적한 슬픔이 느껴졌다. 그는 자리에 앉지도 못하더니 누가 찾는 소리에 이내 또 나갔다. 마주 자리 잡은 진해식이 기준에게 술을 한 잔 따랐다.

"고맙네. 이렇게 와 줘서."

"별 말씀을요. 상심이 크시겠습니다."

"그러긴 하네만, 앓은 지가 오래 돼서 마음 준비를 했네. 참, 듣기로는 자네가 대학에 있다면서?"

"예."

진해식은 키나 체구가 크지 않았지만 진해원처럼 다부졌다. 표정과 말투는 차분하면서 눈매가 사려 깊었는데 집안내력인 듯했다.

대대로 소작을 부치던 사람들이 그렇듯 진해식 집안도 가난했다. 진해식은 주변에서도 인정할 만큼 명석했고 미래에 대한 포부도 컸다. 그러나 힘든 여건에도 어렵게 대학을 졸업했지만 외지로 나가거나 취직하지 못했다. 거대 이데올로기의 올가미인 연좌제가 삶의 전반을 포박했기 때문이었다. 반공이라는 국가 이념에 반하는 여건은 족쇄가 되던 시기였다. 그로 인해 진해식은 좌절을 삭이며 젊은 시절을 보냈다.

기준이 진해식에게 말했다.

"지난번 뵀을 때는 제대로 인사도 못 드렸습니다."

"나도 마찬가지지. 자네 어머님은 가끔 길에서 뵙네. 그런데 오래 와 있구만."

"얼마 후면 아버지 기일인데 그때까지 어머니와 같이 지내려고요."

"잘했네. 늙을수록 자식 곁이 그리운 법이네. 그러면 학교는 어쩌고?"

"괜찮습니다. 강의가 매일 있지 않아 다닐만 합니다."

몇 마디 말을 주고받고 나자 둘 사이에 잠시 말이 끊겼다. 그 사이에 인정이 진해식에게 장례식장에 와준 특정한 조문객들에 대해 물었다.

기준은 두 사람이 말하는 동안 눈길을 들어 식당 안의 사람들을 바라보았다. 그들은 여전히 삼삼오오 모여서 망자의 생전에 대한 일서부터 자신들이 살아가는 일까지 쉬지 않고 말했다. 처음에는 소란스러움에 정신이 없었는데 한참 있다 보니 그런 감각도 없어졌다. 진표는 계속 식당 안팎을 바쁘게 오가고 진해원도 들고 나는 사람들과 인사를 나누느라 분주했다. 잠시 후에 인정도 조문객들에게 음식을 나를 사람이 부족하다는 소리에 자리를 떴다.

기준과 진해식 둘만 남았다. 진해식이 기준에게 술잔을 다시 건넸다. 받아 마시는 기준을 향한 그의 눈빛이 다소 상기되었다. 답례 잔을 건네는 기준에게 진해식이 낮은 어조로 말을 꺼냈다.

"여보게, 자네 나와 얘기 좀 하지 않으려나?"

술병을 들던 기준이 의아해서 되물었다.

"무슨…… 말씀하시지요."

"아니, 여기서 말고 나중에 따로 봤으면 좋겠는데. 그러잖아도 한 번 만나고 싶었네. 이젠 자네도 부모 대신 한 집안의 가장이 됐고 해서 말일세. 그런데 어떻게 받아들일지 몰라 망설였네."

"……."

"서울 가기 전에 자네 편한 시간에 자리를 만들면 어떻겠나?"

"그러시지요."

기준은 진해식이 하고자 하는 얘기가 대략 어떤 건지 짚어졌다. 지난번 술자리에서 진해원이 단호한 태도로 꺼내려다 만 말이 겹쳤다.

"양 집안에 관한 얘기네. 들어야 할 얘기가 많을 걸세. 내 자네 할아버님 젊었던 원산 시절부터 차근히 말해 주겠네."

짐작대로였다. 말하는 진해식의 표정은 결연했지만 각오를 다지듯 앙다문 딱딱함은 아니었다. 해질녘의 잔잔한 빛을 끌며 넘어가는 해를 바라볼 때 같았다.

*

진해문의 장례가 끝나고 장지에 묻고 난 오후였다. 진해식이 기준에게 만나자는 연락을 해 왔다. 기준은 약속 시간보다 일찍 집

185

을 나섰다. 지난번 진표의 공예관을 찾았을 때 달랑 과일만 사들고 간 게 걸려서 번듯한 축하 화분을 전해주기 위해 화원에 들렀다.

마땅한 걸 골라들고 공예관을 찾았을 때 진표는 며칠간의 장례 일정으로 일감이 밀렸던지 바빴다. 상품 주문처와 잦은 통화를 했고 샘플 도안을 팩스로 보내는 등 제대로 마주앉아 있지 못 했다. 기준은 화분도 전했기에 잠시 있다가 공예관을 나왔다. 진해식과 만나기로 한 시간에는 삼십 분이나 여유가 있었으나 먼저 가서 기다리기로 하고 약속한 장소로 갔다.

카페 안은 서너 사람이 있을 뿐 한산했다. 기준은 낮은 구릉이 보이는 창가 쪽에 자리를 잡았다. 종업원이 갖다 놓는 물잔에서 김이 모락모락 났다. 두 손으로 감싸자 따끈한 기운이 퍼졌다. 어느새 온기가 절실해지는 계절이 됐다. 창밖을 보았다. 지난주만 해도 늦가을의 정취가 묻어나더니 며칠 사이에 담겨 들어오는 풍경이 제법 초겨울이라는 느낌을 주었다.

기준은 진해식이 오려면 좀 더 있어야 할 것 같아 모운희와 통화를 하려고 전화기를 꺼냈다. 별 일이 있지 않아도 하루에도 서너 번 씩 거르지 않는 일이었다. 모운희는 지금쯤 숙소에 있을 시간이었다.

신호가 채 두 번도 가기 전에 달뜬 모운희의 목소리가 흘러나왔다.

"당신 어디야?"

"누구를 만나려고 밖에 나와 있어. 뭐 해?"

"중국 가는 짐 싸고 있어요."

"밥은 먹었어?"

"아직 못 먹었어요. 이것저것 할 일이 많아."

"그래도 제 때에 끼니는 챙겨 먹어야지. 참, 허리는 어때?"

안부를 묻는 기준의 말에 정감이 녹아났다.

"며칠 침 맞고 물리 치료 받았더니 한결 낫긴 한데 당신 만나면 마찬가진데 뭐."

"어쩌냐? 내일 만나서 뽀뽀도 제대로 못하면. 흐흐흐~~."

카페 안에 있는 사람들이 들을까 낮게 소곤거리는 기준의 말이 질탕했다. 소곤거리느라 입을 가린 손등은 주름이 옅게 밀리고, 탁자에 가슴을 바싹 붙인 자세 때문에 등은 더 구부정했다. 새치 섞인 머리칼은 창으로 들어오는 저녁 잔광을 받아 탁하게 물들었다. 꼬고 앉은 한쪽 발은 경망하게 연신 까딱댔다.

"운희야, 너 허리 아픈 거 자칫하면 고질병 될 수 있어. 중국 가서도 계속 침 맞고 치료받도록 해. 그나저나 오랜만에 남편 만났다고 또 밤낮 없이 무리하는 거 아냐?"

농을 섞었지만 기준의 끝말 속에 팽, 하는 기색이 담겼다. 그에 대꾸하는 모운희의 대답에 어리광과 교태가 담뿍 배어났다.

"아이, 왜 그래~애! 호호호."

전화기 너머로 은근짜하게 눈꼬리를 흘길 모운희의 모습이 떠올라 기준은 입가에 미소가 흘렀다. 섹스를 하면서 농익게 감겨드는 몸짓과 가쁜 호흡으로 숨이 넘어갈 듯 질러대는 모운희의 교성이 귀에 생생했다. 그 연상만으로도 아랫도리가 불룩해지며 순간 정신이 아뜩해졌다.

모운희는 이미 종강을 했다. 그동안 강의실적 평가가 좋아 학교재단 측에서 연장 계약을 제안했다. 그에 필요한 추가 서류를 구비하고 남편과 딸도 볼 겸 이 주가량 중국에 다녀올 예정이다. 내일 공항 근처에서 기준과 만나 이틀을 지내고 다음 날 출국하기로 했다.

"내일 봐요. 빠이빠이!"

"그래 내일 보자. 빠이빠이!"

기준은 얄따란 입술로 소곤댔다. 입을 한껏 오므려 전화기에 대고 쪽 소리가 나게 맞췄다. 오므린 입가에 자잘한 주름이 졌다.

기준이 통화를 끝내고 난 잠시 후에 진해식이 들어섰다. 형제의 죽음으로 인한 상심과 장례를 치른 뒤끝이라 얼굴이 수척했다. 기준은 얼른 자리에서 일어나며 재킷 앞자락을 여몄다. 상을 당한 사람에게 건네는 형식적 안부도 숙연히 건넸다. 한없이 정중한 태도였다. 조금 전 모운희와 유치한 농을 섞던 질탕함은 찾아볼 수 없었다.

둘은 자리에 앉았다. 몇 마디 말을 더 주고받을 때 종업원이 차주문을 하러 왔다. 종업원이 가고 난 다음 진해식이 말을 꺼냈다.

"사실 자네를 한 번 봐야 하는데 그게 참…… 막상 만나자고 해 놓고는 생각이 많았네. 잘 하는 일인가 싶어서 말일세."

"편하게 생각하시지요."

"그래야겠지."

진해식은 잠시 창밖을 바라보았다. 그 눈길에 조명 밝힌 무대 위의 그림자 같은 허허로움이 스쳤다. 제대로 풀지 못해 딴딴하게 뭉친 멍울 같았다. 밖은 바람이 불었다. 구릉 등성이에 서 있는 나무들 가지가 후르르 흔들렸다. 몇 안 남은 이파리들이 우수수 떨어져 내렸다.

12

1932년 늦가을이었다.

함경도 원산 중심부에서 서쪽 외곽으로 조금 벗어나면 내안이라는 마을이 있었다. 사방이 툭 트인 너른 지형에 높지 않은 산자락들이 에워싸듯 자리해서 아늑했다. 그 중심에 집들이 모여 있었는데 백여 가구가 훨씬 넘을 듯 했다.

저녁을 짓느라 집집들 굴뚝에서 연기가 피어올랐다. 모든 가을걷이가 끝난 논에는 그루터기만 남아 황량했고 뉘엿한 하늘가에 철새들이 줄을 지어 날아갔다. 넘어가는 해가 산봉우리에서 안간힘을 썼다. 휘잉, 음력 구월 막바지의 저녁 바람이 싸늘했다.

장승이 서 있는 동리 초입에 여러 명의 낯선 사람들이 들어섰다. 비렁뱅이는 아닌데 행색이 남루했고 사내들 속에 계집들이 더러 끼어있었다. 사내들은 날라리며 징·꽹과리·장고·북과 만장을 매단 장대를 들고 있었다. 등에는 멍석이나 궤짝을 실은 지게를 지고 계집들은 머리에 커다란 보퉁이를 이었다. 혼성 사당패들이었다.

사당패는 춤과 노래, 곡예 등 연희를 펼치며 떠돌던 유랑예인들이었다. 여자로만 모인 무리를 사당패라 하고 남자들만 모인 무리를 남사당패라고 하지만, 이제는 그런 구별도 없이 남자 여자가 뒤섞인 경우가 허다했다. 그들도 환대받던 호시절이 있었으나 19세기 들어 점차 힘을 잃어갔고, 한일 병합 이후부터는 일제의 민족문화말살정책으로 옹색하게 이름만 남았다. 기량도 못 미치는 어중이떠중이들이 섞이면서 명성도 무색해졌다. 그들은 패를 이끌어가는 모갑이가 주선한 곳에서 판을 벌렸고, 그에 대한 사례와 사당(여자)들이 매음을 하고 받은 해우채로 먹고 살기로 했다. 그나마도 수요가 없어지자 다른 살 길을 찾아 흩어지는 경우가 흔했다.

동네로 들어선 패거리는 평소처럼 풍악도 울리지 못하고 조용히 동구 길을 잡아들었다. 일본인들이 많이 거주하는 돈거리나 본정통과는 거리가 있었지만 아무래도 조심하게 됐다. 그들은 내안 근동에서 제일 부자인 강근언의 집을 찾아드는 중이었다. 선영의 시어머니 강경분의 친정 작은집이었고 인정의 친가였다. 강근언은 어린 허상만을 원산으로 불러 취직시켜준 인정의 친할아버지였다.

동네로 사당패가 들어선 한참 후였다. 어둠이 내려앉은 동구 길에서 불빛 하나가 들까불듯 공중에서 흔들렸는데 혼을 뺀다는 도깨비불 같았다. 잠시 후 찌렁, 찌렁 종소리를 내며 드러난 불빛은 갓 스물의 젊은 허상만이 타고 온 자전거였다.

동네 중심에 자리 잡은 강근언의 기와집 처마가 저만치 보였다. 밖에까지 불을 밝혀 환한 곳에 사람들 소리가 와자하고 온 동네에 기름진 음식냄새가 번졌다. 강근언의 생일이었다. 중양절을 한참 지나고 나락도 다 거두어들인 때였다. 강근언은 인심이 야박하지는 않아서 소작인들의 한 해 노고 치하도 겸해 매년 동네잔치를 열었다. 올해는 사당패놀음을 벌리는 거였다.

허상만이 솟을대문을 막아선 사람들 틈을 비집고 마당으로 들어섰다. 넓은 마당에는 대낮처럼 불이 환했다. 곳곳에 피워 놓은 화톳불이 괄하게 타올랐다. 마당 중앙의 명석 위에선 한창 판이 벌어지고 있었는데 오른쪽으로 북·꽹과리·징·날라리·장고를 든 잽이들이 있었다. 대청마루에는 강근언과 식구들이 자리했다. 허상만은 그 앞으로 가서 땅바닥에 넙죽 엎드려 절을 하곤 갖고 온 선물 보따리를 진상하듯 건넸다. 몸짓 하나 하나에 아부 섞인 복종이 가득했다.

'생신 감축 드립니다.'

'이게 누군가? 허군이구만. 어서 오게!'

강근언은 반색했다. 갓 마흔의 신수가 기름지고 훤했다. 투덕투덕 살 오른 얼굴에 불빛이 어룽져서 더 그리 보였다. 근골이 큼직하고 호방해보였다. 두 해 전에 낳은 아들을 무릎에 안고 있었다. 인정의 아버지였다.

*

강근언의 마당에서 벌어진 판은 탈놀음인 덧뵈기였다. 넷째 마당인 '먹중잡이'로 들어서는 중이었다. 먹중은 파계승으로 간교하고 탐욕스러웠고, 속가에 내려와서 계집 둘을 데리고 농탕치는 파렴치한이었다. 쓰고 있는 탈은 적흑갈색이거나 또는 푸르스름한 얼굴 바탕에 검은 점이 가득 찍혀 있었다. 상하좌우 주름에 눈썹과 눈은 희었고 볼에는 붉은 큰 혹이 달려 있어 형상이 추악했다.

멍석 위에는 먹중과 또 다른 탈을 쓴 자가 있었는데 취발이였다. 취발이 탈은 꽃자주 바탕에 검은 눈썹이 길게 그어져 있었다. 위로 치켜 올라간 눈은 화등잔만 했고 입가 양 주름이 깊게 패였다. 취발이는 파계승이 유혹해서 데리고 사는 여자를 뺏는 노총각이었다.

얼쑤! 잽이 중 하나가 먹중이 여자들을 농탕치는 걸 비꼬는 사설을 풀며 판의 시작 추임을 넣었다. 그 추임을 이어받은 취발이가 삿대질을 하며 먹중의 치부를 요모조모 뒤집어 팠다. 마당에 모인 구경꾼들도 신이 나서 잘한다, 더 해라! 들썩대며 말을 보탰다.

193

취발이의 대찬 공격에 먹중도 대거리를 하며 덤볐다. 손에 든 나무지팡이를 취발이에게 삿대질하면서 흔들어댔다. 그럴 때마다 얼굴에 달린 붉은 혹이 덜렁거렸고 머리에 쓴 짚도롱이가 벗겨질 듯했다. 그런 취발이와 먹중의 행태는 심각하면서도 우스꽝스러웠다. 그걸 보던 사람들이 와하! 왁자한 웃음을 터뜨렸다.

취발이가 번지르르하게 걸친 먹중의 허식을 꼬집는 사설에 잽이들이 악기를 치며 흥을 돋구었다. 얼쑤! 얼쑤! 조금 전까지 서로 때릴 듯하던 먹중과 취발이는 그 가락에 맞춰 어느새 덩덕궁이 장단에 맞춤을 추었다. 섬세하면서 명랑한 장단이 빨라졌다. 둘은 장단에 따라 양 팔을 크게 움직여 몸을 감거나 풀면서 배기는 닭이똥 춤사위를 펼쳤다.

그때 늦가을 밤의 싸늘한 바람 한 자락이 불어왔다. 화톳불이 휘릭, 허리를 꺾었다. 춤을 추는 취발이와 먹중의 그림자가 불빛에 길게 늘어지다 접혔다. 신명이 가득한 판에 순간 처연함이 감돌았다. 그러나 구경꾼들 중에 흥이 많은 몇 사람이 벌떡 일어나 덩실덩실 어깨춤을 추자 그 처연함은 이내 묻히고 말았다. 그에 더해 다른 사람들도 손뼉을 치며 잘한다! 잘한다! 장단을 얹어버렸다.

그리고 춤을 추던 취발이가 중이 데리고 농탕치던 피조리 둘 중한 피조리 앞에 섰다. 피조리의 탈은 살색 얼굴 바탕에 눈이 화등잔만 했다. 끝 쪽으로 갈수록 가늘었고 가운데로 몰린 눈동자는 순박했다. 양 볼과 이마에 찍은 연지곤지가 붉었고 검정 탈보 밑에는 붉은 댕기를 드리웠다.

그런 피조리를 향해 사뿐사뿐 발을 엇갈리며 나비춤을 추는 취발이의 사설이 음탕하면서 구수했다. 취발이가 입은 커다란 옷소매가 나비 날개처럼 팔락거렸다. 마주한 피조리는 고개를 외로 꼬며 은근짜 교태를 부렸다.

아이구, 저년 보세. 노총각 잡네!

사람들이 피조리를 향해 떠들며 낄낄거렸다. 어떤 사람은 취발이의 몸짓을 따라 같이 고개를 끄덕거리기도 했다. 피조리는 취발이 보란 듯 하체는 움직이지 않고 양팔만 살랑살랑 흔들어댔다. 그럴 때마다 탈보 밑의 붉은 댕기가 대롱거리며 도발적이었고 취발이의 몸짓도 같이 우쭐우쭐해졌다. 둘의 몸짓이 나비와 꽃이 어우러진 듯 혼곤했다.

한참 후 판이 끝나면서 잽이 들의 신명나는 가락에 탈꾼 들이 모두 어울려 춤을 추었다. 그들의 몸짓은 기운차게 펄쩍펄쩍했고 불빛도 함께 너울거렸다. 그러나 불빛에 간간이 드러난 탈의 표정은 미동 없이 어둠에 휩싸인 정령 같았다. 사람들의 웅성거림과 장단소리의 와자한 소란 속에서도 고요했다. 마치 보이는 것 뒤의 보이지 않는 세상사의 흐름 같았다.

*

　허상만은 판이 끝나자 그만하면 얼굴도 비쳤기에 돌아가려고 강근언에게 인사를 하고 나왔다. 마당을 가로지를 때 한쪽에서는 사당패들이 다음 판을 준비하느라 분주했다. 그는 대문턱을 넘다 문득 고개 들어 밤하늘을 보았다. 장막 같이 어두운 그믐밤인데도 퍼져 나가는 마당의 불빛으로 대문 안에서 보는 밤하늘은 환했다. 가려진 바깥 밤하늘의 원래 어둠은 와 닿지 않고 휘영청, 달 밝은 보름처럼 환하기만 했다.

　자전거가 세워져 있는 곳에 왔을 때 누군가 있었다. 한 여자였다. 머리를 땋아 내린 거로 봐서 처녀인 듯했다. 여자는 자전거 손잡이 부분을 만지거나 안장을 쓸어 보기도 했다.

　허상만은 동네 처녀 중 누구이겠거니 여기며 흠흠, 헛기침으로 기척을 냈다. 여자가 화들짝 놀라며 뒤를 돌아보았다. 보기에 얼추 열대여섯 나이쯤 돼보였다. 여자의 어깨가 움츠러들었다. 그 모습이 오종종하니 몸을 접은 작은 새 같았다.

　'뉘요?'

　'…….'

　'이 동네 사람이오?'

　'아니…….'

　쭈뼛거리는 여자의 손에 탈바가지가 들려 있었다. 탈의 모양새

로 보니 아까 먹중놀이판에서 피조리 역을 맡았던 모양이었다. 탈
보 밑으로 댕기가 축 늘어져 매달렸다. 여자는 어둠 속인데도 입
성이 드러나게 허름했다. 한 곳에 정착하지 못하고 떠도는 태가
완연했다.

허상만은 조금 전과 달리 여자를 거만하게 훑어봤다. 남루한
처지가 뻔하다고 여겨지자 눈꼬리가 단박에 치켜 올라갔다. 같잖
은 게 자전거에 손을 댔다는 게 불쾌했다. 높이던 말투가 댓바람
에 하대가 됐다.

'이 계집이 어딜 함부로 손을 대고 그래? 저리 비키지 못 해!'

허상만은 버럭 소리를 지르며 여자를 거칠게 밀쳤다. 여자가 휘
청하며 담벼락에 부딪쳤다. 허상만은 여자가 만졌던 손잡이와 안
장을 오물이라도 묻은 양 옷소매로 벅벅 닦았다. 밀침을 당한 여
자의 놀란 표정에 주눅이 잔뜩 묻어 있었다. 허상만은 안주인이 싸
준 잔치음식 꾸러미를 자전거 뒷자리에 실었다. 자전거에 올라타
서 페달을 밟아 여자의 앞을 쌩하니 지나갔다.

여자는 얼마 전에 패거리에 들어온 막내였다. 말이 부모지 인간
구실 못하는 도박꾼 아비에, 여자를 눈에 가시처럼 여기던 계모가
있었다. 먹고 살기 힘들어 입 하나라도 더는 게 상책인 형편에다
가 아비가 진 빚에 팔려서 떠돌고 있었다. 집으로 돌아갈 길은 막
연했다. 죽으나 사나 무리들과 떠돌며 살아갈 수밖에 없었다. 그
마저도 요즘 같은 시절 형편으로는 기약을 두지 못했다. 이번 판

이 끝나고 강근언의 집을 나서면 어디로 가야 할지 여자의 얼굴에는 수심이 차있었다.

허상만은 얼마쯤 와서 자전거를 멈추고 잠깐 뒤를 돌아보았다. 흐릿하게 보이는 여자는 불빛 환한 강근언의 대문 안으로 막 발을 들여놓고 있었다. 대문턱을 넘는 여자의 발이 어둠 속에서도 천근만근 무거웠다.

*

사당패 놀음이 있은 후 한겨울로 접어든 동짓달이었다.

허상만은 강근언의 집에서 주문한 물건을 배달하려고 내안을 찾았다. 짐을 부려 놓고는 강근언에게 인사를 하기 위해 사랑채로 건너갈 때였다. 물이 담긴 대야를 들고 행랑채 부엌에서 나오던 한 앳된 처녀가 허상만을 향해 쭈뼛대며 아는 체를 했다. 허상만은 누군가 해서 멀뚱했는데 뒤따라 나오던 부엌어미가 말을 해주어서야 기억이 났다. 잔칫날 밤에 보았던 사당패 여자였다. 그때보다 행색이 말끔했고 젖살이 채 가시지 않은 얼굴은 뽀얗게 통통했다.

허상만은 의아했다. 보통 사당패들은 한 판 벌리고는 다른 곳으로 계속 움직이건만, 벌써 석 달이 되어 가는데 어떻게 여자가 있는가 싶었다.

사당패 놀음도 예전 같지 않았다. 어느 곳을 찾아 들어 한바탕 걸지게 놀아주면 먹고 자는 게 해결되던 시절이 아니었다. 일제의 수탈이 심해졌고 동리 부자마다 제 권솔들 호구 연명시키기도 버거워 인심이 날로 야박해졌다. 그런데다 사당패는 농한기인 겨울을 나기가 가장 힘들어 패거리 중에 젊은 여자들을 토호들에게 매음이나 드난살이를 시켜 먹고 살기도 했다. 그렇게 겨울 한 철을 지낸 다음 날이 풀리면 다시 떠났는데, 여자도 강근언 집안의 드난살이로 패거리들과 행랑채에서 한 겨울을 지내기로 했다는 것이다.

허상만이 다시 또 내안을 찾은 건 정이월이었다. 집집마다 슬슬 농사 준비를 할 때였다. 이번에는 물건 주문이 아니라 강근언의 아내에게서 조용히 다녀가라는 따로 온 기별 때문이었다.

허상만의 집안과 강근언의 고향 소작인인 진 서방 집안은 동진서 이웃하며 가까운 사이였다. 진 서방은 친구 아들인 허상만을 취직 부탁조로 강근언에게 천거했고, 강근언은 허상만을 원산에서 가장 큰 생필품판매점에 취직시켜주었다. 강근언이 일본인 주인과 막역한 친분을 다지고 있었기에 가능했다.

허상만은 일본인 가게에서 일을 하면서도 자주 강근언의 수족처럼 잡다한 일을 이행했다. 발 빠르고 야무진 허상만을 가까이 두고 본 강근언의 신뢰가 적지 않았다. 자연 안주인도 허상만이 내안을 들르면 살갑게 맞았다. 그러니 이상할 리는 없지만 직접 보자는 건 드문 일이었다.

안주인은 허상만을 데리고 행랑채 옆을 돌아 있는 농광으로 은밀히 들었다. 각종 농기구에서부터 파종할 종자까지 평소 농사에 필요한 모든 것이 있는 중요한 장소였다. 강근언 내외는 내안에 많은 땅을 지니고 있었다. 일반 사람들의 농사와는 비교할 수 없을 만큼 규모가 컸다. 근동에 살고 있는 대부분의 사람들이 강근언의 소작인들이었다. 농광은 그런 농사와 관련되다 보니 아무나 드나들 수 없는 공간이었다. 내외 말고 들어올 수 있는 사람은 농지와 소작인들을 총 관리하는 집사 격인 윤 서방뿐이었다. 그날 윤 서방은 안주인이 미리 시켰던 심부름으로 원산에 나가서 저녁 늦게야 올 참이었다. 그랬기에 윤 서방도 허상만이 온 걸 알지 못했다.

안주인은 허상만에게 보자고 한 용건을 말했다.

한 겨울을 지냈던 사당패 여자가 강근언의 아이를 배었는데 여섯 달 째 접어들었다, 패거리든 누구에게든 말이 퍼져서는 안 되기에 우선 여자의 입단속부터 시켰다, 심정 같아서야 당장 여자를 머리채라도 잡아 내치고 싶지만 강근언이 들어앉히겠다고 강경하니 어쩔 수 없다, 며칠 후면 떠날 사당패 모갑이에게는 여자를 드난살이가 아닌 붙박이로 눌러 앉게끔 해달라고 했다, 대신 몸값으로 적당한 돈을 건넸는데 이제부터 여자의 거취문제가 남았다는 거였다. 결론은 아무도 모르게 여자를 처리해달라는 내용이었다.

평소 강근언이 강골이라 해도 엄밀히 말해서 데릴사위 처지였고 안주인은 친정의 대단한 재력으로 기세가 등등했다. 시대적 정서가 남자의 호색 행각에 너그럽다 해도 기세등등한 안주인 입장에선 남편의 외도로 생긴 아이까지 용납할 수는 없었다.

안주인의 말에 허상만은 꺼림칙했다. 전제한 조건이 상전이나 마찬가지인 강근언의 아이라는 생명이 관여된 일이었고 세상물정 모르는 어린 여자에게도 못할 짓이었다. 그러나 허상만 또한 제안을 거부할 처지가 못 됐다. 가진 자가 언질을 띠었을 땐 이미 자신의 의지와는 상관없는 일이었다. 상하우위라는 종속관계만으로 싫다 좋다 선택권이 없었다. 하지만 허상만의 머릿속은 무엇이 이득이며 실인지를 이미 빠르게 계산을 놓아보고 있었다. 그러면서도 일부러 난처한 기색을 비치며 선뜻 대답하지 않고 안주인과 눈길을 마주치지 않았다.

허상만의 그런 태도에 안달이 난 안주인은 뒤처리와 비밀을 지키는 대가로 상당한 액수의 돈을 선뜻 제시했다. 허상만으로선 몇 년을 안 먹고 안 써야 겨우 만져 볼 수 있는 거금이었다. 허상만은 안주인이 그만한 거래금까지 내밀 건 생각하지 못했던지라 이게 웬 횡재냐 싶어지며 마음이 확 동했다. 강근언이라는 존재가 두렵긴 해도 안주인과 자신만 입을 다물면 되는 일이었다. 그깟 기댈 언덕 없이 떠도는 어린여자 하나쯤 주무르긴 어렵지 않았다.

안주인이 공모자로 허상만을 택한 건 원산 토박이가 아닌 타지 사람인 점이었다. 그리고 힘 있는 자에게서 뭔가를 얻기 위해서라면 납작 엎드려 기던 허상만의 당연한 복종을 염두에 두었다. 혀를 찰 정도로 영악스러운 처세나 성향이 뒷거래에 적격이었다. 아둔한 순수와 어쭙잖은 정의를 앞세워 손해 볼 짓을 할 위인이 아니었다. 공모에 대해선 서로 입을 다물면 비밀은 지켜질 거였다. 가진 것 없고 뒤를 봐 줄 아무도 없는 어린 여자야 발에 낀 때만큼도 못 했다.

두 사람이 은밀히 말을 나누고 있을 때 젊은 남자 하나가 농광 쪽으로 오고 있었다. 체구가 당찼고 스물을 넘긴 모습이었다. 그는 동진의 소작농 진서방의 아들 진중섭이었다. 후일 진해식 형제들의 할아버지였다. 그는 허상만과는 같은 동네에서 오래도록 형 동생하며 자랐던 각별한 사이였고 진중섭은 워낙 근실해서 강근언은 동진에서의 농토를 모두 맡기고 있었다. 자연 윤서방과 함께 무람없이 이 공간을 드나들 수 있었다. 하지만 내안에서 살지 않았기에 안주인은 그를 미처 염두에 두지 못했다.

진중섭은 농번기 시작에 맞춰 강근언에게 한 해 농사 지을 보고와 문안인사를 하러 왔다. 사랑채에 먼저 들러 강근언을 보고 나온 길에 농광에 들리던 중이었다. 지난해부터 새로 사들인 밭에 새로운 품종의 감자 씨로 농사를 지어보라는 강근언의 지시가 있었다. 문안인사도 겸해 온 김에 그 감자 씨를 가져가려고 했었다. 그리고 얼마 전에 윤서방이 마련한 농기구 몇 점도 직접 살펴보고 동진으로 돌아가 대장간에서 따로 만들어 써야 했다.

그에 대해 윤서방과는 미리 기별을 주고받았고 윤서방은 감자씨를 농광에다 싸둘 테니 오게 되면 가져가라고 했었다. 윤 서방은 집안팍을 관리하는 일이 많다보니 볼 일을 보러 심심찮게 외출할 일이 잦았다. 그는 평소에도 환기를 위해 자주 농광의 후미진 뒤편으로 작게 난 덧문을 열어두었고, 진중섭이 왔을 때 그가 외출하고 없으면 그 문을 드나들게끔 서로 말을 맞춰놓은 상태였다. 농광 관리는 전적으로 윤서방 소관이라 덧문 열고 닫는 정도의 소소한 건 강근언이나 안주인도 신경 쓰지 않았다. 그러니 앞문으로 들어왔던 안주인은 미처 그 덧문을 생각하지 못 했던 것이다.

농광 덧문으로 들어서려다 뜻하지 않게 두 사람의 말을 듣게 된 진중섭은 조용히 되돌아 나왔다. 행랑채 마당 우물가에 여자가 있었다. 농광에서 하던 얘기를 들어서인지 푸덕한 옷 속 아랫배가 도도록이 불러보였다. 그동안 몇 번 드나들며 얼굴을 익혔던 터라 여자는 먼저 아는 척을 했다. 진중섭은 마음이 짠했다. 앞으로 어린 여자가 살아내야 할 고달픔에 마음이 무거웠다. 그 심정은 작정하지 않은 말로 불쑥 나왔다.

'언제 동진을 지나가거들랑 우리 집에 들러서 밥이라도 먹고 가요.'

안타까운 마음에 그저 해 본 말이었다. 그리고 아침나절만 해도 일을 마치면 기차역으로 가는 길에 허상만을 잠깐 보고자 했던 마음을 접었다. 농광에서 두 사람이 하던 얘기를 듣고 나니 얼굴을 마주하고 싶지 않았다. 그때부터 허상만에 대한 감정은 진중섭의 내면에서 굳게 뭉쳐 풀리지 않았다.

*

허상만은 사당패가 떠난 후 사람들 눈을 피해 몰래 여자를 데리고 부산으로 향했다. 끝과 끝인 부산과 내안은 한번 움직이려면 쉬운 걸음이 아니었다. 여자를 내안에서 멀리 떨어뜨려 놓기에 적절했다. 여자는 허상만과 안주인이 자신을 내치려고 작당했던 걸 몰랐다. 여자가 소리 소문 없이 사라진 뒤 안주인은 패물이 없어졌다고 길길이 뛰었다. 없어진 패물은 여자가 훔쳐 달아난 걸로 되어버렸다.

며칠 후 혼자 원산으로 돌아온 허상만의 모습이 자주 금은방 앞을 기웃거렸다. 그는 그 해 가을에 고순단과 결혼했다. 그리고 다음 해 겨울로 접어들 무렵이었다. 부산에 떨어트려 놓은 여자가 허상만 앞에 다시 나타났다. 몰골이 말이 아니었다. 비렁뱅이가 따로 없었다. 등에 업은 아이도 마찬가지였다.

허상만은 난감했지만 머릿속은 빠르게 계산을 끝냈다. 안주인을 찾아 여자의 출현을 말했다. 안주인은 누가 알까 처리 비용조의 적지 않은 돈을 허상만에게 또 주었다. 이튿날 여자는 아이만 남겨

두고 혼자 떠났다. 아이는 허상만의 미장가 시절 불장난의 산물이 됐다. 그 때문에 아내 고순단이 언성을 높였지만 받아들일 수밖에 없었다. 이후부터 아이는 허상만의 큰 딸로 자랐다.

허상만은 딸이 소학교를 다니던 해방 직전에 가족을 데리고 고향 동진으로 돌아왔다. 그리고 아내 고순단의 반대와 눈총을 받으면서도 소학교를 마친 딸을 외지에 있는 여학교에 굳이 보냈다. 남들은 이상히 여겼다. 넉넉하지 않은 살림에 아들도 아니고 딸을 학교에 보낸다는 걸 이해하지 못했다. 그에 대해 허상만은 여자도 배워야 한다면서 세상이 바뀌었음을 강조했다.

'허이고, 시집가서 남의 집 귀신 될 딸년을 훈장으로 내 보낼라우? 먹고 살기도 가랭이 찢어질 판에 아무 짝에도 쓸데없는 딸년 공부는 왜 시키는지, 남들이 손가락질 하는 걸 몰라서 그러는 게요?'

고순단은 입을 맷발이나 빼물며 툴툴거렸다. 그러거나 말거나 허상만은 가끔 딸이 살고 있는 곳으로 하루나 이틀쯤 다녀 왔다.

그 무렵 딸은 한 남자를 알았다. 진중섭의 셋째 아들 진이상이었다. 새삼스럽게 알았던 것도 아니었다. 그 때만 해도 두 집안이 한동네에 살며 가깝게 왕래하던 터였다. 진이상은 집이 가난해서 소학교만 나왔어도 명석했다. 일본어는 물론 영어와 러시아어를 독학으로 깨우쳤다. 체계적으로 배운 게 아니어서 어설퍼도 그럭저럭 스스로 읽고 쓸 만했다. 그 무렵 한창 사회주의에 경도 되어 그에 대한 서적들을 탐독했으며 나름대로의 해석 이론도 지 녔다. 딸은 그가 추구하는 확고한 의지가 믿음직했다. 형편이 어 려운 그를 위해 넉넉하지 못 한 용돈이나마 쪼개서 가끔 책을 구 입해 주었다.

그런 둘 사이를 눈치 챈 허상만은 딸을 거칠게 윽박질렀다. 과 년한 남녀가 어른들 몰래 눈이 맞았다는 걸 남 보기 우세스럽게 여 기던 때였다. 그러나 아무리 완고한 시대라 해도 과할 정도로 몰아 붙였다. 전쟁이 나서 딸이 집에 와 있자 그 정도는 더욱 심했다. 밖 으로 나다니지 못하게 머리카락을 뭉텅 잘라 놓거나 때려서 며칠 씩 방에 가뒀다. 그뿐 아니라 딸을 꼬드기지 말라며 진이상을 찾 아가서 폭행도 가했다. 사람들은 너무한다 싶으면서도 딸을 아끼 는 아버지 마음으로 단순히 받아들였다.

6·25전쟁은 점점 치열한 양상으로 치달았다. 외세까지 개입되 어 남북 양쪽 진영이 뺏고 뺏기는 상황으로 이어졌다. 그 해를 넘 길 무렵이었다. 진이상은 어느 날 동네에서 사라졌다. 식구들조차 행방을 알지 못 했다. 그럴 때 딸의 몸에도 눈에 띠는 징후가 나타 났다. 임신이었다. 허상만은 남들 눈을 피해 서둘러 딸을 어디론 가 끌어다 놓았다.

진이상이 없어진 후 딸의 모습도 보이지 않자 동네 사람들은 지 레 짐작을 했다. 실연의 충격으로 집을 나가 돌아다니다 폭격 맞아 죽었더라느니, 어디서 남자를 만나 살림을 살고 있더라느니, 어디

색주가에 있다는 걸 보았더라느니 소문이 무성했다.

그 관심마저도 곧 시들해졌는데 전쟁통이라 혼란스러운 시국 때문이었다. 허재표는 누이인 딸이 진이상 때문에 없어졌다고 알고 있었으나 가족이었기에 입을 다물었다. 하지만 누이를 그리 만든 진이상과 진씨 일가에 대한 증오를 가슴에 꾹꾹 담았다.

딸은 허상만이 끌어다 놓은 곳에서 사당패였던 어미처럼 아비가 있되 나설 수 없는 아이를 낳았다. 아들이었다. 그러나 해산을 한 며칠 후에 아이만 남겨두고 어디론가 사라져서 영영 돌아오지 않았다. 진중섭이나 허상만은 딸이 어디로 갔는지 충분히 짐작했다. 그곳은 북쪽이었다.

허상만의 머릿속이 또 빠르게 굴렀다. 무엇보다 사람들이 막연히 짐작하고 있는 진이상의 자진월북이라는 불똥에 다치지 말아야 했다. 없는 빨갱이도 만들려고 눈들이 시뻘건 살벌한 때였다. 뒤따른 딸의 월북은 낌새도 비치면 안됐다. 자칫 집안이 절단날 일이었다. 사람들이 떠들었던 것처럼 색주가를 떠돌거나 폭격 맞아 죽었어야 했다. 허상만은 딸을 전쟁통의 행불자인 사망자로 급히 처리하여 허 씨 집 호적에서 영영 사라지게 만들었다. 그리고 진중섭에게는 은밀히, 강력하게 통보했다. 아이는 허 씨 집 핏줄임을 못 박으며 허 씨 집안이 책임질 테니 더 이상 입을 열지 말라고 강경히 잘랐다.

그렇게 딸이 낳은 아이는 누군가 허상만의 집 앞에 버린 업둥이가 되어 허상만의 막내아들로 입적되었다.

　진표였다.

13

진해식의 말을 듣고 난 기준은 놀라면서도 씁쓸했다. 진표가 업둥이라는 사실은 어느 만큼 자랐을 때 집안에서 흘러 다니는 소리로 얼추 짐작했기에 새삼스럽지는 않았다. 하지만 진해식에게서 자세히 듣고 나니 진표가 겪었을 혼란과 아픔에 잠시 연민이 들었다. 어머니의 출생이 비참했고 자신마저 버림받아야 했던 것도, 친 혈육을 가까이 두고도 남처럼 지내며 외면할 수밖에 없었던 것에 대해서였다. 진해문의 장례식에서 진표가 혈육을 잃은 듯 황망해 하던 게 비로소 이해됐다. 진표에게서 진 씨 일가는 피를 나눈 일족이었을 테고, 진해식 형제들에게 진표는 작은아버지의 유일한 혈육이었을 테니 서로 안타까웠을 것이다.

그보다는 많은 세월이 흐르는 동안 세 집안에서 대를 이어 벌어진 일들이 충격적이었다. 한 번도 본 적 없는 할아버지 허상만의 딸 때문이었다. 놀람을 넘어 경악이었다. 진해식의 말대로라면 딸이라는 사람은 기준의 친가 쪽으로는 상관없게 됐지만 반대로 외가 쪽과 다시 연결됐다. 가계도는 더 복잡해졌다. 오랜 세월 은폐됐던 사실은 많은 것들을 헝클어 놓았다는 얘기였다.

진표에겐 전쟁통에 행방불명되어 얼굴은커녕 존재조차도 제대로 몰랐던 큰 누이가 친어머니로, 형 내외인 허재표와 강경분은 사돈이 되었다. 허재표에게는 누이가 처형으로, 동생 진표는 사돈이 되었다. 강경분에게는 얼굴도 본 적 없이 얘기만 들어 알던 시누이가 사촌언니로, 시동생인 진표는 친정 조카가 되었다. 기준에게는 존재가 있는지도 몰랐던 고모가 이모로, 삼촌 진표는 외재종형이 되었다. 인정에게 진표는 내외종 간이며, 사돈이었던 진표의 생모는 실상 친 고모였다. 진해식이 전하는 말대로라면.

기준은 진해식을 물끄러미 쳐다보며 낮게 말했다.

"저희 부모님이나 인정 누님도 그런 상황을 아십니까?"

"두 사람의 월북으로 두 집안이 곤혹스러운 입장이었다는 것만 알지 자네한테 말한 정도까진 모르시네. 어머님께는 내색하지 말게. 나이 드신 양반이 이제 와서 세세히 안들 뭔 소용 있겠나. 속만 끓일 일이지. 인정이나 해원이도 그 이상은 모르네. 자네나 알면 되지 않겠는가. 진작 이랬어야 했는데 자네 할아버님 서슬이 원체 대단하셨어야 말이지."

"……."

"그전까지는 두 집안이 잘 지냈는데 전쟁이 나고 양쪽 자식들이 얽히나 보니 이리 됐네. 누굴 탓하겠나. 세월 탓이지. 이북이란 이 자도 꺼내선 안 되던 시절이었네. 그러니 누구도 입을 열 수가 없었지. 그 때문에 풀어야할 사실들은 덮였고 쌓인 골이 깊어졌네."

"이 얘기는 누구에게 들은 겁니까?"

"내 부친이 일찍 돌아가시지 않았나. 그래서 할아버님이 우리를 키우셨지. 내가 결혼하고 얼마 후에 말씀해 주셨네. 끝까지 묻으려 했지만 덮는 것만이 능사는 아닌 것 같다면서. 내 생각도 그러네. 안다고 해야 이제 와서 크게 달라질 건 없지만 적어도 질곡과 오해가 화석화 되지는 말아야지. 불행의 불씨를 지핀 존재들은 이미 세월 저편으로 사라지고 없는데 아무 상관없는 후 세대가 짊어져선 안 되지 않겠나? 이젠 세월도 많이 좋아졌잖은가. 이북에 대해 이웃집 얘기하듯 공공연히 말 할 수 있는 세상이네. 예전 같으면 감히 생각이나 했겠는가. 어쨌든 자네라도 바른 사실을 알아야 할 것 같아서."

"그렇군요. 더 하실 말씀이 있으신지요?"

"아, 아닐세. 다 했네. 설혹 있다 하더라도 지금 와서 그런 건 중요하지 않네. 이제나마 불화의 근원을 알고 이해하면서 반목하지 말자는 거지."

진해식은 말은 그리했으나 잠깐 흔들렸다. 하지만 마음을 다잡았다. 박박 긁어내듯 밑바닥을 보자는 게 아니기 때문이었다. 지금 알고 있는 사실을 넘어선다면 할아버지 진중섭이나 자신이 바라는 의미를 잃는 거였다.

기준이 가지는 의혹쯤이야 시간이 지나면 자연스레 희석될 것이다. 사실에 대한 진실이 경우에 따라선 그대로 봉인되어야 할 필요도 있기 때문이다. 기를 쓰고 파헤쳐야 할 명분이 있지 않은 다음에는. 무릇 진실은 드러날수록 추할 수밖에 없는 본질을 지니고 있어서다. 그러나 진표는…… 진표가 생각나자 진해식의 가슴이 저릿했다.

기준은 진해식이 말한 대로라면 자신과 밀접하게 연관되어 있는 친가, 외가의 복잡한 가계에 지금으로선 혼란스럽다. 아예 몰랐으면 모를까 듣게 된 이상 거슬리는 건 사실이었다. 작은 외조부인 강근언의 무책임한 쾌락과 방종으로 도대체 이 무슨 해괴한 상황인가, 그런 사람과 혈연적으로 무관하지 않다는 게 수치스럽기까지 했다.

그러나 다시 냉정해졌다. 진해식이 전하는 오래 전 상황을 무조건 믿을 수는 없다. 그걸 증명할 확정된 아무 것도 없는 상태에서 일방적인 주장만 가지고 단정할 수는 없다. 설사 사실이라 해도 기준으로선 동요될 이유가 없다. 지금까지 몰랐던 일들로 자신의 삶이 영향을 받지 않았다. 누군가 힘 있는 뻔뻔한 가해자였고, 누군가 힘없는 억울한 피해자였던 신파 공식 같은 건 의미 없다. 지난 세대인 윗대들의 일일 뿐이었다. 어린 시절 접했던 풍문처럼 진해식의 말을 액면 그대로 받아들이지 않으면 된다. 눈앞에 증거 할 수 있는 현상이 아닌 다음에야 백날 밝히면 뭘 할 것인가.

어쩌면 그가 유일하게 전지적 입장에 있다는 게 걸리지만, 반면 말뿐인 그 유일함 때문에 확증할 타당성이 없다는 게 오히려 사실화의 부각에 무게를 싣지 못 할 거라 여겼다. 그리고 진해식의 지금까지의 태도로 봐선 부득이한 상황이 아닌 다음에야 가벼이 언급할 의지는 없어 보였다. 그러니 지난날 그랬듯 살아왔던 그대로 각자 살아가면 될 테고 묻어 두고 연결 짓지 않으면 된다.

그렇게 빠른 정리가 되자 기준은 실속 없는 화해를 추구하려는 진해식의 진지한 순수함이 딱하다. 자신에게는 내일 만날 모운희와 함께 지내는 것이 현재는 확실하고 중요한 사실이었다.

"말씀 잘 들었습니다만, 저로선 그걸 인정하고 받아들여야 할 이유는 없습니다. 사실 확인이 되지 않았기 때문입니다. 그런 바탕에서 이후 이 문제로 저희 집을 결부시키지 않기를 바랍니다."

단호하게 끊듯 말을 하고 찻잔을 드는 기준의 입가가 보일 듯 말듯 실룩였다.

진해식은 기준의 반응이 생각했던 것과 달랐는지 얼굴에 일순 당혹감이 어렸다. 그러나 그럴 수도 있을 거라 여긴 듯 이내 표정을 가다듬었다. 잠시 찻잔이 놓인 탁자를 내려다보다 눈길을 들어 창밖 풍경을 더듬었다. 등성이의 앙상한 나뭇가지 사이사이로 지고 있는 저녁 빛이 편편이 비어져 나왔다. 가닥 가닥의 가느다란

213

빛기둥이 불그스름하니 애잔했다. 진해식의 눈길이 고요히 흐르는 강처럼 깊었다.

기준이 조금 더 눈여겨 볼 깊은 눈길을 지녔더라면 그 밑으로 세찬 물살이 여울지며 콸콸 흐르는 걸 느꼈을지 몰랐다. 설사 그랬다 해도 그 물살을 굳건히 막고 있는 또 다른 덧문이 있다는 걸 더더욱 볼 수는 없었다.

14

집으로 들어온 선영은 안고 있는 책들을 우선 서재에 갖다 놓았다. 내일쯤 지난번 빌린 책들과 함께 병원에 있는 동생에게 갖다 주려고 한다. 이번 책들은 동생이 메모해 준 건 아니고 선영이 나름대로 찾아본 것이다.

며칠 전보다 더 내려간 기온 때문인지 집안이 썰렁했다. 선영은 우선 따뜻한 차부터 한잔 마시고 싶었다. 서재에서 나와 주방으로 가려다 거실 창밖에 잠시 시선을 두었다. 단지 내의 풍경도 점점 스산해졌다. 이파리를 떨구고 가지만 남은 나무들이 앙상했다. 오늘은 바람결까지 컸다. 베란다 창이 우웅, 소리를 내며 간간이 몸을 떨었다. 택시에서 내리는 젊은 엄마는 안고 있는 아이가 바람에 노출될까 황급히 모자를 씌웠다. 청소도구를 들고 단지 주변을 도는 경비원은 뒹구는 비닐을 잡으려 바삐 움직였다. 쨍하니 넓게 펼쳐진 초겨울 하늘이 시리다.

선영은 차를 타서 다시 서재로 들어왔다. 지난번에 접했던 조총 련계 무용 연구가가 쓴 책에는 유나타샤가 잠시 언급되었으나 세 세하지 않았다. 유나타샤가 활동하던 시기의 북한무용계에 대해 서너 줄로만 간략히 정리되어 있었다. 대신 참고할 만한 도서 자료 를 수록하고 있었기에 그 도서를 찾느라 오늘 도서관을 다녀왔다.

빌려온 책의 해당 부분을 펼쳤다. 내용을 보고 있는데 어느 부 분에서 뜻밖의 정보가 나타났다.

'…… 본명 허진애. 1933년 함경남도 원산에서 출생. 원산의 루 씨학교 재학 중 무용에 재능을 보였다. 이후 1944년 아버지의 고 향인 강원도 동진읍으로 가족 모두 이주…….'

동진읍?

유나타샤가 남편 고향과 연관이 있다고?

선영은 익숙한 지명에 의아했다. 기준의 고향이며 시가가 있 는 곳이다. 그리 흔하지 않은 허 씨라는 성도 시가와 같은 종씨다.

시가는 동진에서 누대를 살아왔다. 허 씨 집안의 손이 크게 번 창하지 않은 데다 가깝거나 먼 친척들이 대부분 그곳에 터를 잡고 있어서 종씨들 간에 웬만한 일은 알 수 있다. 그런데 멀지 않은 역 사 속 인물이 시가가 있는 곳 출신임에도, 그런 존재에 대해 시가 식구 누구에게 어떤 말도 들어보지 못 했다.

하지만 시가가 뿌리 내린 곳이어도 선영으로선 일 년에 고작 몇 번 손님처럼 찾아들어 잠깐 있다 오는 곳이다. 그러니 그 지역에서 일어나는 일들에 대해 세세히 알 수는 없다. 설사 시가 쪽 집안에서 그에 대한 말들이 쉬쉬하며 오갔다 해도 마찬가지였다.

서둘러 그 다음 줄을 읽었다.

'…… 유나타샤의 춤은 풍자적 요소가 강했고 역동적이었으며 시선 표현은 독창적이었다. 대표작인 '가면무'는 유나타샤가 가장 애착을 가진 작품으로 그에 쏟는 열정이 컸다…….'

이 책에서도 유나타샤에 관한 정보는 반 페이지 정도 밖에 되지 않았다. 그러나 거론한 내용으로 봐선 당시 북한무용계에서 어느 정도 비중은 있었던 것 같다.

책의 내용을 살피면서 선영의 의문이 추가됐다. 유나타샤의 출생 년도가 1933년이고 동진으로 이주를 한 건 1944년이니 열 살이 넘었을 때였다. 그러면 전쟁이 일어나기 전에 다시 북쪽으로 갔다가 그대로 머문 건지 아니면 전쟁 후에 간 건지……. 만약 전쟁 후라면 유나타샤의 거취 행적은 월북이나 납북이 되는 셈이었다. 선영의 머릿속이 갑자기 복잡해졌다.

동서 냉전의 벽이 허물어진 21세기에도 한국은 유일한 분단국

가이며 북한의 핵 보유 등 극동지역의 뜨거운 감자를 안고 있다. 그런 현실에서 휴전선접경지역이라는 특수한 역사적 지역 출신이며, 분단이라는 이데올로기 속 월북일지 납북일지 모를 예술인 연계는 밀접하게 작용할 것이다. 그런데도 선영이 지금까지 받은 제도 교육과정 어디에서도 그녀에 대해 거론되지 않았다. 일제에 친일을 하거나 월북이나 납북된 인사들이 세세히 거론됐는데 말이다.

그럴 만큼 존재의미가 없었던가, 라는 생각을 하며 다시 다른 책을 펼쳤다. 발행 연도가 최근인 2018년이었다. 본격적인 학문 이론서나 논문연구서가 아니고, 북한현대사를 무겁지 않은 내용으로 다룬 개론서 형식이었다. 지은이는 한반도통일 미래전략가, 재야 사학자, 중국학과 교수 등 세 명의 공동저자로 각기 파트를 나눠 서술하고 있었다. 목차를 살펴보니 딱히 눈에 들어오는 사항은 없다.

선영은 내용 읽기를 잠시 보류하고 먼저 맨 뒷장의 참고자료를 건성으로 훑었다. 나열한 국내, 외 도서 목록 밑으로 수록된 한 포털 사이트가 눈에 잡혔다. 거기에 인용 부제가 있다.

'월북무용가 유나타샤의 생애'

다른 도서와 달리 유나타샤라는 이름과 월북이라고 명확히 드러내고 있었다. 선영은 필요한 사람 외에는 드나들 일 없는 작은 덧문을 발견한 기분이다. 찾으려는 뭔가를 눈길 가까운 곳에 두고도 에둘러 먼 곳을 돌아온 것 같고 생각지 않았던 걸 갑자기 손에 쥐었을 때 같다.

선영은 총총한 걸음으로 서재에 들어왔다. 컴퓨터의 전원을 누르는 손길에 미세한 떨림이 일었다.

*

포털 사이트가 열렸다.

선영이 두근대는 심정으로 월북무용가 유나타샤라는 검색어를 입력하자 화면에 그에 관련된 사진과 자료가 나타났다. 북에서 활동 당시와 공식석상에서 유나타샤의 모습은 단박에 시선을 잡는 세련된 팔등신이었다. 후리후리한 몸태에 육감적인 신체조건이 화려했다. 사진 어디에나 드러나 있는 그녀의 상징 같은 굵게 웨이브 진 풍성한 긴 머리가 몸에서 배어나오는 우아함에 잘 어울렸다. 어느 행사장인지 모인 사람들과 악수를 하며 활짝 웃거나, 칵테일 잔을 들고 어딘가를 바라보는 옆모습이나, 프로필용이나 지면에 싣기 위해 찍은 듯한 정면 모습 등이 오래전 흑백의 공간에서 선명하게 두드러졌다.

가족사진도 있었다. 유나타샤의 남편은 이지적인 눈빛과 꾹 다문 입매가 강렬했다. 한 눈에 봐도 굳은 의지와 신념이 느껴졌다.

그들 사이에 아이 둘이 있었다. 일고여덟 살과 대여섯 살쯤 안팎의 똘망한 사내아이들이었다. 홑꺼풀의 선해 보이는 눈매와 결곡한 입매의 아이들 모습은 누가 보더라도 영락없이 부부를 닮은 모습이었다.

마우스를 쭉 밑으로 내렸다. 얼핏 보기에도 지금까지의 자료와는 달리 유나타샤에 관한 내용이 짧지 않았다.

'본명 허진애. 1933년 함경남도 원산에서 부 허상만과 모 고순단 사이의 2남 3녀 중 장녀로 출생했다. 일설에는 부 허상만과 사당패 출신인 유초선 사이의 혼외자로 출생했다고 하나 확인된 사실은 아니다.

원산의 루씨학교 재학 중 무용에 재능을 보여 잠시 시작했지만 1944년 아버지의 고향인 강원도 동진으로 가족 모두 이주하면서 흐지부지되었다. 1948년 명성여자고등보통학교에 입학했다가 1950년 6·25 전쟁 발발로 휴학했다.

1951년 월북한 뒤 북한의 무용인재 양성기관을 수료한 후 1955년 소련 모스크바 대학으로 유학을 갔다. 1959년 소련 유학에서 돌아온 후 조선인민공화국 국립무용연구소의 무용수로 활약했다. 다음 해에 진이상과 결혼해서 첫 아들 진해완을 낳았다. 이후 북한 체제 홍보를 위해 중국과 소련대륙 순회공연을 다녔으며, 중국인과 조선족에게 북한무용을 전파한 공로로 공훈배우 칭호를 받았다.'

동진읍. 허상만. 고순단.

선영에게 아주 밀접하고 익숙한 지명과 이름이 명백히 거론됐다. 마우스를 쥐고 있는 선영의 손이 흔들렸다. 당황스럽다. 설마 같은 이름이겠지. 하지만 시할머니 고순단이라는 이름까지 같을 수는 없었다.

유나타샤가 시조부모에게 허진애라는 딸이라면, 시아버지에게는 같은 부모의 피를 나눠 받은 형제이며 기준에게는 고모가 된다. 그러면 이건 도대체 무슨 상황인가, 선영은 갈피를 잡을 수 없다. 앞서의 내용에서 동진 지명이 거론됐을 때는 의아하면서도 그런가보다 했다. 그런데 이처럼 확연하게 시가가 전면으로 드러난다는 건 보통 일이 아닌 거다. 선영은 뜻하지 않게 며칠간 유나타샤에 관한 자료를 살피며 궤적을 얼추 접한 심정이 꽤나 복잡해졌다.

그간 월북예술인의 행적에 대해선 이데올로기의 극한 대립 하에 묻혀 있을 수밖에 없었다. 그러나 지나간 정부의 햇볕정책 일환으로 이념논쟁은 그 어느 때보다 유연해졌다. 남북 양측 교류도 예전이라면 상상도 할 수 없을 만큼 완화됐다. 해당 예술인들의 예술 세계에 대한 새로운 조명도 활발해졌다. 그리고 인터넷이나 sns는 지금 이 시점을 살아가는 사람들에게 활발한 소통의 장이다. 그런 공간에 이 정도의 자료라면 그 존재는 이념을 떠나 자리매김 되는 건 확실했다. 대외적 기록이 된 사실 속에 시가와 긴밀하게 연관된 사람이 비중 있게 거론되는 사실에 선영은 얼떨떨했다.

다시 마우스를 움직였다.

'…… 북조선에서 공훈배우 반열에 오른 유나타샤의 무용은 조선적 정신이 깃들어 있었다. 그녀의 춤은 풍자적 요소가 강했고 역동적이었다. 또한 눈으로 나타내는 시선 표현은 그만의 독창성이었다. 유나타샤는 대표작이라 할 수 있는 '가면무'에 많은 애착을 가졌는데, 그에 대한 창작안무 연구에 많은 비중을 두었다.

유나타샤는 월북 후에 남편 진이상과 함께 소련으로 유학을 다녀온 뒤 월북하기 전에 사용하던 이름까지 바꿀 만큼 무용에 대한 열정이 컸다. 조소친선무용협회, 조중무용예술창작협회 등에서 단원으로 활동하며 소련, 중국 예술인들과도 활발한 국제교류를 했다.

남편 진이상은 강원도 동진이 고향으로 1950년 월북하여 북한 체제에서 뚜렷한 자리매김을 했다. 거기에는 자진월북 동기와 대대로 소작인 집안이라는 무산자 출신성분 배경과 사회주의의 투철한 사상성이 크게 작용했다. 그는 월북 전부터 연인 사이였던 유나타샤가 뒤따라 월북하자 그의 무용재능을 키워주기 위해 자신의 입지를 십분 활용했다. 그런 진이상의 후원으로 유나타샤는 무용인재 양성기관에서 소정 교육을 마친 뒤 진이상과 함께 소련 유학길에 오를 수 있었다.

진이상은 소련 유학 후에 프롤레타리아 예술 기획 쪽에 중점을 두었다. 1965년 선전선동부 예술부부부장을 지내며 공연예술분야에서 탄탄한 기량과 기획으로, 유나타샤의 무용예술을 사회주의 건설에 적절히 적용시키는 능력을 발휘했다. 그로써 진이상과 유나타샤는 예술적, 정치적 입지를 공고히 다졌으며 이때가 둘에게는 인생의 절정기였다.

하지만 1970년 진이상은 함경북도의 어느 오지에서 의문의 죽음으로 발견되었으며 그의 주검은 가족에게 인계되지 않은 채 노동중앙당 선에서 처리되고 말았다. 진이상의 죽음 여파는 유나타샤에게도 작용했다. 뚜렷한 이유도 없이 그녀가 속해있던 조직에서의 입지가 배제되고 예술 활동도 금지되면서 모든 게 묶여버리고 박탈과 신분 추락의 세월을 보내야 했다. 일설에는 진이상과 유나타샤의 승승장구 입지에 다른 계파 정적들의 음해 계략이 있었으며 암암리에 제거되었을 거라는 추측도 있다. 그 기반에는 남한에 있는 유나타샤의 아버지가 재산가라는 이유로 진이상이 죽임을 당하는 숙청 대상이 되었을 가능성이 힘을 실었다.

이후 유나타샤는 세간에서 모습을 보이지 않다가 사망했다는 설이 잠시 떠돌았다. 그러나 확인할 수 있는 사실이 아니었다.

……북한에서 유나타샤의 무용에 대한 평가는 그때 이후 거론되지 않았다.……

이 내용대로라면, 유나타샤의 일생은 화려하게 반짝이던 정점의 이면 외에 또 다른 비참함으로 쓸쓸히 마감된 것이다. 선영은 시가에서도 그러한 존재와 사실에 대해 이미 알고 있었는지, 알고 있으면서 오랜 세월 철저히 함구한 것은 아닌가 하는 의문이 들었다. 그러나 결혼생활 동안 그간 누구도 이에 관한 기척을 비치진 않았었다. 혹시 시어머니나 기준은 알고 있었을까? 선영은 그렇게 되묻다 고개를 흔들었다. 아니야, 아니야……. 시어머니나 기준은 전혀 알지 못한다는 게 확실해서였다. 그럼 도대체 뭔가? 무슨 이유 때문에 오랜 시간이 흘러서도 두드러지는 이러한 존재가 묻혀 있었던 걸까. 그 이유는 무엇이었을까. 단순히 집안의 안위 때문에 국가 이데올로기에 휘둘리지 않기 위해서였을까, 라는 뻔한 짐작도 해보지만 그것만이 다는 아니라는 생각이 든다.

많은 경우가 선영의 심중에서 와글거리지만 제대로 가늠할 순 없다. 사람의 발길이 거의 닿지 않았던 덧문을 발견했지만 굳게 잠겨 있어 열어볼 수 없을 때 같다. 그와 함께 결코 드러낼 수 없는 뭔가가 두꺼운 장막에 가려 있을지 모른다는 막연함이 강하게 치고 올라온다.

15

진표는 밀린 일감의 도안 서류를 주문처에 보내는 걸 마무리한 후 잠시 실내에 있는 접대용 의자에 앉아 마당을 내다보았다. 밖에는 바람이 많이 불었다. 바깥 작업장의 천막자락이 펄럭거렸다. 공예관으로 들어오는 길가의 장승과 솟대도 연신 흔들렸다.

진해문의 장지에서 돌아온 후부터 일이 제대로 손에 잡히지 않았다. 생전 그의 모습이 어른거리며 아릿함이 밀고 올라왔다. 그건 얼굴도 모르는 친어머니에 대한 아픔이기도 했다. 그 감정이 진해문의 죽음에 덧씌워져 깊은 상실감으로 다가들었다. 또 한 사람이 무겁게 가슴을 휘저었다. 진이상이었다.

그와 친어머니가 살아내야 했던 엄혹한 시대가 아프게 와 닿았다. 그들이 찾고자 했던 것은 무엇이었으며 어디를 바라보고 싶었던 건지, 어디를 향해 발걸음을 옮기고 싶었으며, 그 여정에서 그들을 가로막고 좌절을 덮어씌웠던 운명의 의미는 무엇이었는지, 많은 물음들이 오래전 그들의 삶에 건네졌다. 먼 시간의 역사 속으로 스러져 간 그들을 향한 심정은 검푸른 바다 밑 깊은 곳으로 가라앉는 것과 마찬가지였다.

진표는 그런 감정을 애써 추스르며 의자에서 일어났다. 주문 제작을 마치려면 해야 할 일이 많았다. 작업복으로 갈아입으려고 살림 공간으로 들어섰다. 며칠 간 진해문의 장례를 치르느라 실내에는 들어와 보질 못했다.

벽에 걸린 작업복을 잡으려는데 책상에 놓인 검은 비닐봉지가 눈에 잡혔다. 누가 갖다 놓은 건가 싶다가 기준이 지난번에 왔다 간 것에 생각이 미쳤다. 봉지를 열어보니 과일이 들어 있었다. 진표는 그걸 책상 한쪽으로 옮겼다. 책상에는 보다 만 여러 인쇄물이며 필기구가 널려 있었다. 정리하기 위해 인쇄물들을 추려 모아 한쪽에 놓으려다 잠시 멈춰서서 한 장, 한 장 넘겨 보았다.

각 장에는 가면을 쓰고 있어 얼굴이 보이지 않는 무희의 여러 모습이 실려 있다. 무희는 사진이라는 틀에 잡혀 정적인데도 춤사위의 몸짓은 역동적이다. 걸친 옷자락의 섬세한 질감이 손으로 만져보듯 생생했다. 앞서의 사진 속에서 가면을 쓴 무희로 짐작되는 한 여자의 평상시 모습도 있다. 그 중에는 고개를 옆으로 틀거나 정면을 보는 것도 있다. 정면 모습은 웨이브가 풍성한 긴 머리에 서글한 관능미가 물씬했다. 거기에 머문 진표의 시선이 불 꺼진 창에 어릿거리는 나무 그림자처럼 공허했다.

진표는 인쇄물을 책상 위에 놓고 서랍에서 상자 하나를 꺼냈다. 뚜껑을 열자 고서적 같은 책 몇 권과 탈, 흑백사진 두 장이 들어 있다. 책들은 오래 되어 제목마저 제대로 알아보지 못할 만큼 흐릿했고 표지도 누렇다 못해 갈색으로 변해 있다. 사진들도 오래되어 귀퉁이가 찢어졌고 군데군데 빗물에 젖은 것처럼 얼룩이 번져 조금만 힘을 주어도 바싹 마른 낙엽처럼 으스러질 것 같다.

사진 중 하나는 학예회였는지 초립동이 복장인 열두세 살쯤의 소녀가 찍혀 있다. 전반적으로 선명도가 없는데도 이목구비만은 단정하게 눈에 들어왔다. 홑꺼풀의 커다란 눈에 시원스레 뻗은 콧날과 또렷한 입매였다. 서글해 보이는 그 모습에 진표의 모습이 판에 찍은 듯 겹쳤다.

또 한 장의 사진은 앞서의 사진 속 소녀가 좀 더 자란 모습이었다. 양 갈래로 머리를 땋고 교복일 세일러복 차림을 하고 있다. 그 옆에는 이지적인 눈빛에 굳게 다문 입매가 인상적인 앳된 청년이 있다. 그들은 몸을 약간 틀고 있지만 누가 봐도 수줍어하는 젊은 연인들의 모습이어서 감출 수 없는 다정함이 배어나왔다. 사진 밑에는 '1950년 4월'이라는 글귀가 적혀 있다. 뒤로 다른 내용이 또 있는 것 같은데 귀퉁이가 떨어져 나가 더는 알 수 없다.

진이상이 남긴 소지품이었다. 진이상은 월북하기 전에 지니고 있던 걸 아버지 진중섭에게 건넸다. 허상만의 딸에게 전해주라던 걸 진중섭은 오랜 세월동안 그대로 간직했다가 손자인 진해식에게 주었고, 진해식은 다시 진표에게 건넸다. 허상만이 세상을 떠난 뒤였다.

진표는 탈을 꺼냈다. 탈은 분을 바른 듯 바탕이 뽀얗다. 반달 같은 눈썹과 커다란 눈은 꼬리로 갈수록 밑으로 쳐져 해학적이다. 뻥 뚫린 두 눈은 깊이를 알 수 없는 심연처럼 우묵했다. 낮은 코에 작은 입과, 볼은 굴곡 없이 평평했다. 눈에 익은 전통적인 소무小巫나 각시탈 모습이다. 그런데 이마를 따라 두른 테두리가 독특했다. 왕관처럼 크고 화려한데 자잘하게 박힌 구슬들이 빛의 방향에 따라 반사되어 퍼졌다. 토속적인 얼굴 모습과는 영 조합되지 않았다.

탈은 진표가 인쇄물 속의 무희가 쓴 걸 보고 나름대로 재현해서 만들어본 것이다. 아직 완성되지 않고 마무리가 남았다. 테두리의 귀 부분에 늘어뜨릴 줄을 좀 더 손 봐야 했다. 탈의 표면을 쓸어보는 진표의 손길에 애잔함이 물씬했다.

진표는 사진과 탈을 상자에 담아 다시 서랍에 넣다가 과일봉지에 눈길이 닿았다.

'아버지 기일에 뵐게요.'

며칠 전에 인사차 들렀다가 돌아가면서 기준이 했던 말이 떠오르자 명치가 뻐근했다. 앞서 선영과의 통화에서도 들었던 그 말이 새삼 가슴을 무겁게 쳤다.

얼마 후면 형인 허재표의 기일이었다. 단 둘 만이었던 삼 년 전의 그 시간은 진표로선 결코 원치 않았던 영원한 부채의 덫문이 되고 말았다.

*

삼 년 전 12월이었다.

허재표의 집 담 너머로 불 켜진 마루가 보였다. 진표가 대문을 밀었을 때 시끌한 소리가 들렸다. 진표는 무슨 일인가 의아해하며 안으로 들어섰다. 마당을 가로질러 마루 앞으로 오자 안방 문이 열려있고 방안이 보였다. 댓돌에 오르던 진표의 발길이 주춤, 멈췄다. 한쪽 구석에서 두 손으로 얼굴을 막고 있는 사람을 허재표가 때리고 있었다.

'야, 이 새끼야. 감히 여기가 어디라고 오는 거야? 우리 집이 네깐 놈 오다가다 들리는 만만한 곳이냐? 엉?'

허재표는 퍽, 퍽 소리가 날만치 상대방에게 연거푸 손찌검을 해댔다. 잠시 뒤 맞고 있던 사람이 손을 내리더니 허재표의 손목을 그러쥐며 밀어냈다.

'아, 그만 해요! 누군 힘이 없어 맞고 있는 줄 아나. 그동안 그만큼 패고 밟았으면 됐지, 너무 하는 거 아니요?'

진해문이었다. 술을 마셨는지 말소리가 꼬였다. 진표는 그만 댓돌을 내려서 부엌문 쪽으로 몸을 돌렸다.

'뭐? 이 새끼가 어디서 아가리질이야? 네 놈 집구석 생각하면 내가 이가 갈리는 사람이야. 그런데 여기가 어디라고 기어들어와, 기어들어 오길!'

허재표는 다시 진해문의 뺨을 철썩, 올려붙였다.

'가면 될 거 아니요. 간다고요!'

'나가! 개새끼야!'

허재표는 돌아서는 진해문의 엉덩이에 대차게 발길질을 했다. 그 바람에 진해문은 휘청하며 옷걸이가 박힌 벽에 이마가 부딪쳐 생채기가 났다. 허재표는 이마를 싸쥐며 마루를 내려서는 진해문의 머리에 카악! 침을 뱉었다. 침 덩어리가 누런 고름처럼 얹혔다.

어둠 속에서 그 광경을 지켜보는 진표의 속이 쓰렸다. 철이 들고 나서야 진씨 일가와 혈연적으로 아무 연관이 없음을 알았어도 피붙이나 다름없다고 여겼다. 그들이 곁에 있어 참담한 처지를 그나마도 견디게 해주었다. 그런 그들이 아버지나 형에게 당할 때마다 대들고 싶었지만 참아야 했다. 자신이 개입하면 상황만 더욱 시끄럽고 진 씨 집안에 또 어떤 해코지를 할지 몰랐다.

허재표는 진 씨 일가만 보면 때와 장소를 가리지 않고 시비부터 걸었다. 제 누이를 그리 만든 진이상의 가족이라고 막무가내로 멱살잡이를 하거나 손찌검을 했다. 특히 만만히 여긴 사람은 진중섭의 막내아들과 손자 진해문이었다. 순했던 진해문은 억울하게 당할 수밖에 없는 집안 사정 때문이기도 했지만, 친구인 진표의 형이라서 맞대응하거나 앙심을 품지 않았다.

진해문이 대문을 나서자 허재표는 마루문을 거칠게 닫고 방으로 들어갔다. 마루 불이 꺼졌다. 진표는 우두커니 서서 어두운 마당을 바라보았다. 지난날 식구들이 잠든 한 밤중이나 새벽이면 홀로 깨어 쓸쓸히 바라보던 막막한 어둠이었다.

업둥이라는 처지는 어디에도 섞일 수 없는 군더더기였다. 있지 말아야 할 자리에서 눈총을 받으며 끼어있는 구차함이었다. 좀 더 자라서 업둥이가 아니라 형이나 누나들처럼 허 씨 집안의 핏줄이라는 사실을 알게 됐다. 핏줄에 소속됐다는 정체성에 비로소 안도했지만 잠시였다. 그 이면에 깔린 경악할 사실을 알고 말았다. 고통스러웠다. 차라리 업둥이라는 처지가 나았다.

*

그날 진표는 오랜만에 읍내에 나왔다가 집으로 돌아가던 중이었다. 본격적인 겨울이 시작되느라 와 닿는 기온이 싸늘해서 어깨가 움츠러졌다. 정육점이 눈에 띄었다. 유달리 육식을 즐기던 허재표가 생각났고 찾아본지 꽤 됐다는 것에 생각이 미쳤다. 나온 김

231

에 들러봐야겠다 싶어 고기를 샀다.

진표에게 살가운 정 한번 주지 않고 한때는 악랄히 괴롭혔지만 피붙이인 유일한 형이었다. 어쩌다 거리에서 우연히 마주치면 늙느라 그런지 몸피도 많이 줄어보였다. 노인 태가 역력한 모습을 보면 호시절의 활개 치던 게 생각나 마음이 썩 좋지 않았다. 지난날의 맺힌 감정은 흐르는 세월에 많이 옅어지기도 했고, 진표 자신도 늙어가는 때문인지 그랬던 허재표를 이해한다는 마음마저 들었다. 그건 한 핏줄로 엮였다는 사실이 혐오스러우면서도 한 핏줄로 이어진 유대라는 모순이었다.

어둠 속에 한참을 서있던 진표는 안방으로 들어섰다. 허재표는 벽에 등을 기대고 비스듬히 앉아 텔레비전을 보고 있었다. 진표가 밤 시간에 온 게 뜻밖인지 좀 놀라는 표정이더니 이내 눈길이 차가워졌다.

'읍내에 나왔다 들렀어요. 형수님은요?'

'왜? 알아서 뭐 하려고?'

허재표의 말투가 다짜고짜 불퉁했다. 늘상 받는 대접이었다. 그러려니 하면서 익숙할 만도 한데 여전히 씁쓸했다.

진표는 고기가 든 봉지를 술상에 내려놓았다. 여러 사람이 어울렸는지 상에 술잔이 많았다.

'고기 좀 사 왔어요.'

'……'

'저…… 아까 들어오다 봤어요. 형님 심정 알지만 이젠 웬만하면 좀 가라앉히시지요. 이미 지나간 일이고 사실 그 사람들은 아무 상관없잖아요. 그리고 해문이도 나이가 적지 않은데 아직까지 코흘리개 아이들 다루듯 막 대하는 건 좀 그렇지요. 워낙에 사람이 좋으니 그렇지 웬만한 사람 같으면 가만있겠어요?'

'뭐라고? 이 새끼가 어디서 아가리를 나불거리는 게야!'

허재표는 얼굴이 굳어지며 댓바람에 진표를 향해 술상 위의 고기 봉지를 집어던졌다. 봉지는 진표의 얼굴에 철썩 부딪치며 방바닥에 떨어졌다. 쏟아져 나온 붉은 고깃덩어리가 혐오스러웠다.

'왜 가슴이 미어지냐? 그동안 우리 집이 그 집구석 때문에 얼마나 마음 졸이며 살았는데. 마음 같아서는 죽여도 시원치 않은데 뭐, 나보고 그만 하라고? 배은망덕한 새끼 같으니라고. 키워 준 공도 모르고. 목공예가? 사람들이 추켜 주니 네가 잘나서 그리 된 줄 아는가본데 우리 아니었으면 넌 악질 빨갱이 새끼였어. 이 세상에서 평생 사람 구실이나 하고 살았을 줄 알아? 그 공도 모르고 어째?'

'그만 하세요! 언제까지 이럴 겁니까?'

진표는 허재표의 막말에 불쾌해서 평소와 달리 강하게 제지했다. 어린 시절부터 심사가 뒤틀리면 상대방은 안중에 없이 마구 해대던 허재표의 말들이었지만 그날은 듣기가 아주 거북했다.

허재표는 예전과 다른 진표의 강한 반응에 당황했는지 잠시 주춤하더니 이내 얼굴을 씰룩거리며 숨소리가 거칠어졌다. 그런 허재표가 여차하면 술상을 뒤집어엎을 것 같아 진표는 쏟아진 고기를 봉지에 담으며 술상을 한 쪽으로 밀었다. 그때였다.

'야, 이 새끼야! 네 애비가 어떤 놈인지 알고나 떠드는 게야? 지욕심만 채우고 네 어미 창창한 인생을 아작 낸 더러운 놈이야. 그런 개 같은 새끼라고. 네 놈이 바로 그런 놈이 뿌린 씨라고!'

허재표는 버럭 버럭 소리를 치며 진표를 향해 냅다 목침을 던졌다. 진표는 피할 수 있었지만 그대로 있었다. 목침은 왼쪽 관자놀이 부근을 강타했다. 날카로운 통증이 관통했다. 그러고도 허재표는 주변에 잡힐 게 없자 등 뒤에 받치고 있던 베개마저 집어던지며 입에 담지 못할 욕설을 해댔다.

'주리할 쌍놈의 새끼! 씨부랄 놈의 새끼!'

허재표의 행패를 고스란히 받던 진표의 몸이 떨렸다. 관자놀이의 욱신거림보다 더 지독한 쓰라림이 조였다. 그동안 부당하게 받았던 멸시와 아픔들이 들고 일어섰다. 도대체 누구인가. 누가 이토록 모든 걸 엉망진창으로 만들었는가. 허재표의 말처럼 사악하고 추악한 욕망덩어리인 아비, 허상만을 향한 분노가 걷잡을 수 없었다. 자식에게 거침없이 개새끼로 불리는 사람이 아비라는 사실에 심장이 터질 것 같았다. 오랜 세월 보이는 것만 맹신하며 울분하는, 그 뒤의 추악함을 보지 못하는 허재표의 어리석음에 치가 떨렸다.

진표는 터지는 화를 고통스럽게 눌렀다. 이런 식은 아니다! 정말 아니다! 한 인간에서 비롯된 추악한 욕망으로 오랜 시간이 흘러도 여러 사람이 받아야 하는 고통스러운 소용돌이는 멈추어야 했다. 더 이상 반복되어선 안 될 일이었다.

진표는 천천히 호흡을 고르며 이마로 흘러내린 머리칼을 쓸어 넘겼다. 그리고 허재표를 똑바로 쳐다보며 나직하나 단호하게 말했다.

'형님, 지금부터 제 말을 잘 들으세요!'

16

1933년 이른 봄이었다.

봄이라고는 하지만 혹독한 겨울기척이 들쑥날쑥했다.

방 한구석에 몰려 겁에 질린 어린여자의 벌거벗긴 몰골이 처참했다. 배가 제법 불러 큰 바가지를 엎어 놓은 것 같았다. 어린여자는 배를 감싸 안고 두려움에 떨었다. 소용없는 일이지만 덮쳐오는 허상만에게서 어떻게든 벗어나려고 이리저리 몸을 틀었다. 땋아내린 머리채가 가없이 흔들렸고 흑단 같이 검은 탐스러움이 가냘픈 흰 어깨에서 오히려 슬픔이었다.

강근언의 집에서 드난살이로 머물던 어린여자는 당장 몸뚱이 하나 의탁할 곳 없이 막막했다. 몸담고 있던 사당패도 곧 뿔뿔이 흩어질 판이었다. 그러던 차에 겁간 당하듯 강근언과 몸을 섞었고 아이까지 배었다. 여자가 아이를 밴 걸 안 강근언은 여자를 들어

앉혀 주겠다고 했다. 여자는 갈 곳 없는 처지에 차라리 다행이라고 여겼다. 경위야 어떻든 품고 있는 자식의 아비였다. 기왕 이리 된 거 대접받지 못하는 처지라도 그의 자식을 낳아 키우며 옆에서 살고 싶었다.

허상만은 그런 여자에게 강근언 집안에 사정이 생겼으니, 해결될 때까지 잠시만 있다 오자고 속여 데리고 부산에 도착했다. 여자는 한 치의 의심도 없이 아이를 낳으면 다시 내안으로 가는 줄 알았다. 하지만 허상만은 부산에 도착해서 임신한 여자를 우격다짐으로 범했다. 강근언의 아이를 배고도 다른 남자와 통정했다는 죄책감을 갖게 하려는 건데, 다시는 내안 근처를 얼씬거리지 못하도록 하기 위해서였다.

허상만은 안주인이 준 돈에서 금방이라도 쓰러질 듯한 집의 골방 하나를 여자에게 얻어 주었고 당분간 먹고 살 수 있는 돈만 건넸다. 그래봤자 두세 달도 견디기 어려운 최소한의 금액이었다. 그렇게 배부른 어린여자만 낯선 곳에 팽개치고 내안으로 가버렸다.

*

다음 해였다.

아침저녁으로 무서리가 내리던 늦가을이었다. 한 해 농사도 마치고 농한기인 한 겨울을 날 차비를 할 때였다. 동진에 살고 있는 진중섭이 볏단을 지게에 지고 집으로 들어설 때 아내가 버선발로 봉당을 급하게 내려섰다. 굳은 얼굴로 말없이 방안을 손으로 가리켰다. 도대체 무슨 일인가 싶어 불안한 눈치였다.

진중섭은 방으로 들어왔다. 구석에서 누군가 일어나는 시늉을 했는데 보퉁이를 껴안은 것 같았다. 행색이 말이 아니었다. 머리는 언제 빗었는지 수세미처럼 뒤엉켰고 버선도 신지 못한 맨발은 갈라지고 터져 피딱지가 앉아 있었다. 입고 있는 홑저고리가 낡아 군데군데 맨살이 보일 정도였다.

누군데 저런 행색을 하고 우리 집에 왔을까, 하며 좀 더 가까이 가서 찬찬히 보았다. 강근언의 집에 있던 사당패 여자였다. 보퉁이인 줄 알았던 건 아이였다. 2년 전에 내안을 들렀을 때 동진을 지나는 길이 있거든 들리라고 마음 짠해 했던 말을 마음에 두었던 모양이었다.

여자는 허상만이 버리고 간 후에 달이 차 아이를 낳았다. 딸이었다. 아무도 아는 사람 없는 곳에서 가진 것 없이 핏덩이를 키우기는 힘들었다. 일제의 수탈은 점점 심해서 너도 나도 남부여대 유랑민이 되어 이국 여기저기 떠나는 판국이었다. 여자도 문전걸식을 하며 살다 더 이상 버티기 힘들어 북쪽을 향해 오다 들렀다고 했다.

진중섭은 한동안 말을 잇지 못했다. 옆에 있던 아내도 혀를 끌끌 찼다.

'살 길을 찾아야 할 텐데……. 요즘 같은 때에 먹고 살 일이 내남적 없이 고달프니 색시 살길도 딱하긴 하오. 그래, 앞으로 어쩔 작정이요?'

진중섭이 묻는 말에 여자는 눈물만 흘렸다.

'색시, 내 말을 잘 들어요. 내 색시 일을 알고 있소. 그 아이가 누구 아이라는 것도, 내안 마나님들과 상만이가 색시를 그리 한 것도. 알래서 안 게 아니라 어쩌다 보니 그리 됐수. 원산 상만이를 한번 찾아가 보는 건 어떻겠소? 지금으로서야 상만이가 해결을 해야 하지 않겠소. 가보면 뭔 얘기가 있겠지…….'

모든 진원은 강근언이었지만 대행으로 나선 허상만이 풀 수밖에 없었다. 진중섭은 마음 같아서야 오라비 되는 심정으로 나서주고 싶지만 소작을 부치는 집 사적인 일에 아는척 해봐야 득 될 게 없었다. 괜히 나섰다가 해코지를 당해 식구들 밥줄을 떨어트려선 안됐다. 자신의 치부를 알고 있는 사람을 가까이 하고 싶지 않은 건 당연한 이치였다. 가진 자일수록 더 할 터였다.

여자의 품에 안긴 아이는 워낙에 못 먹어서인지 돌이 지났다는 데도 영 시원치 않았다. 배가 고파 젖을 찾는데 어미 상태가 그러니 나올 리 없었다. 끼잉, 끼잉. 울음소리도 제대로 내지 못하는 걸 보던 진중섭의 아내가 딱한 심정에 선뜻 제 젖을 물렸다. 아이는 굶주렸다가 먹는 젖 맛에 사레가 들도록 줄기차게 빨아댔다.

한쪽에서 얌전히 제 발가락을 만지며 놀던 세 살 바기 사내아이
가 그 모습을 보고는 가까이 왔다. 진중섭의 셋째 아들 진이상이
었다. 사내아이는 어미젖을 뺏겨 심술을 부릴 만한데도 계집아이
의 이마에 가만히 손을 얹고 물끄러미 쳐다보았다. 그리고 소중한
걸 다룰 때처럼 볼을 어루만졌다.

*

여자는 진중섭의 말대로 원산으로 갔다.

허상만은 다시 온 여자의 정리를 핑계로 안주인을 협박하다시
피 해서 또 돈을 받아냈다. 거기서도 푼돈만 떼어 여자에게 쥐어
주고 내건 제시는 그랬다. 아이는 자신의 딸로 키울 테니 죽는 날
까지 어미였다는 사실은 없던 걸로 해라, 대신 다시는 나타나지
말라는 조건이었다. 그러지 않으면 순사에게 고해 감옥에 처넣겠
다고 협박했다.

여자는 두려웠다. 금방이라도 칼 찬 순사가 달려들어 포승줄로
옭아맬 것 같았다. 배우지 못하고 기댈 곳 없이, 세상 물정 모르는
식민지의 어린여자에게 그건 무시무시한 공포였다.

허상만이 그렇게 힘없는 어린여자를 짓밟으며 두 번이나 야비

하게 취한 돈은 금을 사는 데 요긴하게 쓰였다. 그 금은 훗날 동진으로 이주한 허상만이 알찬 부를 축적하는 토대의 자금이 되었다.

여자가 다시 진중섭의 사립문을 들어섰을 때 품에 딸은 없었다. 수중에 몇 푼 돈이 있었다. 허상만에게 딸을 뺏기고 온 여자는 정신을 놓은 듯 멍했다. 몸이나 추스르라며 잡아 앉혀 있는 동안 어린 진이상에게서 눈을 떼지 못했다. 거미 같이 마른 손으로 젖가슴을 헤집던 딸이 눈에 밟혔다. 제 속으로 낳은 자식을 영영 이별한 것이 죽을 만큼 아팠다. 다시는 볼 수 없는 미어지도록 보고 싶은 딸이었다. 열여덟 어린 어미의 가슴에 시커먼 핏덩어리가 딱딱하게 굳어 들어앉았다.

며칠 후에 여자는 진중섭의 아내가 누벼준 솜저고리와 버선을 신고 떠나갔다. 어디로 갔는지 알 수 없었다. 두 내외 모두 살아가며 여자와 아이의 존재는 입 밖에 내지 못 했다.

많은 세월이 흘렀다. 허상만은 여자가 낳은 강근언의 딸을 제 자식으로 키웠다. 그리고 해방이 될 무렵 동진으로 돌아왔다. 진중섭은 그런 허상만을 이웃으로서만 마지못해 대할 뿐 속으로는 이미 인간적인 관계를 끊었다. 다행히 딸을 잘 키워주는 것 같아 그나마 마음을 놓았다. 계집아이를 소학교만 마쳐 줘도 과한데 여학교까지 보내기에 양심은 있구나 싶었다. 소행을 보자면 괘씸했지만 그것만으로도 됐다고 생각했다. 딸의 어미인 여자가 불쌍했어도 박복한 팔자려니 여겼다.

하지만 그건 보이는 것일 뿐이었다. 숨겨져 있는 또 다른 사실은 볼 수 없었다.

*

해방되기 얼마 전부터 요동치는 시국 흐름을 의식한 강근언은 동진의 전답을 모두 처분했다. 진중섭은 더 이상 소작을 부치지 못했다. 그러지 않아도 넉넉하지 못 한 형편에 가세가 더욱 어려워져 진이상은 소학교에서 멈추었다. 똑똑한 자식을 썩히는 게 안타깝고 아비로서의 무능함이 미안했다. 형편이 나아지면 공부를 더 시키리라 작정하지만 살기는 점점 어려웠다. 진이상은 아비 일을 도우면서도 늘상 책을 가까이 했다. 그때만 해도 진중섭은 아들이 그토록 빠져 있는 책이 사회주의와 밀접하다는 걸 알지 못했다.

6·25전쟁이 일어났다. 외지에서 학교를 다니던 허상만의 딸도 전쟁을 피해 집에 와있었다. 진중섭은 딸과 자신의 아들이 가까워진 걸 알면서 마땅치 않았다. 아무 상관없는 타인으로 모녀의 딱한 처지를 동정하는 것과 막상 자식이 관련될 때의 감정은 달랐다. 거기에 허상만과 강근언의 됨됨이가 싫었기에 그들과 얽히는 자체만으로 꺼림칙했다. 심정 같아서야 누구보다 둘 사이를 갈라내고 싶지만 그것만이 능사는 아니기에 마음을 접었다.

그러나 허상만은 과하다 싶을 정도로 둘의 문제에 펄펄 뛰었다. 진중섭은 그런 허상만을 보며 서운했어도 이해했다. 친딸은 아니지만 그동안 키운 정리도 있겠거니와, 상급학교에 다니는 딸을 소학교만 마친 가난한 집 아들과 엮이는 걸 원치 않았을 것이다.

추석이었다. 전 국토가 전쟁의 소용돌이 속에 있는 판국에 명절의 의미도 갖지 못 했다. 진중섭이 살고 있는 곳은 직접 전쟁의 참화를 겪지 않아 피난민들에 비할 바는 아니어도 사정은 매한가지였다. 예전 같으면 집집마다 차례를 지내는 부산한 기척이 새어 나왔으련만 동네는 절간마냥 조용했다. 간간이 어느 집 개가 짖는 소리만 들려왔다. 겨우 물이나 떠놓듯 명색만 차례를 지내고 난 진중섭이 심난해서 뒤란에 나와 있을 때였다. 진이상이 옆으로 다가들었다.

'왜 나왔니?'

'아버지가 나와 계시기에요. 마음이 안 좋으시지요?'

'말해 뭐 하겠니. 하지만 어쩌겠누. 세월이 이리 무지막지한 걸. 조상님들도 사정을 아실 테니 서운해도 어쩔 수 없지.'

'…… 저, 아버지…….'

'왜, 뭐 할 말이 있니?'

진이상의 표정이 굳어 있었다. 잠을 설쳤는지 눈도 충혈되어 있었다. 어떤 말을 하려는지 침을 삼키는 목울대가 거칠게 흔들렸다.

'아버지, 죄송합니다. 불효막심하다는 걸 알면서도 어쩔 수 없습니다. 전…… 북으로 가야겠습니다.'

진중섭은 황급히 주위를 둘러보았다. 혹시 누군가 들었을까 싶어서였다.

'무슨…… 무슨 소리냐?'

진중섭의 말소리가 떨리며 안으로 잠겨들었다.

'말씀드린 그대로입니다. 어차피 여기 있어도 전쟁에 내몰려야 합니다. 그러느니 제가 원하는 세상으로 가겠습니다. 좀 더 나은 세상이 구현됐을 때…… 힘없는 자들이 사람답게 살 그런 세상이 분명히 올 겁니다. 용서하십시오. 다시 뵐 날이 있겠지요.'

위험하긴 했다. 아들의 나이가 징집에서 자유로울 수 없었다. 되도록 눈에 띠지 않으려 두문불출했지만 불안했다. 그렇다고 북쪽이라니, 스스로 빨갱이가 된다는 소리 아닌가. 온 집안이 절단난다는 짓거리를 한다는 말도 안 되는 소리였다.

그리고 느닷없는 월북 통보 못지않게 또 하나의 충격적인 얘기가 아들의 입에서 흘러 나왔다. 허상만과 딸에 관해서였다. 진중섭은 믿기지 않아 묻고 또 물었다. 아무리 제가 낳지는 않았지만 어떻게 자식으로 키운 딸을 그럴 수 있단 말인가. 잘못 들은 것 같아 귀를 후벼보기도 했다. 하지만 변하지 않을 사실에 진중섭의 입에선 격한 말이 터져 나왔다.

'아이고, 빌어먹을 인종 같으니라고. 벼락 맞을 놈!'

허상만은 자라는 딸이 점점 여자로 보였다.

딸은 소학교를 졸업할 무렵부터 성숙한 여자태가 났다. 쭉쭉 뻗은 팔다리가 튕겨 오르는 탄력으로 물씬했다. 뽀얗게 물이 오른 살결을 손으로 쓸면 하얀 가루가 묻어날듯 했다. 딸을 볼 때마다 가슴이 요동치며 취하고 싶었다. 명분을 만들었다. 사람들의 빈정거림을 무릅쓰면서까지 외지 상급학교로 유학을 보냈다. 딸을 보러 간다며 출행했던 것도 그런 이유에서였다.

허상만은 딸에게 출생에 대해 밝혔다. 자신의 짓이 반인륜이라는 압박감을 떨치려는 것이었다. 그런 사실이 딸에게는 엄청난 고통으로 가중된다는 것쯤은 헤아리지 않았다. 딸로선 지금까지 당연했던 아버지가 남이라는 사실도 믿어지지 않은 데다, 남녀 간 사이까지 더해졌다는 건 견디기 힘든 고통이었다. 아무리 친 부녀간이 아니라 해도 아버지라는 인식은 쉽게 걷어지는 게 아니었다. 패륜을 저지른다는 사실에 죽고 싶은 심정이었다.

전쟁 때문에 집에 와 있는 딸을 향한 허상만의 파렴치는 더욱 심했다. 식구들이 없는 틈을 타 자주 제 욕정을 풀었다. 그럴 때마다 딸은 간이 오그라들었다. 하루하루가 허상만에 대한 혐오와 가책으로 고통스러웠다. 어디론가 도망치고 싶어도 엄두가 나지 않았다. 겪고 있는 고통이나마 누군가에게 속 시원히 털어 놓고 싶지만 그럴 수도 없었다.

딸은 허상만과의 관계로 그 나이가 가질 수 있는 이성에 대한 설레는 감정도 갖지 못 했다. 그러나 진이상에게만은 달랐다. 문득 문득 여자로서 모든 걸 걸어도 좋을 거라는 생각도 했다. 함께 평생을 살 수 있다면 바랄 게 없었다. 진이상은 딸을 욕정의 대상으로가 아닌 진정으로 존중해 주며 인간의 존엄에 대해 말할 때는 힘이 실렸다. 그와 가까웠던 이유도 그런 때문이었다. 그러나 자신이 처한 처지로는 감히 그런 생각조차 뻔뻔할 뿐이었다.

딸은 소학교를 다니며 학예회에서 무용을 시작했던 후부터 무용가가 되고 싶은 열망도 품었다. 지도했던 무용교사도 무용에 적절한 신체조건과 재능을 알아보고 적극 권유했다. 그러나 허상만은 사당년이나 하는 천한 짓거리라며 단호하게 눌러버렸다. 딸은 어쩔 수 없이 포기해야만 했다. 아버지를 거스를 수 없었다.

하지만 몸을 통해 터져 나오는 수많은 갈구를 맘껏 표출해내지 못 하는 현실은 늘 안타까웠다. 진이상은 그런 딸의 열망을 다독이며 반드시 이룰 수 있을 거라는 힘을 실어주었다. 그런 진이상을 향한 딸의 마음은 점점 피어올랐다. 그럴수록 그 마음을 눌러 접어야 했다. 허상만과의 관계를 떠올리면 안 될 일이었다. 언감생심 꿈도 꾸어선 안 되는 자신의 처지만 되새겨지며 환멸스러웠다.

*

현실은 가혹했다.

딸에게 지금까지의 말 못할 실정을 드러낼 수밖에 없는 일이 벌어졌다. 허상만의 아이를 가졌고 혼자 애태우다 여러 달을 훌쩍 넘기고 말았다. 몸을 탐해오는 허상만에게는 부른 배를 감출 수 없었다. 그는 자신의 피를 받은 자식 하나가 더 생긴다는 사실에 뿌듯했다. 그에 자식도 얻고 딸을 오래도록 옆에 둘 좋은 기회였다.

허상만은 이후부터 사람들에게 각인되도록 진이상과 딸의 관계를 일부러 까발려 심하게 몰아쳤다. 딸의 배가 점점 불러오면 임신 사실이 드러날 수밖에 없었다. 그러면 아이의 아비를 진이상으로 여기게끔 하는 게 가장 좋은 상책이었다. 진이상을 걸고넘어짐으로써 자신의 패륜행위를 감추려는 방패막이었다. 진이상이 반발할지라도 시골 바닥에서 그깟 풋내 나는 어린 놈 하나 처리하는 건 식은 죽 먹기였다.

딸은 허상만의 악랄한 의중을 짐작했지만 사실을 밝히기 두려웠다. 아버지와의 패륜이 주변에 알려진다는 건 끔찍했다. 차라리 시집도 안 간 처녀가 행실이 나쁘다는 비난을 받는 게 나았다. 하지만 자신과 허상만의 잘못을 뒤집어써야 하는 진이상에 대한 죄

책감은 또 다른 고통이었다. 그럴 수는 없었다. 그간 자신을 아껴 주며 진정을 건넸던 사람에게 인간이라면 해서는 안 될 일이었다. 결국 진이상에게 그간의 상황을 말 할 수밖에 없었다.

사실을 알게 된 진이상은 분노했다. 내심 딸과 함께 필부필부로 살아가고 싶은 삶을 꿈꾸었다. 반려를 이룰 수 있다면 사회주의를 지향하는 이상을 접을 수 있을 만큼이었다. 그러나 진정어린 그 소 망은 산산조각 나버렸다. 추악한 세상의 역겨움과 분노로 스무 살 젊음은 좌절했다. 인간의 사악한 욕망에 토악질이 났다. 탐욕에 태질당하며 제물이 된 딸을 향한 연민으로 가슴 아팠다.

진이상은 딸을 감싸기 위해서 희생할 작정을 했다. 딸을 농락 해 아이를 배게 하고도 무책임한 몹쓸 작자가 스스로 되는 거였 다. 그러면 딸이 아비와 붙어먹은 패륜이라는 손가락질을 받지 않 아도 될 터였다.

월북 의지를 가슴에 품었다. 그러나 부모를 생각하면 꿈에서 도 안 되는 일이었다. 월북했을 경우 남겨진 가족이 겪어야 할 혹 독한 수난을 외면하기 힘들었다. 몇 날을 깊은 고뇌로 허우적대던 진이상은 결국 월북하기로 마음을 굳혔다. 딸을 위해서는 그 방법 이 최선이었다.

진이상은 가족 몰래 떠나려 했지만 아버지에게만은 속일 수 없 었다. 자신이 없어졌을 때 딸의 임신 사실이 불거져도 놀라지 말 고 사실이 아니니 믿어달라는 뜻이었다. 그리고 사실을 밝히거나 내색하지 말아달라고 간곡히 부탁했다. 딸에게 해 줄 수 있는 건 그게 다였다. 부당함을 알면서도 멀건이 봐야 하는 자신의 힘없음이 미안했고, 앞으로 딸을 영영 보지 못 한다는 사실은 그 무엇에도 비할 수 없이 아팠다.

진이상의 말을 듣고 난 진중섭은 속을 드러낸 듯 횅했다. 피 한 방울 섞이지 않은 남이지만 모녀의 가엾은 지난날을 알기에 더 그랬다. 방학이 돼서 집에 와 있던 딸은 늘 수심에 차있었다. 한창 피어날 젊은 처녀가 왜 저렇게 누런 떡잎마냥 쳐져 있을까, 그런 생각을 했지만 대수롭지 않게 여겼던 게 가슴 아팠다. 기가 막히고 쓰린 마음에 악에 받친 말만 내뱉을 뿐이었다.

어미를 그리 만들어 놓고도 또 그 딸을, 어떻게 인두겁을 쓰고 …… 죽일 놈! 죽일놈!

*

1950년 9월에 맥아더의 인천상륙작전으로 북진했던 국군은 1951년 1월에 개입된 중공군으로 인해 다시 남쪽으로 밀렸다. 병력이 부족했다. 국회에서는 '국민방위군설치법'을 통과시켜 병력을 보충하려고 했다. 젊은 남자들은 길을 가다가도 영장도 없이 끌려가는 경우가 허다했다. 그런 상황일 때 가지 말라는 진중섭의 애원에도 진이상은 소리 소문 없이 사라졌다. 아들을 아주 잃었다는 진중섭의 아픔은 육신의 한 곳을 생으로 도려내는 고통이었다.

진이상의 사라짐에 동네 사람들은 분분한 말들을 쏟아냈다. 전쟁 통에 거리에서 강제 징병돼 끌려가 죽었지 않았을까, 아니면 스스로 북쪽에 발을 들여 놓은 건 아닐까, 의구심을 가졌다. 무엇보다 우익들의 시선에서 자유로울 수 없었다. 진중섭은 아무래도 아들이 국민방위군에 차출되어 전쟁터에서 죽은 것 같다며 사람들에게 일부러 내비치고 다녔다. 그렇게 아들의 행방에 대해선 무조건 모르쇠로 일관하며 자식을 잃은 부모의 절통함을 드러냈다. 그래도 의혹 어린 감시의 시선에 살얼음판이었다.

딸은 허상만에게 어디론가 몰래 끌려가 아이를 낳았다. 아들이었다. 그러나 이틀 뒤에 사라졌다. 진이상이 간 북쪽이었다. 진이상이 사라졌을 당시 임신한 채로 뒤따라가려 했지만 자신만의 욕심이라는 생각이 들었다. 낳은 아이를 볼 때마다 허상만에 대한 증오로 고통스러워 할 심정이 헤아려졌다. 설령 뒤따른다 해도 진이상의 생사를 장담할 수 없었다. 그가 막연히 월북했을 거라는 짐작 만이었고 어디 있는지 행방도 알지 못 했다. 전쟁의 포염 속을 지나 용케 삼팔선을 넘는다 해도, 모든 게 꽁꽁 얼어붙는 1월의 혹한에 핏덩이를 낳아서 끌고 다니는 건 죽이는 거나 마찬가지였다. 그러느니 살아 있는 게 나았다. 아이에게는 어미와 헤어지는 게 가혹할 테지만 허상만이라는 아비가 있으니 키워주긴 할 거였다. 자

식을 버릴 수 없어 어미라는 이름으로 눌러앉다 보면 자신은 평생
을 허상만에게서 벗어날 수 없었다.

딸은 출산하느라 벌어진 사대육신 뼈마디가 제 자리를 찾지도
못 했는데 갓난아이가 누워있는 집을 뛰쳐나왔다. 핏덩이 자식을
버리고 나선 길에는 어미 스스로 뿌려 놓은 섬뜩하도록 날카로운
유리조각들이 가득했다. 내딛는 발길마다 붉은 피가 철철 흘렀다.
어두운 공중에서는 돌멩이가 마구 쏟아져 내리쳤다. 자신을 몹쓸
어미라고 여기는 딸의 피눈물이 서럽고 아프게 흩날렸다.

*

딸이 낳은 갓난아이는 표면상으로는 진이상의 핏줄이었다. 그
때문에 진중섭과 담판을 지으러 온 허상만은 서슬이 퍼랬다. 사태
막음 때문이기도 했지만 예상치 못한 딸의 사라짐에 제어하기 힘
들만큼 화가 들끓었다. 허상만은 진이상을 세상없는 파렴치한으
로 만들며 딸의 인생을 농락한 인간말종으로 치죄했다.

진중섭은 그 수작이 가증스러웠다. 아무 잘못 없는 아들이 허상
만이 저지른 인간말종 짓을 고스란히 뒤집어써야 하는 게 억울했
다. 너무 분한 마음에 그만 아들의 당부를 잊고 딸의 일을 알고 있
다는 내색을 비치고 말았다. 허상만은 상대가 제 치부를 알고 있는

사실에 과장되게 입에 거품을 물며 길길이 뛰었다.

'뭐라고? 이놈이 어디서 멀쩡한 사람을 모함질이야? 시러배 잡것 같은 아들 놈 한 짓을 누구한테 뒤집어 씌워, 씌우길! 하늘이 무섭지도 않으냐? 이놈아, 금지옥엽 귀히 키운 내 딸년 신세 조지고 죽었는지 살았는지 모르는 것도 기가 막힌데 뭐가 어쩌고 어째? 오냐, 네놈 계속 그 주둥이 놀리며 모함한다면 내 가만 두지 않을 테다!'

허상만은 그간 형님, 아우 하던 관계도 필요 없었다. 연상인 진중섭에게 대놓고 이놈, 저놈하며 멱살을 잡아 흔들었다. 진중섭도 맞대들자 종국엔 서로 주먹질까지 했다.

그러나 진중섭은 참아야 했다. 일이 커지면 안 됐다. 쥐죽은 듯 조용히 사는 게 상책이었다. 그러지 않아도 사라져 버린 아들 진이상 문제로 우익들이 뭐라도 꼬투리를 잡지 못해 안달하는 판이었다. 남아 있는 식구들은 살아야 했다. 진중섭은 더 이상 대항하지 않고 허상만이 치는 대로 맞았다. 맞으면서 사라진 아들을 생각하며 이를 악물었다.

진중섭을 향한 허상만의 만행은 전쟁이 끝을 보이고 용공, 좌익분자 색출이 대대적으로 행해질 때 현실로 나타났다. 진중섭이 호적문제로 읍사무소를 들렸을 때 아들은 자진월북으로 이미 처리되어 있었다. 진중섭의 집은 졸지에 악질 빨갱이가 되었다. 그로 인해 진중섭 집안사람들은 연좌제에 묶여 삶의 전반에 족쇄가 채워졌다. 빨갱이라는 낙인은 살아내야 하는 사회에서 거대한 올가미였다. 시간이 흘러서 아들의 월북을 제보한 사람이 허상만이라는 걸 알았지만 어쩌볼 도리가 없었다. 허상만은 이미 지역에서 탄탄한 자리매김을 하고 있어 함부로 건드릴 수 없는 유지였다.

그 후로도 허상만은 골 깊은 갈등을 섣불리 드러내지 않으면서도 교활하게 진 씨 집안에 부당한 폭압을 가했다. 반공이라는 무시무시한 국시 안에서 자신의 집안이 살아남기 위해, 자신이 저지른 파렴치한 치부가 드러나는 걸 막기 위해 힘없는 진 씨 일가를 무고하게 짓밟았다.

그렇게 많은 세월이 지나갔다.

17

'형님…… 이제 아시겠어요? 형님이 미처 몰랐던, 우리들의 아버지가 어떤 사람인지!'

밖에는 12월의 어둠이 깊어갔다. 허재표의 집도 참담한 어둠속에 잠겼다. 그 공간에 삶의 막바지에 들어선 형 허재표와 동생 진표가 오랜 세월 피가 섞이지 않은 형제였던 사실이 있었다. 그러나 그 사실 뒤의 또 다른 진실이었던, 아버지 허상만의 피를 오롯이 나눠받은 형제가 피토하듯 안간 힘을 쓰고 있었다.

'이제 더 이상은 안 됩니다! 그간 형님이 진 씨 집안과 저에게 가한 폭력이 얼마나 큰 죄인 줄 압니까? 아버지나 형님이나 다를 게 뭐 있습니까? 형님이 말하는 대로라면 두 사람 다 인간말종 아닙니까? 사람이라면 그리할 수 없습니다. 제가 왜 지금까지 결혼하지 않고 지낸 줄 압니까? 저한테서라도 아버지의 피를 더 이상 잇고 싶지 않아서입니다. 나는 아버지라는 사람과 부모자식으로 엮였다는 게 죽고 싶을 만큼 싫습니다. 그 모든 걸 바꿀 수 있다면 어떤 것도 감수하고 싶어요!'

방바닥에 시선을 둔 진표의 목소리가 깊고 어두운 동굴을 거쳐 나온 것처럼 음울했다. 벽에 간신히 기대 앉아 천장을 향해 있는 허재표의 동공은 물이 몽땅 말라버린 우물처럼 텅 비어 있었다.

잠시 뒤 허재표의 집 대문을 나서는 진표의 걸음이 술 취한 듯 흔들렸다. 그 모습은 어두운 골목길을 지나 존재하지 않을 환영처럼 사라졌다. 허재표의 집 앞에 있는 가게에서 술을 마시는 사람들 소리만 와자하니 흘러나왔다. 밤 8시 경 전후였다.

*

혼자 남은 허재표는 혼이 다 빠진 몰골이었다. 눈동자의 초점이 풀려있어 허깨비 같았다. 그동안 자신이 굳게 여기고 있던 사실은 뒤집힌 허상이었다. 그 중심에 아비 허상만이 있었다. 뒤집힌 사실만 맹신하며 무고한 이들에게 가했던 행태가 수치스러웠다. 결국 아버지를 향해 이 새끼, 저 새끼 온갖 혐오와 증오를 퍼부은 셈이었다.

몸이 바닥을 알 수 없는 깊은 나락으로 한없이 추락하는 것 같았다. 그동안 살아왔던 시간들이 하나하나의 장면으로 천천히 눈앞을 지나갔다. 그때의 시간들 속을 지날 땐 삶이 길고 복잡한 줄 알았더니 아주 단순하고 명확했다. 그러나 그 단순하고 명확한 것들은 무언가를 한 겹 덧댄 듯 흐린 잔영으로 흔들렸다. 그 흔들림 속에 자신의 온 생이 그저 한낱 허접쓰레기로 뒹굴고 있었다. 아무 것도 잡을 게 없었다.

허재표는 비척대며 어두운 뒤란으로 나왔다. 고개 들어 밤하늘을 보았다. 달도 별도 없는 암흑이 참담한 해일로 밀려왔다. 몸속 장기들이 죄다 밖으로 쏟아져 나와 털레털레 매달렸다. 흐르던 피들도 말라버려 거죽과 뼈만 남아 삐걱거렸다. 무겁게 발을 옮길 때마다 끼익, 끼익 부딪치는 소리가 났다. 제 몸에서 나는 메마르고 음산한 소리에 허재표는 처절한 비명을 질렀다. 아버지! 아버지! 그러나 소리는 검은 허공으로 증발되어 입만 뻐끔댔다.

허재표의 걸음이 창고방으로 들어섰다. 일주일 전, 아내 강경분이 마당의 빨랫줄이 약하다며 좀 더 굵은 걸로 매달라고 해서 사다둔 줄을 손에 쥐었다. 천천히 줄을 풀어서 고리를 만들고 매듭을 지었다. 의자를 밟고 올라 끝줄을 천장의 서까래 기둥에 걸어 단단히 묶었다.

고리에 머리를 넣었다. 나일론 줄의 차갑고 메마른 촉감이 목울대를 눌렀다. 열린 문으로 뒤란에 내려앉은 검은 어둠이 포악한 점령군처럼 지키고 있었다. 허재표는 어둠을 맥없이 바라보다

고개를 돌렸다. 허재표의 눈이 질끈 감기며 발길이 의자를 찼다. 컥…… 허재표의 입에서 아주 둔탁한 단발음과 동시에 몸이 출렁하더니 공중에서 흔들렸다. 창고방과 바로 연한 골목길을 지나는 사람들의 무심한 기척이 점점 아스라해졌다.

삼 년 전 어느 겨울날 허재표의 한세상은 그렇게 멈췄다.

18

띠리링! 띠리링!

낭랑한 휴대전화 소리가 금요일 오후의 적막을 깼다. 학회 세미나로 해산시에 있다는 기준이다. 선영은 벨이 한참을 울리도록 화면에 뜨는 표식을 물끄러미 보다 마지못해 전화기를 열었다.

"나야. 지금 세미나 중간에 휴식시간이야. 집에 별일 없지?"

성실한 가장으로서 가족의 안위를 묻는 기준의 말투가 자상했다. 선영 또한 내키지 않는 심정과 달리 그처럼 사근하게 답했다.

"응. 당신은 밥 잘 챙겨 먹었어?"

"그러엄!"

"당신 내일 오는 건가?"

"그렇지. 어제 집에 들렀다 당신 못 보고 오니까 좀 서운하더라고."

"그랬어? 세미나 끝나고 술 적당히 마셔. 당신도 이제 젊지 않아."

"알겠어. 조절해서 마실게."

두 사람의 대화는 누가 보더라도 모범적이다. 그러나 전화기를 닫는 선영의 가슴으로는 싸늘한 바람이 들어찼다. 그 바람 속에 무방비로 서있듯 한기가 들며 심한 운동을 하고난 뒤의 근육통처럼 몸이 욱신댔다. 요즘 들어 자주 겪는 증세였다. 선영은 통화가 끝난 전화기를 소파에 팽개치듯 털퍼덕 놓아버렸다.

*

올해 6월이 끝날 무렵이었다.

선영에게 의문의 서류봉투 하나가 퀵으로 배달됐다. 의아해하며 열어본 봉투에선 여러 장의 복사물과 파손을 방지할 때 사용하는 에어 캡에 싸인 작은 뭉치가 나왔다. 그 안에는 USB가 하나 있었다. 물건은 보낸 사람의 이름이나 어떤 메모도 남기지 않았으나 받는 당사자인 선영의 이름과 집 주소는 정확했다.

서초구 반포동 수오가든 7동 1108호 한선영.

선영은 복사물을 펼쳤다. 내용은 누군가의 통장 입출 내역이었다. 명의는 정운진이라는 이름이었다. 이름으로 여자인가보다, 라는 짐작이 들었다. 통장 발행점은 정원대학 내 은행이었고 주 거래점은 서울의 한 대학 내 은행이었다. 사용 기간은 오랜 기간에 걸쳐서였다. 일정 금액이 매달 정원대학 지역 코드로 입금되었다가 곧 직불카드로 출금이 이루어졌다. 또 다른 인출 기관은 BANK OF AMERICA였다. 작년 팔월까지 입출금이 계속 진행됐는데 매달 이백만원이라는 고정된 금액이었다. 그리고 가끔 어디에선가 목돈이거나 소소하게 입금된 금액도 있었는데 곧 정원대학 내 은행코드로 인출되었다.

선영은 의아해서 복사물을 멀건히 보았다. 정운진이라는 이름도, 복사물의 내용도 전혀 알지 못했다.

'별 일이야, 뭘 어쩌라고? 정운진이 누구인 거야? 그리고 도대체 누가 이딴 걸 왜 보낸 거야?'

그리 말하며 접힌 자리를 손으로 지그시 누를 때였다. 파편같이 와 박히는 어떤 느낌이 화다닥 스쳤다. 복사물을 다시 펼쳤다. 정운진이라는 사람에게 보내는 모든 입금처는 정원대학 내 은행이었다. 정원대학이라면 뭔가 이상했다. 입금자의 이름이 기재되어 있진 않지만 기준이 그 학교에 근무하는 사실과 또 아내인 자신에게 이런 물건이 보내졌다는 건 뭔가 단순하게 간과할 일이 아니었다.

선영은 동봉한 USB를 황급히 컴퓨터에 연결시켰다. 메인 화면이 떴다. 두 개의 폴더가 있었다. 우선 한 폴더를 클릭했다. 파도 너울이 치듯 화면 가득 동영상이 떠올랐다. 그 안에 젊지도 늙지도 않은 짧은 퍼머 머리의 여자와 기준이 함께 있었다.

여자는 호리호리한 몸매에 곱상한 생김새였다. 둘은 멀찌감치 간격을 둔 상태로 호텔 라운지와 모텔이나 영화관으로 들어갔다. 인천국제공항과 김포공항, KTX 해산역 대합실을 들어가거나 나서기도 했다. 식당에서 함께 밥을 먹거나 술집에 있거나 정동진 바닷가와 설악산, 제주도의 유채꽃밭과 순천만의 늪지 위 다리에도 있었다. 강남고속버스터미널을 빠져 나오거나 들어가는 모습도 연이어 나타났다.

다른 장면에서 기준은 어떤 젊은 여자와도 함께 있었다. 젊은 여자는 긴 생머리에 관능적이면서 늘씬한 미인이었다. 낮은 신발을 신고 있는데도 기준과 키가 비슷했다. 두 사람은 함께 택시를 타고 내리거나 모텔이나 호텔을 들어가고 나왔다. 그럴 때는 적당한 간격을 두고 떨어져 움직였다. 어느 카페나 술집에서는 같은 방향으로 나란히 앉아 술에 취해 벌건 얼굴로 웃고 있었다. 영상 속의 기준은 그 여자와도 앞서의 여자와 했던 행동을 반복하고 있었다.

동영상 화면은 누구나 짐작할 수 있는 의도로 보낸 증거물치곤 허술했다. 찍힌 대상과의 거리가 있었던지 해상도가 정교하지 못했다. 구도도 안정되지 않아 어떤 장면에서는 흔들림으로 배치가 뒤집어질 것 같기도 했다. 그 허름한 시공간에서 기준과 두 여자의 모습은 교차되듯 같은 봄, 여름, 가을, 겨울 풍경 속에 공존했다. 갖가지 잡다한 소음이 섞여 소란스러운 속에서 그들은 무중력 상태로 떠돌았다.

또 다른 폴더를 클릭하자 워드로 친 동영상 속 두 여자의 신상일 거라 짐작되는 글이 나타났다.

정운진, 미국 보스턴에서 유학 중…….

모운희, 조선족, 변호사인 남편과 딸 중국 거주, 현 해산대학교 외국인전임교수…….

알 수 없는 누군가가 보낸 것은 굳이 설명하지 않아도 충분히 알 수 있었다. 무엇을 말하는지도 명백했다. 선영은 둔탁한 무엇에 한 대 맞은 듯 순간 어질하며 몸이 공중에 붕 떠있는 것 같았다. 높은 곳을 올랐을 때 기압 차로 먹먹해지듯 귀에서 우우웅, 소리가 났고 머릿속이 흰 페인트를 흩뿌린 듯 갑자기 하얘졌다. 선영은 머리를 짚고선 후우, 후우 천천히 숨을 골랐다.

그리고 USB에 담긴 폴더를 닫고 검색 창에 해산대학교를 입력했다. 해당 사이트가 떴다. 교직원 검색에 모운희를 치자 그에 관한 정보가 나타났다. 증명사진으로 드러나는 모운희는 폴더 속에 있던 여자와 일치했다. 사십 대 쯤의 퍼머를 한 짧은 머리에 정장 재킷 차림의 상반신 모습은 흐트러짐 없이 야무졌다. 엷게 쌍꺼풀 진 크지도 작지도 않은 눈매에 당찬 기운이 드러났다. 그 옆으로 교수라는 직급과 중국어/중국학과라는 전공 소속 등의 간단한 인적사항이 있었다.

익명의 누군가가 보낸 물건 속에 있던 추상의 여자들은 결국 실재하고 있는 사실이었다. 마우스를 쥔 선영의 손에 경련이 일었다. 굵은 모래알갱이들이 입속 가득 밀려들며 등줄기가 거친 모래에 쓸리듯 쓰라렸다. 눈앞에는 날카롭고 뾰족한 얼음덩이가 아슬하게 매달린 듯 섬뜩했다. 많은 사람들이 차갑고 무표정하게 혀를 차며 비웃고, 목젖이 보일 만큼 통쾌하게 웃는 연상에 선영은 맥이 빠졌다. 세상의 무수한 시선들에 포위될 참담함이 짓눌렀다.

*

선영은 그때 퀵으로 받았던 물건에 대해 지금까지 기준에게 내색하지 않았다. 그건 기준이 저지른 일을 사실화시키고 싶지 않은 방어였을 것이다. 그게 기정사실이 됐을 때 감당해야 할 참담함과 치욕이 두려운 건지 몰랐다. 아마 앞으로도 기준에게서 가정에 대한 책임 인식만 있으면 묵인하고 그대로 살아 갈 것이다. 파렴치한 행각에 펄펄 뛰며 극단적인 감정 표출은 생각하지 않는다. 그런 생각이 좀 더 시간이 흐른 후에 어떻게 변할지는 모르겠으나, 현재로선 감정의 기미를 드러내지 않고 평소와 다름없이 평온한 일상을 사느라 애쓰고 있다.

하지만 선영의 그런 다짐만이 다는 아니다. 물건을 보내 온 사람 때문이다. 정체를 알 수 없는 누군가가 불미스러운 개인사에 관여 되었다는 건 꺼림칙하다. 그러나 지금으로선 대처할 방안이 마땅치 않다. 그 사람에 대해 추적하려고 든다면야 못할 것도 없지만 섣불리 움직일 문제는 아니라는 생각이다. 괜히 자극을 주어서 또 어떤 짓을 할지 모른다는 우려 때문이다. 기준의 사회적 위치를 생각하지 않을 수 없다. 꼼짝 없이 쉬쉬할 문제여서 심경은 불안해도 일단 지켜볼 도리밖에 없다. 단순히 돈을 목적으로 하는 파파라치인지, 기준 주변의 누가 골 깊은 감정으로 해코지하려고 작정한 건지 알 수 없어서다. 그런 목적이기에는 두 방향 다 보내온 물건이나 방식은 어설펐다.

어느 쪽이든 현재 상황으로는 몇 개월이 지난 지금까지 다른 기척이 없는 걸 보면 그걸로 끝내는 것이거나, 한번 겁을 주자는 경고성 시위일지 모르겠다. 다행히 더 이상 기척을 내지 않는다면 좋겠지만 또 어떻게 나올진 알 수 없는 노릇이다. 추이를 살펴가며 대응할 방법을 마련해야 하나, 라는 고심을 하고 있다. 그에 더해 보내온 동영상이나 어쩌면 그보다 더한 것도 갖고 있을 거라는 불안감도 크다. 상대가 원본을 갖고 있는 이상 그걸 언제든 유포하려고 든다면 대책이 없다. 잡을 걸 작정하고 신고를 하지 않는 이상.

그래도 막연히 손을 놓고 있는 건 아니지 않을까. 우선 기준 옆의 여자들 주변을 조용히 알아봐야 할까. 상식적으로 당사자가 직접 이런 행태를 할리는 없을 테고……. 아니다. 그 방향도 충분히 무게가 실릴 수 있는 점을 염두에 두어야 했다. 꽃뱀? 선영은 무의식적으로 그 단어를 떠올리다 흠칫, 놀라며 고개를 세차게 흔들었다. 남편의 파렴치로 인해 그런 단어까지 대두시켜야 하는 이 상황이 수치스럽다. 어쨌거나 이런저런 경우를 끌어내는 선영의 머릿속이 내내 갈피를 못 잡고 복잡했다.

선영은 마음 같아선 기준이 걸친 모든 껍데기를 홀랑 벗겨서 적나라하게 내치고 싶다. 다시는 사람 사는 세상에 발을 들여 놓지 못 하도록 하고 싶다. 하지만 그럴 경우 그동안 선영이 지녔던 많은 것들을 버릴 수밖에 없다. 익숙하게 감싸고 있는 안주의 틀을 파기하고 새로이 시작하기에는 젊지 않다. 그러니 기준이 지닌 사회적 지위와 배경, 제도 속 아내라는 당당한 요건들을 비루하고 참담해진 자존심 때문에 버린다는 건 어리석다. 살아가는 세상에서 자신의 존재 위치가 그런 문제로 추락되는 건 원치 않는다.

자식들 입장에서도 마찬가지다. 그들의 아비가 그런 식으로 사회에서 지탄받는 일은 없어야 한다. 파렴치든 뭐든 온전한 아비로서의 자리를 지녀야 한다. 그러기 위해선 고결한 사회 지도층인 학자이며 대학교수로서 흠이 없어야 한다. 자식들도 모든 제도와 관습 안의 모범된 구성원으로 살아가야 하는 걸 염두에 둘 수밖에 없어서다.

남편은 지금 어디를 흘러가는가.

지난 6월의 깊은 밤에 기준은 어이없는 꼴을 하고 집에 들어왔다. 말도 안 되는 옷차림이며 심하게 두드려 맞은 몰골은 우스꽝스러움을 넘어 한심하기 짝이 없었다. 술을 마시고 퍽치기를 당해서 그랬다는데 평소의 기준이라면 공공치안의 허술함을 개탄하면서 당장 경찰에 신고하고도 남았다.

그런데 오히려 선영을 필요 이상으로 말리며 성가시니 덮자고 사정하다시피 했다. 선영은 그런 기준의 태도에 의아했다. 뭔가 한 겹 막이 쳐있는 앞에 있듯 찜찜하면서 싸했다. 그 느낌이 곧 뒤이은 퀵으로 온 물건과 무관하지 않다는 걸 그때는 알 수 없었다.

*

전화벨이 울렸다. 전화기를 열자 경쾌한 목소리가 흘러나왔다. 선영과 함께 어울리는 서초동 강 여사다. 회사 중역인 남편이 요즘 사장후보 물망에 오르고 있어 신이 나 있다. 오늘 함께 어디로 가자는 걸 몸 상태가 좋지 않다고 했더니 그 때문에 전화를 했다.

"몸은 좀 어때요?"

"괜찮아요. 좀 찌뿌둥한 것뿐이에요."

"내일 모임 약속은 지장 없겠죠?"

"그럼요."

"신년에 작품 전시하는 것도 의논해야 하는데."

"좋아요. 그때 북유럽 여행 건도 같이 하면 어떻겠어요?"

"그래요. 참, 윤 사장 숍에 좋은 물건 들어 왔다는군요. 난 지금 끼고 있는 반지 디자인이 좀 그래서 다시 세팅 하는 김에 새 걸로 하나 더 장만하려고 해요."

"잘 됐네요. 나도 그런 게 있는데 한 번 가봐야겠네요."

"난 모레쯤에 윤 사장네 들렀다 머리도 손 볼 거예요."

"이번에 바꾼 미용실은 어때요? 괜찮아요?"

"수석 미용사가 프랑스에서 있다 왔잖아요. 감각도 있고 실력도 있더라고요. 한 번 바꿔 보세요. 괜찮을 거예요. 같이 가 볼래요?"

"네, 그래요."

통화를 끝낸 선영은 다음 주 일정을 머릿속에 떠올렸다. 꽉 차게 잡혀 있는 모임과 치례할 경조사가 많다. 대학 동기인 영혜 남편의 사장취임 축하모임과 청담동 배 여사 남편 영전 건도 있다. 정기적인 스킨케어 날과 겹치는 건 아닌지 일정을 확인해야겠다. 참, 그러고 보니 이번 금요일 속회예배가 최 집사였네. 어쩌지, 겹치면 안 되는데. 누구보다 영향력 있는 사람인데. 할 수 없지. 다른 걸 젖혀 놓더라도 참석해야지. 화요일에는 미술창작 클럽 멤버들과 필드에도 나가야 한다. 며칠 후 개원할 닥터 김에게 축하 화분도 보내 주어야 하는데 뭘 보내지. 기준이 근무하는 학교의 윤 학장 부인과도 식사 약속이 잡혀 있고……

빡빡한 일정이었다. 형식이라는 틀을 걸치고 사람들과 관계 맺으며 살아야할 필요성은 분명했다. 그 속에서 보폭을 맞추며 걸어야 할 일상이 한가롭지 않다.

띵띵. 세탁실에서 세탁이 끝났다는 기계음이 들렸다. 아까 가사도우미가 일을 마치고 돌아가면서 세탁기를 작동시킨 게 이제 끝났다. 세탁기 안의 빨래를 꺼내고 평소 가사도우미에게 맡기지 않는 식구들 속옷을 집어넣는데 기준의 속옷들이 딸려 나왔다. 어제 선영이 밖에 나가고 없는 오후에 세미나에 간다며 집에 들러 벗어 놓은 거였다. 흰 면 팬티의 낭심과 항문을 감쌌던 부분은 덧난 땀띠 때문에 발랐던 연고액과 변을 보고는 깨끗이 처리하지 않은 잔흔들이 지저분하게 묻어 있다. 기준은 요실금이 있는 노인이 오줌을 질금거리듯 항상 속옷에 잔변을 묻혔다. 용변 후에는 비데를 사용하지 않더라도 제발 깨끗이 처리하라고 잔소리를 해도 고쳐지지 않았다.

기준은 섹스를 끝내고 그대로 모로 누워 다리를 구부린 채 누워 있을 때가 많았다. 그러면 사타구니 사이로 비어져 나온 낭심이 돼지 오줌보 같았다. 바닥에는 잔변이 거무튀튀 묻은 팬티를 발라당 까발려 놓은 채였다. 선영은 그걸 보고 있자면 벌레가 벗어놓은 한 겹 허물이라는 생각이 들었다.

그러나 기준은 다음날이면 말짱히 의관정제한 선비가 됐다. 학문, 정치, 경제, 사회, 세계정세의 흐름과, 높고 낮은 인간의 격을 심오하게 말했다. 기준치에 부합되지 않은 사람들을 따끔히 성토하는 지극히 인격자다운 모습이었다. 격조 높은 사회주류로서의 면모를 충분히 발휘하고도 남았다. 보이지 않는 내막을 감싼 쿠린 속옷은 상상할 수 없었다.

선영은 예전이라면 그런 기준의 팬티를 따로 애벌빨래해서 집어넣을 테지만 오늘은 그대로 쓰레기봉투에 처넣었다. 봉투는 청소차에 수거되어 소각될 것이다. 물살이 맹렬하게 회오리치는 세탁기 속으로 나머지 세탁물을 집어넣자 순식간에 빨려들었다. 뚜껑을 닫았다. 안에서는 물살과 빨래가 뒤엉켜 돌아가는 기계음소리가 거칠지만 세탁기 겉 본체는 흔들림 없이 견고했다.

기준은 선영이 토요모임에 나가고 없을 내일 정오 쯤 집에 들어설 것이다. 밖에서 걸쳤던 흔적들을 가벼이 벗어낼 테고, 은밀하고 짜릿한 쾌락을 만끽했던 육신의 피로를 잠시의 오후 낮잠으로 풀 테고, 낮잠에서 깨면 십 분 거리를 걸어 근처 학교 운동장에서 배드민턴을 칠 테고, 식구들이 모두 귀가한 저녁이면 제도 속의 보금자리에서 포만한 식사를 한 뒤 후식으로 차나 과일을 먹으며 가족에게 다정할 테고, 이윽한 밤에는 선영의 귓가에 달콤한 말과 뜨거운 입김을 불어넣으며 그동안 밀렸던 의무적인 섹스를 시작하고 끝낼 것이다. 지금까지 그랬던 것처럼.

카악!

기준의 가래 돋워 올리는 소리가 햇볕이 들지 않는 어둑한 좁은 골목에 퍼졌다. 습한 바닥에는 사람들이 질겅거리다 뱉어낸 껌 덩어리가 구질구질한 흔적으로 눌러 붙어 있다. 그 위로 가래 섞인 누런 침이 툭 떨어졌다. 기준의 발이 침 덩어리를 쓱쓱 문질렀다. 그 발을 호텔 건물 벽에 올려 바닥을 닦아냈다.

모운희는 지금 호텔 방에 있다. 샤워하는 걸 보고 담배도 피울 겸 선영과 통화를 하려고 나왔다. 선영에게는 오늘 치의 통화를 끝냈다. 전화 속 선영의 말투는 평소와 다름없다. 약간 가라앉은 듯했지만 밝고 경쾌한 말투는 여전했다. 그런 걸 보면 기분 상태가 나쁘지 않은 것 같다. 내일 돌아가서 평소에 하던 대로 얼러주면 된다. 그러면 만사 오케이다.

모운희는 박사 논문 작성 진행을 거의 마쳤다. 내년 봄 학기에 박사 학위 논문을 발표해서 통과하면 학위를 취득한다. 그리고 남은 가을 학기를 마치면 중국으로 돌아갈 예정이다. 유학 오기 전 중국에서 강사로 있던 대학과 자리 마련을 진행하는 중인데 충분히 좋은 결과가 나올 거라는 전망이다. 그 일정이 성립되면 정교수가 된다. 그 때문에 모운희는 요즘 잔뜩 들떠있다. 기준도 마찬가지다.

모운희는 교수 자리가 확보돼서 중국으로 돌아가면 기준이 출간했던 연구서나 논문을 교재에 활용할 거라는 얘기를 비췄다. 더불어 둘의 연구논문을 한데 묶어 관련 분야의 한·중 비교학에 관한 책을 출간하겠다는 말도 덧붙였다. 기준이 바라던 바다. 그러지 않아도 정운진 건으로 심사가 편치 않던 차에 충분히 좋은 소식이다. 아직 성사되지 않았지만 이미 그처럼 된 듯 뿌듯했다.

전화가 왔다. 모운희다.

"어디야?"

"담배 피우느라 밖에 나와 있어."

"얼른 들어와요."

"지금 들어가려던 참이야."

기준은 담배를 건물 벽에 비벼 껐다. 뭉개진 담뱃재가 후르르 떨어졌다. 불 꺼진 꽁초를 손으로 튕겨내는데 도로 쪽으로 눈길이 갔다. 옆 건물 벽을 사이에 둔 바튼 골목에서 보이는 도로는 직사각형 프레임에 담긴 듯 아주 좁다. 지나다니는 차량들이 그 속으로 짧게, 짧게 끊기듯 담겼다. 초겨울 저녁의 메마른 햇살이 그 위로 푸스스 흩뿌리는 먼지처럼 내려앉았다. 골목 안으로 훅, 휘몰아드는 바람이 을씨년스럽다.

기준이 호텔의 회전출입문을 밀고 들어서는데 걸음이 삐긋하며 발 들여 놓는 속도가 제대로 맞춰지지 못 했다. 그 바람에 회전문 모퉁이가 엉덩이를 치며 돌아갔다. 기준은 몰려드는 통증에 그만 폭삭 주저앉고 싶다. 눈물까지 찔끔 났다. 더 난감한 건 엄습하는 가려움이었다. 요즘 기온이 차가워지면서 상태가 좀 나아졌는데 강한 자극에 순간적으로 다시 발병했다. 이러면 또 한참 애를 먹어야 한다. 가려움이 발작처럼 확 퍼지며 기준은 당장이라도 바지 속에 손을 넣어 벅벅 긁고 싶다. 하지만 사람들을 의식할 수밖에 없다.

기준은 급히 로비 한구석에 있는 화장실로 향했다. 가려움 때문에 엉덩이에 잔뜩 힘을 주어 뒤뚱대며 급히 걸어가는 모습은 꽤나 우스꽝스럽다. 라운지에 앉아 있던 한 남자는 휴대전화를 보던 중에 잠깐 고개를 들다가 그런 기준을 의아하게 쳐다봤다. 마주 걸어오던 여자는 옆을 지나치며 큭, 웃음소리 나는 입을 손으로 얼른 가렸다.

그늘

선영은 동생이 찾아달라고 한 책들을 갖다 주기 위해 쇼핑 봉투에 담았다. 자신이 따로 대출한 것들과 포털 사이트 주소가 수록된 책은 빼놓았다. 갖다 주는 책에선 동생이 관련한 정보를 찾는다 해도 달리 특별한 걸 알아내지는 못 할 것이다. 그게 아니라도 동생의 빠듯한 시간 형편으로 봐서는 또 다른 자료까지 세세히 찾아볼 여유가 있을 것 같진 않다.

그런데 동생은 공연 다큐멘터리까지 확보했으면서 인터넷 정보는 접하지 않았던가 보다. 그런 방향으로 알았다면 벌써 호들갑을 떨며 많은 얘기들이 있었을 텐데 아무 내색이 없었다. 다행한 일이다. 동생이 더 이상은 모르길 바란다.

살다보면 뜻하지 않게 접하는 크고 작은 많은 일들이 있다. 그런 것들을 일상의 범주로 규정할 수 있을 테다. 그러면 일일이 묵직한 비중을 실을 필요는 없다. 기준의 행태와 주변 여자들과 유나타샤라는 존재를 비롯한 다가온 모든 것들도 삶의 한 때, 일상을 스치며 지나는 사소함 중 하나일 뿐이다. 판도라의 상자. 그럴 수도 있겠지만.

그런다 해도 지금은 이대로 흘러가기를 원한다. 언제 또 어떤 계기로 상자의 문이 열릴지 알 수 없지만 그러면 그러한 대로 받아들이면 된다. 열리지 않고 삶의 뒤로 영영 묻힌다 해도 상관없다. 사람들의 삶이 만들어내는 무수한 흔적들이야 어디서든 차고 넘쳤다.

선영은 책장에서 도록 한 권을 꺼냈다. 표지의 갈피를 펼치자 비닐로 덧댄 주머니 같은 날개면 안쪽에, 익명의 누군가가 보낸 USB와 함께 가면을 쓴 무희가 담긴 사진인쇄물이 있다. 서재에서 기준이 처분하려던 책들 중 한 권에 무심히 끼워져 있던 걸 꺼내 집어넣었던 것이다. 사진인쇄물을 처음 접했을 때의 느낌이 되살아났다. 기준이 허투루 버리려고 했던 것처럼 선영도 그럴 수 있었다. 그러나 사진 속 무희가 건네는 어떤 알지 못 할 강렬함은 선영의 손길 방향을 잡아두었다. 결국 스치듯 지나쳤을 강렬함은 많은 기미를 소환했다.

사진 속 무희의 몸짓은 사진이라는 틀 속에 갇혀 한순간 멈춰버렸다. 그때를 살았던 사람들이 펼쳐냈던 상황들도 봉인되며 같이 묶여버렸다. 하지만 멈춰버린 시간들은 어느 날 우연히 스며든 미미한 빛 속을 간신히 뚫고 나와 미약한 기적을 냈다. 기준의 지금 시간들도 오랜 세월 격세유전을 거쳐 반복된, 어둠 속 뒤에 어린 또 다른 그늘의 흔적일지 몰랐다.

선영은 창밖으로 눈길을 돌렸다. 높은 건물과 그 밑으로 강남의 번잡한 도심 풍경이 흐르고 있다. 집에서 도보로 5, 6분 거리에 있는 고속터미널이 내려다보였다. 거대한 몸집의 수많은 버스들이 수시로 들고 나고 있어 아주 혼잡했다. 그러면서도 정연한 질서가 있다. 그 질서 안에 필요한 어느 곳을 가기 위해 또는 다녀오는 수많은 익명의 사람들이 규칙처럼 몰려들었다가 삽시에 흩어졌다. 그처럼 세상의 통용되는 모든 것들도 무수한 흔적을 남기면서 또 다른 흔적들을 무수히 지워나갔다.

박명으로 꼬리를 끌던 초겨울의 저녁 햇살이 한 건물 위에 막 걸렸다. 저무는 잔영이 사위에 흐리게 퍼졌다. 길을 걷던 사람들이 그 빛에 갇힌 듯 흡수되어버렸다. 화이트아웃 속처럼 제대로 보이지 않는 모습들이 찰나처럼 한순간 정지되었다. 사위어가던 햇살은 어둑한 그늘의 또 다른 산란으로 아주 잠시 반사되었다. 그 기적은 윤곽 불분명한 희미함의 그림자로만 깊어진다.

작가의 말

이 글의 시작은 2008년 초겨울이었다.

그때로부터 13년이라는 시간이 흘렀다. 그 기간 동안 빠르게 형질을 바꾸는 세태 속에서 글에도 많은 변화가 있었다. 그럴 때마다 매번 그에 필요한 자료를 다시 찾아 숙지하며 공감의 체화를 반복했다. 그러노라니 장편이라는 분량에 기껏 뼈대를 세우고 살을 붙여놓았음에도 다시 원점이었고, 처음과 달리 글 속의 인물들이 지녔던 무게 부여를 새로 넓히거나 줄이며 바꾸었다.

글을 시작하기 전의 어느 날이었다.

계절은 가을의 중심으로 들어섰고 눈이 시리게 붉고 노란 풍경은 화려한 고혹을 한창 부려놓았다. 겨울에 입을 코트를 맡기기 위해 세탁소에 들렀다. 주인이 틀어놓곤 일하느라 제대로 눈길을 주지 않는 텔레비전에서 쿵덕, 쿵덕 장단소리가 났다. 세탁비를 계산하기 위해 신용카드를 꺼내 주인에게 건네곤 무심히 그곳에 눈길을 건넸다.

탈춤 공연이 방영되고 있었다. 그때 카메라에 줌인 되어 확대되던 어떤 탈의 형상에 눈길이 머물렀다. 이상했다. 시간상으로 3, 4초가량이었을 아주 짧은 시간에 알 수 없는 많은 것들이 화면이라는 한 겹 막을 통해 복잡하게 다가들었다. 춤꾼의 몸짓은 역동적일만치 펄쩍펄쩍 뛰어오르는데 쓰고 있는 탈의 표정은 정지된 듯 아무것도 드러내지 않고 있었다. 그래서 또 이상했다. 검고 우묵하게 뚫린 눈에 근육 결이라곤 전혀 없는 표정이.

그와 함께 한 순간, 먼 시원의 아스라한 바람결이 실제처럼 묻어나와 스치는 느낌이었다. 그건 어느 때 어디선가 우연히 바람에 날려 온 투명한 천 자락이 꿈결처럼 눈앞에서 팔랑이는 거였고, 그것의 얇은 섬유조직 사이로 이곳 너머의 어떤 비의가 얼비치며 손짓하는 것 같았다.

가을이 대부분 흔적을 거두고 뒤이을 계절의 기미가 들어설 때까지, 그날에 잠시 접했던 탈의 모습과 아스라한 바람결의 느낌은 자주 곁에서 배회했다. 그럴 때마다 검고 우묵한 눈 너머에 무언가 있지 않을까, 라는 생각이 꼭 이행해야 할 숙제로 덧입혀지곤 했다.

결국 그 해의 마지막 달로 들어섰을 때 글은 시작됐다. 지독한 심연 같은 검고 우묵함 너머 도사리고 있을 그 무언가에 다가가고 싶었다. 그리고 드러내고 싶은 선명한 말이 있었다. 나, 너, 우리라는 생명의 지속선상에 있는 혹은 이미 생을 마감한 모든 존재들이 지녔을 가볍거나 무거운 바람들에 관하여. 그것을 이렇게 말하기도 한다.

욕망이라고.

마무리 된 이 책 속의 많은 바람들이 제대로 형상화됐는지에 대해 이렇다 저렇다 굳이 규정하고 싶진 않다. 그저 다양한 개체들이 품었던 각기의 바람들을 밖으로 끄집어내려고 했다는 사실만 오롯할 뿐이다.

다시 또 한 해의 마지막 달에 와있다. 봄을 시작으로 여린 순을 피워내고 실한 이파리로 키웠던 나무들은 이제 그 잎을 떨구고 가장 본질인 몸통과 가지만 남겼다. 그 모습은 무채색의 옷을 걸치고 고요히 침묵하며 무애無碍를 향하는 수도자 같다. 오후가 이울어 갈 무렵이면 하루의 어느 때보다 크고 붉은 해가 서편에 자리한다. 잠시일 테지만 그 해가 퍼트리는 햇발의 찬란한 광휘는, 수식하던 모든 것들을 떨쳐내고 본질만 남은 무채색의 나무들 사이사이에 강렬한 배경으로 채색된다.

그 풍경이 담긴 초겨울의 차가운 대기는 바람결 없이 차분하다. 그 속으로 세상 처처의 만물들이 내뿜는 가볍고 무거운 순간순간들이 쌓이거나 스러짐을 반복한다.

2021년 12월

이서진

밤의 그늘

초판 1쇄인쇄 2021년 12월 17일
초판 1쇄발행 2021년 12월 20일

저   자 이서진
발행인 박지연
발행처 도서출판 도화
등   록 2013년 11월 19일 제2013-000124호
주   소 서울시 송파구 중대로34길 9-3
전   화 02) 3012 - 1030
팩   스 02) 3012 - 1031
전자우편 dohwa1030@daum.net
인   쇄 (주)현문

ISBN ｜ 979-11-90526-60-9 *03810
정가 13,000원

*이 책은 강원도, 강원문화재단 후원으로 발간되었습니다.

도화道化, fool는
고정적인 질서에 대한 익살맞은 비판자,
고정화된 사고의 틀을 해체한다는 뜻입니다.